MEMORIAL

SUR

ORDONNANCE

Toute ressemblance avec des personnages existants serait purement fortuite. Cette histoire est une pure fiction…

Édition : BoD - Books on Demand, info@bod.fr

Impression : BoD – Books on Demand, In de Tarpen 42,

Norderstedt (Allemagne)

Impression à la demande

ISBN : 978-2-3221-1535-8

Dépôt légal : avril 2023

A Ana pour son indéfectible soutien...

Sur l'auteur

Ancien enseignant spécialisé et référent pour les élèves en situation de handicap dans l'Avesnois, Guy ANDRE a été coureur à pied dans l'ultrafond pendant près de trente ans.

Lors de ses entraînements quotidiens et durant les compétitions, il a dû souvent s'éloigner du réel pour surmonter la fatigue et la douleur, mais également se surpasser. Dans ces moments-là, il a commencé à esquisser la trame de nombreuses histoires qu'il couche désormais sur le papier...

Prologue

6 mois auparavant, quelque part en France.

- On fait quoi chef ? On entre ou pas ?

Il fallait prendre une décision… C'était très risqué, je le savais… Même si j'avais de l'expérience, cette situation était extrême… Je ne sentais pas bien la suite…

Il y avait déjà eu Liam qui s'était fait descendre dès notre arrivée. Tir de sniper, embusqué dans cette forêt qu'il fallait traverser pour arriver à notre cible ! On se doutait qu'un tireur isolé était présent, mais personne ne l'avait aperçu…

La météo n'était pas non plus avec nous en ce mois de février, neige et verglas, avec un vent d'est glaçant !

Enrique avait cependant vu l'angle de tir qui avait permis au tireur de toucher mortellement notre camarade. Dans la foulée, sûr de lui, il avait riposté. L'homme était tombé d'un arbre…

Nous venions de passer avec nos deux 4x4 devant sa dépouille. Enrique récupéra l'arme et la donna à Youssef, qui l'accepta, impavide. C'était également un très bon tireur ; il regarda l'état du fusil à lunette, ôta la lunette qui avait sans doute était faussée lors de la chute, et fit un signe de la tête positif !

A la sortie de la forêt, nous vîmes une énorme bâtisse qui ressemblait à une forteresse.

- Les gars, on va réussir ! dis-je, galvanisé par l'adrénaline Vous passez sur les côtés, je fonce devant, seul, et j'entre ! Il faut que vous occupiez les hommes de chaque côté ! Feu nourri, et visez juste ! S'ils prennent les filles en bouclier devant eux, on ne les lâche pas ! Pas d'incertitude, dès qu'il y a une faille ! Vous tirez ! Vous êtes les meilleurs, les gars ! Enrique, tu te débrouilles, tu montes sur le toit pendant la fusillade ! Tu découpes le toit, s'il le faut, mais tu entres, je m'en fiche de savoir comment tu fais ! Je te veux à l'étage quand j'entre, et tu les prends à revers ! Ok ? Je vous rappelle qu'on a sept filles à faire sortir de là ! Ces lâches les ont capturées ! Ne leur laissons pas, elles doivent retourner toutes vivantes chez elles ! Ok ?

Ensemble, mes sept hommes firent un signe de la tête… Je savais qu'ils se donneraient entièrement pour la mission… Pour libérer ces otages innocents, ces femmes ou filles de personnes en vue au plus haut niveau… Une mission capitale ! Ce groupe de narco trafiquants ne s'en tirerait pas comme cela !

Le plan était risqué… Mon supérieur me disait souvent que ce n'est pas parce les plans sont dangereux qu'il ne faut pas les tenter... Il n'avait pas tors… Dans nos missions, le risque est présent, nous le savons… En revanche, on se doit de préserver les otages… C'est notre but !

A mon signal, trois de mes hommes partirent à droite, et deux à gauche. Enrique, comme un fantôme, partit avec ceux de droite. Au bout de quelques secondes, je ne le vis plus. Avec lui, nous nous étions donnés quatre minutes avant mon intervention… C'est long, et court à la fois !

A droite et à gauche, cela faisait feu à volonté, provoquant un bruit assourdissant dans ce coin perdu de la montagne, avec des réverbérations entre ces collines. La tombée de la nuit compliquait les tirs de chaque camp, mais nous permettait d'être moins visibles. A droite, nous semblions prendre le dessus, à la radio on m'indiqua déjà six adversaires à terre. A gauche, on en avait eu quatre semblait-il ! Nous ne connaissions pas le nombre de trafiquants, mais nous savions qu'ils étaient largement plus nombreux que nous. Leur chef s'appelait Miguel, un trafiquant connu et notoirement un assassin odieux, n'hésitant pas à torturer et à tuer de sang-froid, probablement juste pour le plaisir… Ses effectifs baissaient, une bonne chose pour nous ! Ils ne prenaient pas les otages en bouclier, tellement accaparés dans l'échange de tirs…

Je devais y aller maintenant ! Une centaine de mètres… Une grosse dizaine de secondes… Mon MR73 en main, je savais que ce serait sans filet quand je serai à l'intérieur… Mais il y aurait l'arme secrète : Enrique !

Je soufflai, pris une grande inspiration et filai vers la porte ! Mes hommes, en me voyant, redoublèrent leurs tirs. Je bousculai la porte qui ne résista pas, elle était trop fragile, comme l'ancien propriétaire que nous avions contacté, m'en avait informé…

Deux coups de pistolet à droite, je ne regardai même pas, je savais que je les avais mortellement touchés ! Deux à gauche, deux gars au tapis également ! J'avais le don selon mes camarades et mes entraîneurs de tir… En fait, je ne m'entraînais pas… Je savais faire mouche !

Je stoppai, car, face à moi, se trouvait Miguel avec deux filles à ses côtés. Les autres étaient probablement dans une pièce arrière. Dans mon oreillette, j'entendis d'ailleurs Isaac qui m'informa et me clarifia donc la situation :

- Sommes dans la salle arrière ! Cinq filles récupérées, saines et sauves ! Un ordre, et on fonce chef ! On attend !

J'aperçus Enrique à l'étage qui avait fini en même temps que moi le travail commencé et avait abattu les trois derniers hommes du gang… Arrivé sur la mezzanine, il avait posé son fusil sur la rambarde, et il le pointa alors sur le cou de Miguel qu'il voyait de dos… Le petit point rouge de mire y était bien accroché ! Mais celui-ci avait un couteau dans chaque main, posé lourdement sur la trachée de chacune des deux jeunes femmes. Assises sur une chaise de chaque côté de leur tortionnaire, ligotées, elles ne cessaient de pleurer, à chaudes larmes, ne voyant pas qu'à chaque tressautement, elles se faisaient entamer peu à peu la peau !

- Miguel ! Non ! Entre nous deux cette histoire ! Laisse-les !
- C'est ça, dit Miguel avec un fort accent sud-américain, c'est ça ! Et ton snipper derrière moi me flingue ? Tu te fiches de moi, mon gars ! Tu sais que je vais les tuer ces deux filles ???
Une dernière pression et elles se vident, comme des gorets !!!
Lâche ton arme et le gars derrière aussi ! Je veux l'entendre tomber près de moi cette arme ! Gringo, tu as entendu ?
- Ok, balance l'arme, dis-je !

Enrique s'exécuta immédiatement, mais avec ruse ! L'arme tomba avec fracas au sol, à moins d'un mètre de Miguel. Celui-ci ne put s'empêcher de regarder une seconde à peine l'arme…

Aucune question ne se posait à moi ! La mission était claire : récupérer toutes les filles indemnes ! Tuer Miguel passait par là donc ! Je profitai de son coup d'œil à l'arme d'Enrique et tirai deux coups, un en plein milieu du front, l'autre en plein cœur…

Mais le mafieux avait tranché la gorge des deux femmes, simultanément à son regard au sol… Il savait que, de toute façon, il était perdu, qu'il ne finirait pas vivant… Il avait donc décidé de partir de ce monde comme un être abject, un véritable salaud…

Miguel s'écroula, lamentable, sur ses genoux, la tête affalée sur son torse…

Les deux femmes tombèrent avec leur chaise sur le côté. Je courus m'agenouiller près d'une des deux, mettant ma main sur sa gorge, pendant que Enrique et mes hommes me rejoignaient et tentèrent de faire la même chose à l'autre. Nous essayâmes d'arrêter le sang qui giclait de ces deux artères, mais nous savions que c'était peine perdue, et que la vie s'en était déjà allée chez ces deux martyres…

Bip ! Bip ! Bip ! Bip ! Bip ! Bip ! Bip !

Je me réveillai en sursaut, et appuyai sur la touche de mon portable pour interrompre la sonnerie du réveil… !!!

Bon sang !!! Encore ce cauchemar ! J'étais en sueur, mais je frissonnais… Je me levai et me rendis dans la cuisine pour boire un peu d'eau, ma bouche était sèche…

Trois jours que j'étais revenu dans mon appartement à Tours après cette mission, et trois nuits durant lesquelles je la revivais en cauchemar …

Sûr que ce ne serait pas la dernière fois que je la revivrai…

Mais je devais assumer, car je suis un des chefs de Kypsélie !

Chapitre 1

J - 3.

Tours.

Mon visage était collé à la vitre de la fenêtre de la cuisine. J'étais assis sur un haut tabouret de bar, assez inconfortable... et une douleur à la cuisse droite réveilla au plus haut point mon état de demi-conscience. J'étais capable de rester en position de guet très longtemps. Le temps n'avait guère d'emprise sur moi, et je savais faire abstraction d'éléments tels que les douleurs, les températures basses ou élevées, les bruits ou le silence absolu... Bref, j'avais été entraîné. J'avais vécu des situations beaucoup plus extrêmes ! Ceci n'était rien !

Malgré tout, aujourd'hui, ma nuit difficile, remplie de cauchemars, ne me rendait pas la tâche facile... Je ne savais pas l'heure, mais je me faisais un malin plaisir à ne pas consulter ma montre. Trop facile ! Combien de temps à avoir ce regard perdu vers cette officine ? Deux heures ? Ou trois ? Non, je le savais : deux heures trente-cinq environ... L'entraînement disait mon instructeur, l'entraînement... !

Quand j'avais mis ma tête contre la fenêtre de la cuisine, pour mieux voir, il était 16h45. J'avais observé, il y a quelques instants, soyons précis, je dirais trois minutes, les deux employées sortir de l'officine, la préparatrice et la deuxième pharmacienne. En général, le propriétaire ne traînait pas, et sortait deux minutes après elles, mais partait dans la direction opposée après avoir fermé à double tour la porte, et fait descendre en appuyant sur une télécommande le gros volet métallique qui protégeait l'entrée. Alors, l'enseigne lumineuse s'éteignait quelques secondes plus tard.

L'appartement, dans lequel je me trouvais, était bien situé dans la ville de Tours. Du 3ème étage, il me permettait, légèrement de côté, de voir la porte d'entrée. Le bâtiment qui accueillait la pharmacie était à l'angle de cette grande rue en périphérie de la ville. Hélas, mon angle de vision était situé à un endroit tel que je ne pouvais apercevoir l'enseigne qui se trouvait dans l'autre rue. D'habitude, l'enseigne se reflétait un peu dans une vitrine en face, côté ombre, et me permettait, en me penchant de côté, de voir si elle était ou non allumée. L'était-elle encore ? Je n'en étais pas sûr, mais le pharmacien n'était pas encore passé devant moi… Une petite inquiétude en découlait…

J'essayais de me concentrer plus. Voyons, voyons ! Du calme ! J'avais bien estimé le temps passé à observer, j'étais entraîné pour… L'instructeur disait que chacun devait trouver sa connexion avec l'horloge interne. Dans ce cas précis, donc, il devait être pratiquement 19h25, à une minute près… Il me semblait que l'enseigne était éteinte, et comme d'habitude, ils avaient fermé les volets de façade de mon côté depuis quelques temps. Ce n'était donc pas un indice s'il venait à travailler quelque peu à l'intérieur…
Je ne distinguai rien… De nouveau un petit tiraillement d'inquiétude…

Je me levai d'un bond de la chaise, et filai dans la salle à manger, la pièce juste à côté. J'y avais un peu plus d'angle de vue. C'était une baie vitrée qui constituait le mur extérieur, donc je pouvais aisément être aperçu. De ce fait, j'avais choisi la cuisine comme poste stratégique. Bonté divine ! Tout de suite je perçus que tout devait être éteint, je ne distinguai rien de plus, mais mon instinct me le dicta : la pharmacie était fermée depuis que la préparatrice Sophie et la jeune pharmacienne Isabelle étaient parties. Mais qu'en était-il du pharmacien ? Était-il finalement parti ? Une inquiétude réelle prenait place en moi…

Marc Lacointres s'était endetté pour acheter cette vieille pharmacie et engager de nombreux travaux de rénovation et d'aménagement intérieur. La pharmacie était, de façade, désormais coquette, dans un style moderne apprêté, avec ce petit chic dans les ornements architecturaux qui rappelaient la ville au passé prestigieux dans laquelle elle se trouvait… Où était-il donc passé ? Cet individu finissait par m'agacer !

Bien sûr, j'étais arrivé en retard ce matin. Cela n'avait pas été ma faute, mais bien celle de Marie, ma sœur, que j'hébergeais depuis deux bonnes semaines ; hélas, mes retards étaient assez fréquents ces derniers temps…

Mes pensées revinrent vers le pharmacien… et sur mon retard matinal… Le lien était presque évident : et si, en fait, il n'était pas venu ce matin ? Stress…

Ceci expliquerait le fait de ne pas le voir sortir de l'officine à l'heure habituelle ! Si j'avais pu être présent au poste d'observation à l'heure exacte, ce matin, j'en aurais eu la confirmation… par anticipation…

Je n'aimais pas être en retard. Je pensais que la ponctualité était, lorsque l'on avait un rendez-vous avec quelqu'un, une marque de respect ; bien sûr, souvent l'autre personne n'était pas à l'heure au rendez-vous fixé ! C'était l'époque qui voulait cela, mais ce n'était pas une raison pour que je sois en retard ! Pour le travail, c'était le même raisonnement, mais avec la notion de l'engagement pris auprès de mon chef, de mon supérieur, pour la mission que je menais... Cette personne comptait sur moi pour accomplir une mission et celle-ci impliquait une stratégie, un plan précis. Les horaires, les durées estimées, la chronologie ne rimaient pas avec l'improvisation !

La preuve aujourd'hui : le retard crée l'incertitude. J'aurais dû anticiper au lever, et être à l'heure !

Ma mission... On m'avait dit qu'elle était capitale, que l'enjeu était de taille. C'était une situation qui pouvait déboucher sur une crise, exceptionnellement grave... avait ajouté mon supérieur...

Mon engagement, mon abnégation seraient mes armes les plus fortes ! Ma vie privée ne devait pas me faire dévier du plan. J'avais eu carte blanche pour l'organiser, pour établir les différentes étapes, les différentes hypothèses. Je me doutais que ce serait une gageure de mener de front ma vie actuellement compliquée et mon travail. J'avais persuadé mon chef que dans la première étape de surveillance, cela ne serait pas un problème. C'était la première fois qu'on me confiait une mission dans ma ville. Je rencontrais des difficultés à me remettre de ma mission précédente, en fait de ce que je considérais comme un échec... Une mission dans mon secteur pouvait m'aider à me stabiliser. Mes supérieurs avaient malgré tout hésité, puis s'en étaient rangés à l'argument que je connaissais très bien la ville... Cela se passerait certainement ici, avaient-ils prédit, et si ce n'était pas le cas, je savais bouger vite et m'adapter. Je vivais à Tours depuis quarante ans... Un sacré atout ! Mais la proximité de Marie semblait, alors que je ne le pensais pas auparavant, être un inconvénient...

Donc, si Marc (je l'appelais par son prénom, même si ce n'était pas un copain ou un ami ou une connaissance… mais depuis que je l'observais, une quinzaine de jours, c'était tout comme… !), n'était pas venu à l'officine, c'est que peut-être il n'était pas sorti de chez lui…

Mais alors ? Stéphane, mon collègue limier qui surveillait son domicile, m'aurait prévenu, non ?! Donc…Il était sorti de chez lui, mais ne s'était pas rendu à la pharmacie. Ce n'est pas vrai !!! Gros stress là ! S'il n'était pas parti de chez lui dans la direction habituelle, Stéphane avait ordre de m'appeler. Or… Je n'avais pas reçu d'appel ! Là, ça craint !!!

Où était-il donc parti ???

J'avais insisté pour qu'on le suive sur le trajet, mais mon chef m'avait rétorqué que ce n'était pas la peine, que la surveillance effectuée jusqu'alors débouchait sur un constat clair : il n'avait jamais dévié d'un pas de son chemin habituel.

- Et alors, avais-je protesté. Qu'est-ce que cela prouve ???

Mais on me considérait comme trop inflexible dans mes raisonnements, dans ma façon d'appréhender les événements… En fait, d'être psychorigide, et d'être plus un homme de terrain qu'un organisateur ! Bref, malgré tout, j'avais raison : ce n'est pas l'habitude qui crée la règle, mais c'est l'exception qui met dans l'embarras !!!

J'aurais dû appeler le chef pour lui signifier que le pharmacien ne s'était pas présenté à l'officine ce jour, et que…

Mince, alors ! Et s'il était venu mais était sorti par une autre porte ??? Mais par où ??? Les fouineurs du service avaient déduit de leurs observations qu'il n'y avait que la petite porte de derrière comme autre sortie, celle au fond du jardinet. Il était impossible de l'ouvrir, semblait-il, elle avait si peu servi ! D'après les photos qui m'avaient été fournies, elle était entièrement rouillée, ceinte de multiples chaînes, à tel point qu'il aurait fallu des heures pour les démêler ; les murs faisaient déjà plus de deux mètres de haut de chaque côté de cette grille, et des tessons de bouteilles l'ornaient, tels des baïonnettes ! « On » m'énerve, « on » est un idiot, « on » est un incapable !!! Je pestais ! J'aurais dû tout vérifier, comme d'habitude, mais je ne l'avais pas fait… Marie m'avait trop accaparé !

Il fallait que j'aille voir l'arrière de la pharmacie… Je ne voulais pas prévenir mon chef direct, Yves Déchien, de ce contretemps, je ne voulais pas qu'il s'énerve une fois encore, et qu'il en arrive même à critiquer Marie, et dire que c'était une fois de plus à cause d'elle… Je ne l'aurais pas supporté ! Ma sœur était très fragile, physiquement et mentalement. Elle était venue me rejoindre, me demander en quelque sorte asile, depuis qu'elle avait appris qu'elle était très malade… Qui sait donc ce que j'aurais dit ou fait !!! Sur ce point également, j'étais entraîné !

Je saisis mon MR-73 en passant par la cuisine. Il m'attendait bien sagement sur l'appui de la fenêtre. Le « cure-dents » comme on le surnomme… Certes, un six coups seulement, mais pour un excellent tireur, une ou deux balles doivent suffire à neutraliser l'adversaire… Au-delà, on ne le mérite pas et on n'a rien à faire dans notre groupe… J'étais un excellent tireur, le meilleur du groupe à ce jour. Dans mes missions les plus périlleuses, le MR a toujours été fiable, et efficace. J'ai trop confiance en cette arme pour m'en séparer. C'était un honneur que l'on m'ait permis d'en détenir un… Il était d'habitude réservé à des corps constitués auxquels je n'appartenais pas. Mais, j'en détenais un ! Mon MR… !!!

Ernst est mon prénom. En fait, c'est Ernest…Mais ce prénom, je ne l'assumais pas…

Je suis sans parents… En effet, mes parents m'avaient abandonné avec ma sœur jumelle à la naissance… De père et mère inconnus ! Un bon début dans la vie !!! J'avais été déposé devant un institut catholique fortement dévolu à St Jean-Baptiste, le jour de la St Ernest, le 7 novembre. On me nomma donc, selon la tradition des pères fondateurs de cette Institution, Ernest Baptiste…Tous les documents officiels dont j'avais eu besoin avaient été faits selon ces données, contre toute officialisation administrative sérieuse… Mais, l'Administration fut sourde et aveugle à la vérité, fut ignorante sur une quelconque recherche de parentalité, mais très bienveillante avec la Sainte Parole…On m'avait désigné à l'institution comme Ernest Baptiste, ainsi serai-je nommé jusqu'à la fin de ma vie !

J'ai dû subir ce prénom pendant toute une partie de ma scolarité. Cependant, au collège, mes copains, très empathiques, m'avaient trouvé ce diminutif de Ernst qui avait du style pour la suite de ma vie, du moins me semblait-il ! Je m'imaginais faire battre le cœur des filles plus facilement si je m'appelais Ernst !!! En toute modestie, ce fut le cas... J'étais déjà plutôt musclé, assez grand, les cheveux châtain clair et les yeux bleus… On me disait fin d'esprit, et plutôt sociable… Cependant, honnêtement, je ne pense pas que la quatrième lettre de mon prénom originel jouât pour beaucoup dans ma vie, ou dans un sens ou dans l'autre ! Mon côté mystérieux semblait inquiéter, avec toujours cette lueur froide dans le regard, m'avait-on glissé à l'oreille plus d'une fois… De fait, j'étais donc à 42 ans, un célibataire contraint… Hélas…

On m'appelait donc Ernst !

Pour ma sœur jumelle, le « procédé » fut identique… Elle avait été déposée devant la grande porte également de St Jean Baptiste, en revanche, pour des raisons de mixité, elle fut transférée immédiatement dans une autre Institution réservée aux filles. On l'appela, pour des raisons qui m'échappent, Marie Sabine… Très joli ! J'adore !

Je fis jouer la culasse de mon MR et vérifiai qu'il était bien chargé. Cette vérification était inutile, mais j'étais incapable de m'en passer. Une superstition ??? Une foi indéfectible en un objet… Brrr ! Un animisme contraint à une crainte… ?

Fermant prestement la porte de l'appartement après avoir enfilé mon blouson, je descendis quatre à quatre les escaliers non sans avoir fait attention à être le plus silencieux possible. Je sautai aisément, comme un félin, les deux dernières marches car je savais qu'elles grinçaient. Il n'aurait plus manqué qu'un voisin ou une voisine surgisse… ! J'ouvris la porte d'entrée et veillai à ce qu'elle ne se referme pas bruyamment. Je m'appuyai contre le mur proche de la porte et attendis quelques secondes. Aucune réaction venant des appartements, ni d'en face d'ailleurs.

Je relevai mon col, même s'il faisait chaud, et remontai doucement la rue. Passant sur le trottoir de la pharmacie, je m'arrêtai quelques instants pour m'agenouiller et relacer ma chaussure, enfin, faire semblant… Rien… Aucun bruit… Un rapide coup d'œil m'informa que tous les volets de l'officine étaient fermés jusqu'en bas, et que celui près de la porte, qui était légèrement en biais comme à l'habitude, ne laissait percer aucune rai de lumière…

Je m'engageai, inquiet de ce que j'allais constater, dans la rue qui menait à l'arrière de la pharmacie. J'avançai tranquillement, sortant un mouchoir, et me mouchant discrètement, afin de retourner la tête vers la grille arrière. Tout était identique aux photos prises pour l'album préparatoire à la planque… !!! Personne n'était passé par là. Le pharmacien aurait été bien incapable de toute façon d'escalader le mur et de retomber du côté de la rue !!! Zut, zut et zut !!!

Je courus alors vers le centre-ville, et m'arrêtai cinq minutes plus tard entre deux immeubles dans une minuscule impasse. Une petite brume de chaleur et l'ombre de ce lieu m'offrirent la meilleure des cachettes pour appeler Stéphane... Il fallait que j'en passe par là !

Au moment où j'allais composer le numéro de Stéphane, ce fut celui-ci qui m'appela... Heureuse coïncidence !

Je décrochai :

- Oui !? Qu'y a-t-il ? soufflai-je.
- Il n'est pas là !!!
- Qui ???
- Le pharmacien, Ernst ! Il n'est pas rentré chez lui, ce n'est pas normal ! Cela fait une bonne demi-heure qu'il aurait dû être là ! Il n'est jamais en retard ! Toujours à l'heure pour nourrir ses perroquets ! (C'est vrai que Lacointres était hyper pointilleux avec la nourriture de ses oiseaux, comme indiqué sur les fiches de surveillance établies par mes collègues...)
- Il est bien parti ce matin ?
- Bien sûr ! à 7h30 précises comme d'habitude, et puis, il ....
- Stéph !!! le coupai-je, on a un problème !!! Il n'a pas dû se rendre à la pharmacie depuis ce matin...

S'en suivit une explication franche avec Stéphane sur mon début de matinée, le guet certainement pour rien toute la journée, puisque le pharmacien n'était nulle part à l'heure de la sortie ! Stéphane, en bon camarade de combat, ne me fit aucune remarque sur mon retard du matin... Un excellent ami ce Stéph ! Il m'énervait parfois, mais je l'aimais bien !

- Et alors ? dit Stéphane, où est-il donc ???

- Il nous a échappé ! Il est en fuite ! Stéphane !!! Il faut le retrouver, il le faut ! Prévenons Déchien !

- Oui, il faut l'empêcher de commettre le pire… Déchien dit que c'est un cinglé ! Qu'il peut provoquer une catastrophe !

… Prions ! pensai-je… On peut en avoir besoin…

Chapitre 2

J – 3, fin d'après-midi.

En direction de Nancy.

Marc Lacointres était dans le train qui l'amenait à Nancy. C'était un long parcours de plus de quatre heures avec des changements de TER et de courtes attentes en gare puis il finirait son périple en prenant un TGV jusqu'à cette ville royale. Il arriverait vers 22h.

Le rendez-vous qu'il avait programmé était essentiel pour la suite de l'opération... Il devait être lucide. Il devait également être serein et implacable. La vie lui avait donné de multiples raisons de l'être... Il ne fallait pas qu'il baisse la garde ou qu'il laisse le doute s'installer, car il était très près du but. Le but suprême de sa vie, un pas de géant pour l'homme, il en était certain...

Il avait quitté très vite le milieu familial, vraiment peu aimant, indubitablement peu protecteur, sûrement peu adéquat à son épanouissement ! Sa famille était un poids mort qu'il traînait depuis sa toute petite enfance... Ainsi le concevait-il ! Il en avait fait abstraction depuis longtemps et ne souhaitait plus en parler. Un trait définitif sur le passé. Issu de rien, il s'était fait tout seul…

Petit, carré d'épaules, un visage coupé à la serpe, et une calvitie naissante, il avait eu peu d'aventures amoureuses. En fait, on ne lui en prêtait aucune d'ailleurs…Pas qu'il fut repoussant, loin de là, mais parce qu'il manquait de confiance en lui, hormis dans le domaine des études… Il n'avait pas de copains non plus...

Dès ses 18 ans, il était parti de son Auvergne natale, le baccalauréat en poche. Il avait vécu une année de petits boulots, hébergé au gré de ses rencontres par des personnes bienveillantes, tout en suivant les études de pharmacie. Il n'avait pas de temps à perdre à s'amuser… Il avait conservé ce style de vie qui l'occupait et lui évitait de penser à sa solitude, tout au long de son cursus universitaire. Six années laborieuses... Il dormait peu, au vu de ses emplois précaires qui lui permettaient de vivre et de subvenir à ses besoins, et des cours qu'il devait ingurgiter… Les périodes de stages furent les périodes les plus heureuses de sa vie… Le contact avec le public de malades et la toute-puissance naissante qu'il en ressentait étaient un délice… Il distillait son savoir, analysait la situation et en dégageait les bienfaits ou méfaits des médicaments délivrés par les médecins prescripteurs. Ses maîtres de stage lui avaient fait remarquer à plusieurs reprises qu'il n'était pas encore diplômé, qu'il devait respecter les prescriptions faites par les médecins en titre et surtout qu'il devait se plier à leur tutorat. Il ne devait pas émettre des doutes devant le client. Tout devait passer par eux, par leur approbation et leur expertise… Il le comprit. Ce fut un peu compliqué pour Marc Lacointres, mais il accepta de mauvaise grâce de s'y plier, bien qu'il n'en pensât pas moins !!! Il n'avait guère le choix !

Il était un étudiant dans la moyenne, mais remarqué par certains professeurs comme « interpelant » parfois. Ses remarques, ses théories sur la pharmacopée quelque peu à contre-courant, voire déroutantes, questionnaient… Les idées de départ étaient plutôt intéressantes, mais la poursuite des raisonnements, des expériences à mettre en place, des essais cliniques, et surtout de la déontologie, flirtait assez souvent avec l'inacceptable ! Cela faillit lui coûter des blocages ou des oppositions au passage en année supérieure, mais ce fut toujours son sérieux et son acharnement à la tâche qui firent pencher la balance en sa faveur. Il ne serait de toute façon pas un chercheur… ! Il serait pharmacien, propriétaire au plus vite de son officine. Il le disait tellement souvent que cela en devenait une évidence pour qui voulait bien l'écouter… Peu à peu, sa fougue expérimentale s'éteindrait au profit des tracas et vicissitudes liés au système de santé et à son administration… Il aurait bien assez à faire avec la paperasse et les dossiers !

Philippe Troupier, directeur de thèse, avait été le seul à accepter de suivre son écrit de dernière année, car il était apparu à tous les autres qu'il adoptait un comportement scientifique plutôt déviant. L'étudiant l'avait compris et donc avait opté stratégiquement pour un sujet classique. Il concernait son activité pendant un des stages professionnels. Cependant, il en avait profité pour proposer de manière officieuse à M. Troupier de l'aider sur un autre sujet de recherche beaucoup moins classique : « Les agents neurotoxiques et les moyens médicamenteux pour en guérir ou s'en protéger ».

Ce Philippe Troupier, éminent professeur en pharmacologie, avait une éthique irréprochable. Bien qu'il approchât de la retraite, il avait des idées novatrices et notamment sur la déontologie de son métier, sur le respect des valeurs sociétales, et tout simplement le respect de l'humain…

Lorsque son stagiaire lui proposa de collaborer à ses recherches officieuses, M. Troupier, à la première explication du protocole, comprit qu'on s'éloignerait très vite de l'humainement correct… Cependant, il feint d'être intéressé au plus haut point. Il en saurait plus et verrait peut-être ce qui pourrait permettre d'influencer Lacointres vers une autre voie. Il collabora donc pendant un temps, puis prétextant des problèmes de santé, il demanda à Marc de continuer seul. Très vite, cependant, il avait contacté différentes personnes « bien placées », qui transmirent cette information à des services dits « secrets », et d'autres, un peu plus obscurs… dont celui auquel j'appartiens.

Il s'agit de Kypsélie, (au sein de laquelle notre agence secrète, la Ruche, est sise). Elle s'intéresse de près à des individus aux idées irraisonnables… Hors des services gouvernementaux, Kypsélie navigue en sous-marin, financée par des fonds privés de riches mécènes philanthropiques, mais pragmatiques. Le but premier est de mettre tout en œuvre pour préserver l'ordonnancement du Monde, notamment dans l'hexagone. Ni vus, ni connus, tous les coups étant permis pour le « Bien » … Nous naviguons entre les administrations, les administrés et les administrateurs…

Nous évoluons avec « une couverture » dans la vie, tant sur le plan privé que sur le plan social.

Pour ma part, officiellement, je fais partie du service commercial de Kypsélie, entreprise de logistique, à la vue de tous et toutes. Un grand bâtiment, avec pignon sur rue, mais qui est situé dans la campagne tourangelle. Deux parties distinctes le composent : une manifestement composée de bureaux, l'autre dédiée au stockage de matériel et matériaux divers, tels que des engins de chantier, des camions, des 4x4 à foison, des matériaux de constructions, etc… De tout… Mais en fait, je suis un agent secret de Kypsélie, un chef de groupe, plus exactement le chef du groupe d'intervention de haute sécurité… Tout ce qu'il y a comme mission des plus dangereuses est réservé à mon groupe… J'ai dix hommes à ma disposition, tous experts en zone de combat… Toutes les compétences utiles, ils les ont, ils les maîtrisent. Ils ont tous été des militaires ou des agents secrets de haute volée… et moi également ! L'action, le dévouement pour les autres, pour le bien… Notre came !!!

Les bâtiments secrets de La Ruche sont situés dans les sous-sols de Kypsélie, du -2 au -10, avec des ascenseurs sécurisés pour y accéder, et des sécurités de plus en plus importantes au fur et à mesure qu'on descend dans le cœur de la Ruche ! Les décideurs, les Apôtres, comme nous les nommons, sont au dernier sous-sol, au -10 !

Je suis au -9…

Des experts informatiques, d'autres en stratégie de crises, en stratégies militaires, des agents de renseignements, des ingénieurs patentés en communication, des experts en explosifs et en armes de tout genre, des spécialistes en géo politique, bref, la fine fleur de ce dont on a besoin lorsque la sécurité d'un groupe d'hommes, d'une région, ou d'un pays est menacée, composent La Ruche !

L'entreprise Kypsélie, elle, possède des secrétaires, des manutentionnaires, des commerciaux, etc… qui ont pour tâche de faire fonctionner l'entreprise afin de procurer une couverture à La Ruche et à ses « habitants ». Cela est plutôt efficace… Nous nous en sortons bien, et dans les coulisses politiques, nous sommes connus par quelques-uns, mais très peu, en fait… Mais, en tout cas, nous ne sommes pas reconnus aux yeux du plus grand nombre…Une entreprise souterraine au service de tous, mais qu'on ne nomme pas, et qui n'existe pas…en théorie …

Chapitre 3

J – 3 semaines.

Tours.

Mes collègues de la Section « Renseignement » avaient collecté de nombreuses informations sur Marc Lacointres, et ce jeune homme avait été suivi régulièrement pendant quelques temps... Il avait été conclu que rien ne sortait de la norme dans ses attitudes professionnelles et sociales. Puis il s'installa dans la pharmacie qu'il avait achetée, et, semble-t-il, faisait prospérer...

Dernièrement, il y avait eu cette interview d'un journaliste local, Yann Dormier, journaliste prometteur... C'était un article pour l'inauguration de la fin des derniers travaux intérieurs faits dans la pharmacie, selon un nouveau concept de marketing. Marc Lacointres s'était laissé aller en off de l'entretien à des propos qui avaient interpelé quelque peu le journaliste :

- Monsieur Lacointres, si nous voulions résumer votre action auprès de nos concitoyens tourangeaux, que pourriez-vous nous amener comme éléments ?

- J'ai toujours voulu faire évoluer la pharmacie, et tout ce qui l'entoure. J'ai fait beaucoup de recherches en ce sens, et de nombreuses théories me permettent de dire que je peux dans un avenir proche faire évoluer la région, et même, je n'ai pas peur de vous le confier, le pays... Mais !? Ce n'est pas si simple, il y a des freins, Monsieur Dormier...

- Ah oui ! Et lesquels ? Qu'est-ce qui ne vous permet pas de concrétiser... vos recherches, si j'ai bien compris ? Et de quels ordres sont ces freins ?

- J'ai eu de nombreux freins de la part de mes collègues, de mes pairs, mais également des professionnels qui évoluent dans les hautes sphères... Bon sang, jamais, vous m'entendez ! Jamais, jamais, mais jamais, je n'ai pu trouver un soutien dans mes recherches, à part mon tuteur de thèse en dernière année d'études... !!! s'énerva Lacointres. J'ai compris bien vite qu'il fallait, comment dire... ? jouer avec le système, sinon le système vous écrase... Changer le système de l'intérieur, c'est cela qui dicte désormais ma vie, et dans quelques temps, je l'écraserai et je le dominerai ! » s'exclama-t-il encore...

- Pouvez-vous développer Monsieur Lacointres ? Ces propos sont, comment dire... ? Forts... ! Nos lecteurs voudront des explications !

- Non, non ! haleta Lacointres, perlant de sueur, je m'emporte, mais...en fait...je plaisante bien sûr... ! J'exagère ! Tout cela n'est pas à écrire, Monsieur Dormier, n'est-ce pas ? Ce n'est pas ce que vous croyez, non, non... ! Je ne suis pas... Enfin, vous comprenez ? Votre article doit être uniquement basé sur le début de l'interview, sur les locaux et l'aménagement intérieur, ce que je disais tout à l'heure... On est d'accord ??? poursuivit-il, manifestement inquiet.

- Oui, oui ! Monsieur Lacointres... ! Ne vous en faites-pas ! dit Dormier pour le calmer... Bon ! Oh... ! fit le journaliste, en regardant sa montre, il faut que je file ! J'ai une petite réception pour le départ d'un collègue, au journal… Je dois finir un article avant… et j'ai juste le temps… !

- Vous êtes sûr Monsieur Dormier ? J'aurais aimé qu'on reparle tranquillement de tout ça…
- Pas le temps ! Désolé… ! Un autre jour peut-être ! Mais, ne vous inquiétez-pas ! On fait comme vous avez dit ! Bonne fin de journée et merci !

Et le journaliste partit ce jour-là, vite fait, comme s'il avait vu en personne la peste… et le choléra !!!

Dormier, en fin d'après-midi, lors du fameux pot de départ, avait confié en anecdote cette aventure à plusieurs collègues, dont la femme de Stéphane, Cécile Doucet, elle-même journaliste dans ce journal local… Preuve que, parfois, le hasard fait bien les choses… La femme de mon collègue !

- C'est un sacré illuminé ! avait dit Dormier. Il se croit le Maître du monde, le mec !!! Mais, même son concept révolutionnaire n'est qu'un empilage imparfait de boîtes de médicaments, et ça ne casse pas trois pattes à un canard … !!! Oh, le mauvais !

Cécile Doucet avait raconté cette histoire le soir-même à son mari. Stéphane avait senti « le bon coup », la grosse info, servie sur un plateau par sa chère et tendre qui ne saurait jamais rien de ce qu'il en ferait.

Le lendemain matin, il me téléphona :

- Ernst ?
- Oui, Stéphane. Comment vas-tu ? Qu'y a-t-il, dis-moi ?

Stéphane me raconta tout par le détail. Nous sûmes très vite, en utilisant nos serveurs spéciaux, quelle était la pharmacie. J'avais fait remonter immédiatement l'information au service dédié aux filatures. Nous avions également consulté l'ancien dossier le concernant, maigre dossier d'ailleurs puisque rien de tangiblement néfaste n'en ressortait…J'en avais parlé à Déchien, en demandant à être mis sur l'affaire, cela me permettrait de pouvoir rester auprès de ma sœur.

La routine… pensais-je… Après cette mission difficile il y avait six mois, et ces pertes humaines, Liam et les deux otages, j'avais un peu de mal à m'en remettre, et mes supérieurs avaient souhaité me positionner en retrait quelques temps sur des missions un peu plus aisées, moins sous pression… Cela ne me convenait pas, mais je me laissais faire, sachant, et d'une, que je n'avais pas le choix, et de deux, que cela me permettrait d'être aux côtés de Marie en ces temps difficiles pour elle…

Le germe du mal avait grandi peu à peu en Marc Lacointres … Nous en avions eu les preuves en allant fouiller sa demeure. Une énorme bâtisse, gardée par un chien assez féroce qui patrouillait dans l'espace extérieur, et qui aboyait outrageusement. Il avait été facile de le faire taire momentanément avec une petite fléchette anesthésiante. Les agents qui avaient été envoyés, avaient trouvé assez facilement des brouillons de formules chimiques, que nous avions photographiés et confiés à nos experts scientifiques. Ceux-ci étaient formels : il était en train de mettre au point un procédé chimique inquiétant pour l'humain, et même pour le monde vivant tout court…On y trouvait, pêle-mêle, des composants de poisons violents, mélangés parfois avec des éléments chimiques radioactifs tels que le polonium ! Rien n'était parfait, selon nos scientifiques, des compositions jugées improbables, surnaturelles, de l'ordre du fantasme avait même conclu le chef du service des recherches scientifiques… Edmond, l'appelait-on… Une sommité ! Certes, Lacointres n'avait pas encore fini sa recherche, mais elle était assez avancée ; cependant, il était impossible d'aboutir à une substance cohérente, stable, et efficace... Pas de danger immédiat, selon Edmond !

Hélas, en allant fouiller une deuxième fois, les agents remarquèrent que Lacointres avait disposé de multiples indices pour savoir si l'on avait pénétré chez lui... Déchien avait donc décidé immédiatement d'arrêter les fouilles. Il fallait être prudent...

Effectivement Lacointres n'avait pas été dupe. Il savait qu'il était suivi, ou du moins qu'il faisait l'objet d'une surveillance. Il avait remarqué le sursaut presqu'imperceptible du journaliste Yann Dormier, de l'hebdomadaire « Parlez-nous », lorsqu'il s'était laissé aller à ouvrir son cœur et son esprit pour divulguer son but ultime. Il devrait se contenir, à l'avenir... Il n'était pas né de la dernière pluie, cependant. Son esprit, aiguisé et totalement tourné vers une tendance à la paranoïa, avait enclenché immédiatement un ensemble de réflexions sur les possibilités de suites à ses propos...

Lacointres avait fait en sorte de passer en coup de vent dans les locaux du journal, en fin d'après-midi, le lendemain de l'interview et de la réception. Il prétexta avoir besoin d'apporter une précision sur le nom de la pharmacie, et l'entreprise du concepteur de l'achalandage. Il vit tout de suite avec qui Dormier parlait le plus, dans le grand bureau... une brune incendiaire aux formes plus que généreuses, et en tout cas, que Marc fit plus que remarquer... Elle ne semblait avoir d'yeux et d'oreilles que pour son collègue. Elle ne déplaisait pas physiquement à Marc, et son rire était hypnotisant et chaleureux à la fois.

- Pouvez-vous me présenterez-vous votre... collègue, Monsieur Dormier ??

- Oui, bien sûr, fit, embarrassé, le journaliste. Il s'agit de Madame Cécile Doucet, qui m'assiste parfois dans certaines recherches et sur des articles. Et Cécile, voici Monsieur Lacointres dont je te parlais hier ! Tu sais, ce formidable article qui sortira dans deux jours… !

Dormier s'arrêta là, ne voulant pas trop en faire !

Ces quelques instants se gravèrent dans la mémoire de Marc, peut-être pas à tout jamais, mais du moins pour un bon bout de temps… Il prit congé rapidement, en insistant sur quelques détails… inutiles en fait… !

Lacointres était rentré chez lui, se promettant de repérer où elle résidait…

Quelques jours après la parution de l'article, somme toute très correct, et ne faisant pas part de ses propos quelque peu outranciers, il était revenu planquer près du journal, en début de soirée. Il avait cru comprendre que Dormier et sa collègue travaillaient parfois tard en soirée… Il avait trop envie de revoir cette Cécile. Il avait cru ressentir qu'elle lui avait porté intérêt au premier regard… Du moins, il l'espérait ! Il ne savait pas comment il l'aborderait, mais il lui fallait en savoir plus sur elle.

Il attendit que sa préférée sorte, il la suivrait alors discrètement et il saurait où elle se nichait… Que c'était délicieux comme perspective !

Chapitre 4

J – 10.

Tours.

Enfin, Cécile sortit du journal vers 22h30 ; ses pas cliquetaient sur le trottoir. Marc en avait déduit qu'elle devait avoir des chaussures à talon. Il n'avait pas fait attention tout à l'heure à ce détail lors de son apparition furtive dans la salle de rédaction. Cela le ravissait…Il adorait les femmes qui portaient des talons… Quand elle s'était avancée vers lui pour lui tendre la main, pour le saluer, il l'avait immédiatement jaugée, du bas en haut, s'arrêtant quelques instants sur ses formes sensuelles… Il espérait que son intrusion n'était pas apparue comme inopportune, d'ailleurs, mais surtout n'avait pas éveillé une quelconque suspicion chez ce Dormier… C'était un professionnel, lui avait-il semblé, assez perspicace et au-dessus de la moyenne des journalistes, selon l'échelle de notation Lacointres !!! Il rit en son for intérieur, et se reconcentra sur sa précieuse « proie » … Elle était à une bonne vingtaine de mètres devant lui ; cela allait. Il pensa, à ce moment-là, que si elle avait garé sa voiture, alors il se ferait berner, il ne pourrait plus la suivre ! Quel idiot ! Il ne s'était pas concentré et il n'avait pas envisagé qu'elle pouvait être véhiculée… Trop émoustillé par cette femme sublime… Il l'aimait déjà ! Quelques dizaines de mètres plus loin, il fut rassuré. Elle venait de traverser le boulevard, et s'engouffrait dans une petite rue perpendiculaire. Elle était déjà arrivée à près d'un kilomètre du journal… Il n'y avait pas de doute, elle ne devait pas résider trop loin. Elle était même passée devant des arrêts de bus sans s'en occuper !

Il avait trop envie à nouveau de voir son visage, et donc il pressa le pas. Ce fut juste à cet instant qu'elle ralentit, et se mit à fouiller dans une de ses poches, juste devant une porte cochère. Il garda son calme, la vit de profil lorsqu'il fut à deux mètres d'elle, et soupira d'aise en la contemplant. Qu'elle était belle ! C'est là qu'elle sortit une clé de sa poche, mais tourna en même temps son visage vers lui, sans doute intriguée ou alertée par des pas si proches d'elle. Il avait conservé ses chaussures de ville, et comme il avait pressé le pas, cela faisait un certain bruit. Il eut le réflexe de simuler un éternuement qui lui fit baisser le visage dans le col de sa veste, et tourner la tête tout naturellement de l'autre côté… ouf ! Elle ne pouvait pas avoir vu véritablement son visage, la rue n'était pas tellement éclairée ; le soleil était couché depuis peu en ce début d'août, mais l'étroitesse de la rue captait peu de clarté… Ouf, ouf, ouf ! Il continua sa marche du même pas et ne se retourna qu'après avoir compté jusque trente. Alors, il stoppa tranquillement et se retourna lentement. Elle n'était plus derrière lui, ni devant la porte cochère. Il opéra un demi-tour et s'approcha de la porte. Il vit une série d'une dizaine de sonnettes, avec, comme il se doit, des noms et prénoms écrits en-dessous. Il trouva au 3ème étage des indices qui lui plurent : « Cécile et Stéphane Doucet » ! L'affaire était faite, la cage de la colombe était découverte…

Il avait trouvé ce qu'il cherchait ! Il se félicitait de son intelligence, et de sa perspicacité ! Tout guilleret, il repartit vers son domicile, dont il s'était très éloigné tout compte fait. Il en aurait pratiquement pour une heure de marche... Mais cela ne comptait pas, car il savait où son amour habitait ! Il allait peut-être vite en besogne, il le savait, on le lui avait souvent dit, mais cette fois-ci, il savait qu'elle l'aimerait...Et puis, le fait qu'elle ne vive pas seule ne le dérangeait pas... Son compagnon serait une victime collatérale de plus !!! Il redoubla son pas, déterminé...

Tout occupé à chercher le nom de Cécile sous les sonnettes, il ne l'avait pas vue se cacher dans un angle d'une ruelle sur le trottoir d'en face. Bien que mariée avec un représentant en vins, Stéphane, qui souvent rentrait tard, ou tout simplement était en déplacement, elle n'en avait pas moins l'âme d'une aventurière. Ayant eu quelques doutes sur les allers et venues de son mari, elle l'avait d'ailleurs déjà suivi, en cachette., Elle l'avait alors vu entrer dans une entreprise de logistique, un fait normal quand on organise les transports de vins pour ses clients. Elle y était entrée, l'avait demandé à l'accueil ; on l'avait appelé, et quelques minutes ensuite, il était apparu. Elle avait inventé un prétexte quelconque, et était repartie rassurée à l'époque. Il avait été surpris qu'elle trouve où il était, mais bon... Stéphane était un homme gentil, il ne lui en avait pas tenu rigueur...

Elle savait être prudente, et donc avait remarqué très vite qu'on la suivait. Lorsque l'homme avait éternué à sa hauteur (enfin, elle était presque sûre qu'il avait fait semblant...), elle aurait juré, sur le court instant durant lequel elle entraperçut son visage, qu'il ne lui était pas inconnu... Maintenant qu'il venait de passer devant elle, elle en était sûre : c'était le gars qui était venu vite fait au journal importuner son collègue Yann ! Le fameux pharmacien louche dont il avait parlé, avec ses doctrines plus que complétement déjantées... ! Elle sentait la bonne histoire, le bon scoop pour un futur article, voire une enquête journalistique… Elle s'imaginait plein de pistes, sans en arriver à en dégager une… Stéphane n'étant pas là cette nuit (il lui avait dit être en région parisienne, crut-elle se rappeler), elle décida de suivre ce curieux personnage ! Elle n'avait pas peur, elle ne le craignait pas… Elle avait bien dupé son Stéphane lors d'une filature ! Le peu qu'elle en avait vu et entendu, de ce pharmacien, relevait plus d'un illuminé immature que d'un sadique obsessionnel et criminel !!!

Elle le laissa donc loin devant, plus loin que lui ne l'avait fait. Elle connaissait bien le quartier et la ville en général. Il lui fallait être attentive et anticiper les endroits où elle pourrait le perdre de vue. Passer toute sa journée en hauts talons n'était pas très confortable pour une femme, si bien qu'elle avait toujours avec elle, dans son grand sac, une paire de ballerines qu'elle enfilait lorsqu'elle était au bureau, la plupart des collègues féminines faisaient la même chose ! Les hommes également, mais avec des baskets ! Si bien qu'elle prit quelques secondes, tout en marchant, pour les sortir de son sac. Elle s'arrêta vite et les glissa à ses pieds, tout en rangeant ses chaussures de « femme », comme elle disait, rapidement dans le sac. Elle trottina, silencieuse, quelques mètres pour rattraper à vue M. Lacointres qui venait de tourner dans une rue à gauche ; pourvu qu'elle ne l'ait pas perdu. Un regard rapide dans l'angle de rue, lorsqu'elle y arriva, la rassura. Elle avait le même écart que tout à l'heure avec lui ; elle décida de se rapprocher, d'abord en trottinant, puis en marchant plus vite. Vingt à trente mètres lui paraissaient suffisants… De plus, elle rasait les murs des habitations. Il ne se retournait pas ; elle estima qu'il était en train de savourer sa découverte avec son adresse dans la tête… Rira bien qui rira le dernier ! se dit-elle.

Elle jaugea qu'il était en train de ralentir et il lui sembla qu'il mettait une main à la poche, sans doute pour prendre ses clés… Elle s'arrêta dans l'encoignure d'une grande double porte. Elle osa regarder discrètement et le vit disparaître dans un bruit légèrement métallique dans l'obscurité désormais… Une grille, à n'en pas douter ! Elle entendit d'ailleurs le bruit caractéristique des deux vantaux que l'on referme. Elle se dépêcha d'arriver à cette entrée et baissa la cadence de ses pas en y parvenant…

Alors, elle crut immédiatement que l'enfer lui ouvrait les portes !!! L'aboiement effroyable d'un chien énorme qui se jetait contre la grille lui fit faire un bond phénoménal !!! Cependant, elle eut la présence d'esprit de se dépêcher de passer son chemin, de traverser la rue au plus vite et de se planquer derrière un arrêt de bus non loin de là…

Son cœur battait la chamade, ses oreilles bourdonnaient et elle sentait le sang battre dans ses tempes ! Le chien aboyait toujours, d'un aboiement méchant, mais également quasi incontrôlable semblait-il. Oh juste ciel ! Merci mon Dieu !!! pensa Cécile quand quelqu'un déboucha à ce moment-là, un vélo couinant à la main, d'une ruelle quasi en face de la grille, de l'autre côté de la rue. Le chien, si cela se pouvait encore, devint alors fou furieux ! Le piéton cycliste n'en eut cure, et jeta un

- Saleté de chien !!! Tais-toi donc raclure !!!

Une voix claqua alors, du terrain derrière la grille, tel un coup de fouet :

-   Athos !!! Au pied !!!

Instantanément, un silence de plomb s'installa…

Cécile estima que tout l'incident n'avait duré à peine qu'une trentaine de secondes, mais cela lui avait paru une éternité ; elle vit quasi immédiatement une lumière blafarde illuminant ce qu'elle ne pouvait imaginer que comme la porte d'entrée de ce qui semblait être une grosse bâtisse.

Instantanément, elle vit deux fenêtres sur quatre au rez-de-chaussée s'éclairer, celles de droite. Elle resta sur ce côté opposé de la rue, et avança doucement, le long des maisons, jusqu'à cette ruelle d'où était venu le providentiel cycliste, providentiel car nul doute que Lacointres avait dû croire que c'était lui la cause de l'énervement de son chien !

Quelle baraque ! murmura-t-elle en mettant sa main sur la bouche. Jamais elle n'aurait imaginé associer une telle bâtisse à un individu si insignifiant à ses yeux…

Certes… Ce bâtiment était resté dans le jus, mais on distinguait bien le style d'une maison de maître comme on les dénomme. Elle voyait, entre les barreaux de ce portail, un petit ensemble d'arbustes devant une volée d'escaliers conduisant à une grande porte d'entrée. Le tiers de la partie supérieure, vitrée, laissait entrevoir quelques meubles et bibelots.

L'étage, côté droit, s'éclaira, alors que le rez-de-chaussée s'éteignit. Manifestement, le maître de cette imposante maison montait se coucher… Toute la partie droite s'éteignit une nouvelle fois en façade haute, mais Cécile vit une pâle lueur, en second plan, sur le côté gauche. Sa chambre sans doute…

Elle bâilla. Bien qu'elle fût fatiguée, il était déjà un bon minuit aperçut-elle à sa montre, elle ressentait de l'excitation, due à une bonne dose d'adrénaline. Ses idées étaient toutes embrouillées, mais ce qui était sûr c'est qu'elle tenait là le début d'une sacrée enquête journalistique… Sur ce, elle ne se concentra dès lors qu'à retourner chez elle, discrètement, mais impatiente de déterminer la suite de cette histoire. Qu'allait-elle faire maintenant ? Dans les jours à venir ? Prendre son temps, et y réfléchir… En parler à Stéphane, il serait de bon conseil !

Elle tourna cette fois-ci à droite, dans le sens contraire de celui qu'elle avait suivi le pharmacien, et prit le boulevard adjacent sur un bon kilomètre. Elle parvint à une entrée d'une petite maison, là où Stéphane et elle vivaient désormais… !

Hé oui !!! Elle n'était quand même pas un perdreau de l'année ! Dès qu'elle était sortie du journal, elle s'était sentie suivie. Elle avait alors décidé d'aller en direction de leur ancien logement qu'ils avaient quitté depuis une quinzaine de jours…

Les nouveaux locataires n'étaient encore qu'en cours d'installation. La preuve : c'étaient encore leurs noms à eux, Cécile et Stéphane Doucet, qui apparaissaient sur la sonnette !!!

Il faudrait penser à leur dire, se dit Cécile… Et elle rentra se mettre au lit…

Chapitre 5

J – 3. 22h15

Gare de Nancy.

Marc Lacointres venait d'arriver en gare de Nancy. Le voyage, les changements de train, les passages en gare, tout s'était passé de manière extrêmement rapide.

Son cerveau bouillonnait. Il savait qu'il allait fort probablement trouver la dernière clé susceptible d'ouvrir sa boîte de Pandore. Il lui fallait être patient. Il descendit du train, alla s'acheter une confiserie et une boisson au distributeur. Il mit le tout dans son sac à dos.

Avant de sortir de la gare, il se remémora l'adresse à laquelle il devait se rendre, et se rappela l'itinéraire qu'il devrait emprunter : tout était clair dans son esprit.

Il était désormais 22h30. Il avait une heure de marche à bonne cadence. Une dernière précaution : voir s'il n'était pas suivi… Il avait volontairement pris un horaire de départ qui le faisait arriver en fin de soirée : beaucoup moins de monde était présent. Effectivement, trois voyageurs en solo et quatre familles avec enfants erraient encore dans le hall de la gare.

Marc s'assit sur un banc, posa son sac sur le sol et, tranquillement, sortit des confiseries et une boisson. Il prit son temps pour boire et manger des bonbons… Un quart d'heure ! Il crut que cela n'allait jamais en finir avec ce gamin qui faisait une crise devant un distributeur parce qu'il voulait une barre chocolatée d'une certaine marque qu'il n'y avait plus dans l'appareil… !!! Et les parents, extrêmement patients, ou plutôt impuissants, qui lui donnaient des explications, et des arguments, et des promesses… ! Tu parles, lui, il aurait trouvé comment le calmer !!! Un coup de rappel tonitruant comme il faisait avec Athos, et cela aurait fait l'affaire !!! Lui crier aux oreilles qu'il a beau faire, qu'il a beau dire, c'est comme cela ! Qu'il n'y a plus de saleté de chocolat !!! Et que si cela ne lui plaît pas, il va se prendre une bonne raclée !!! Non mais !!! Il riait intérieurement… L'éducation des enfants !!! Il avait un avis tranché sur le sujet, car, de toute façon, il ne voulait pas d'enfant. Le problème était réglé ! Enfin, la petite peste et sa famille sortirent de la gare. Lacointres remit le reste de ses bonbons dans le sac, réajusta sa veste, cala sa casquette de baseball sur son crâne, légèrement inclinée sur l'avant, et sortit de la gare d'un pas serein. Un coup d'œil circulaire sur la place : rien de suspect ! Il s'engagea dans la rue immédiatement à droite et se concentra sur son parcours.

Il savait qu'il devait être fin stratège. Là où il se rendait, il arriverait dans un moment de malheur, de tristesse… Il devrait prendre les attitudes adéquates ; dans son métier, il croisait souvent des membres de la famille de mourants ou de décédés… Il savait trouver les mots et les attitudes politiquement corrects. Il n'y aurait pas de souci… C'était très important, tout dépendrait de ce moment pour la suite…

Il ne connaissait pas Mme Troupier et même s'il avait correspondu quelques temps avec feu son mari, décédé il y a maintenant trois jours, et enterré demain, il avait été extrêmement surpris de recevoir un faire-part avec un mot l'invitant aux funérailles. Mme Troupier avait cru bon d'ajouter que son mari lui avait préparé une enveloppe qu'elle devait lui remettre en main propre. Marc en avait été tout bouleversé. Il n'avait jamais trop compris pourquoi Troupier avait cessé sa collaboration, ou plus exactement la supervision de ses travaux. Certes, il avait eu des problèmes de santé, un cancer lui avait-il confié, cancer qui l'affaiblissait, apparemment… certainement d'ailleurs... Pauvre homme ! C'était le seul qui avait compris Marc. Pourtant, cet éminent scientifique remettait souvent en cause, lors de leurs discussions, les possibilités offertes à l'expérimentation. Trop extrêmes selon ce professeur…Ces chercheurs avec leur sens éthique, ça énervait Marc au plus haut point ! A cette époque, il avait mis leur séparation sur le compte de cette divergence d'opinions… En fait, il n'en n'était pas certain… Ce serait un mystère pour toujours ou alors ce courrier lui éclaircirait ce point.

23h45. Il était arrivé.... Finalement, il était allé plus vite que prévu ! Il était en forme ! De plus, il aimait marcher… Certes, il était tard, mais sur la lettre reçue, il était indiqué que la veille de l'inhumation, la veillée funèbre était ouverte à tous et toutes, tout au long de la nuit… De sacrés culs bénis, s'était-il fait comme réflexion ! S'arrêtant devant la porte de cette maison, il examina lentement la façade. Elle paraissait cossue par son aspect avec ses nombreuses fenêtres éclairées. Une telle clarté contrastait avec la noirceur de ce moment… Comme si la famille souhaitait que M. Troupier fût accompagné dans ses dernières heures sur terre par toute la lumière qu'on pouvait lui apporter…Sous terre, ce ne serait pas possible, se prit à plaisanter pour lui-même Marc… Oh !!!! De l'humour noir prodigué juste à l'instant qu'il fallait ! Je suis trop fort se dit-il ! Mais il s'en voulut vite et il se signa…Il n'était pas croyant, sauf quand ça l'arrangeait…

Une sorte d'assurance, comme pour les voitures, bien utile quand on en a besoin…

Ayant ôté sa casquette, et l'ayant rangé dans son sac, il frappa à la porte grâce au heurtoir chromé, représentant un visage de chérubin. Il l'ouvrit simultanément comme il était indiqué sur la petite pancarte qui jouxtait le faire-part scotché au bâti.

Il entra dans un large et long couloir, illuminé d'une multitude de lampes, de candélabres, d'appliques. Un festival de lumens, une symphonie d'ensoleillement électrique ! Il cligna des yeux durant quelques instants. Un jeune homme, un neveu sans doute, ou… peu importe, Lacointres s'en fichait, sortit d'une première pièce sur la droite, lui fit un signe de tête auquel Marc répondit de la même manière, en déclinant son nom toutefois. Le jeune homme ne réagit pas et lui fit signe de le suivre. Quelques pas plus tard, il put pénétrer, une fois la porte ouverte, dans le dernier lieu de repos de M. Troupier : le salon. Mais quel salon ! Des cadres avec des photos de famille partout, séparés par des trophées de chasse, par des peintures flamboyantes, avec un plafond orné d'un immense lustre qui éclairait la dépouille de cet homme. M. Troupier était allongé dans un cercueil en laqué noir, finition « piano » … Le must de l'élégance ! Manifestement, il était chéri dans la lumière par sa famille, en pleurs autour de lui, tout en discrétion malgré tout… Ils étaient assis sur un nombre important de sofas, fauteuils et canapés en cuir blanc. La classe ! L'ambiance, si l'on peut dire, était chaleureuse et sobre à la fois, mais sincère, Marc n'en doutait pas. La tristesse emplissait cette demeure.

Il chercha du regard Mme Troupier qui, tout naturellement, s'avança vers lui pour se faire reconnaître. Elle semblait beaucoup plus jeune que le défunt, d'une vingtaine d'années, ce qui faisait qu'elle n'avait à peine, à son sens, que dix ans de plus que lui. Quelle belle femme ! Malgré ses traits tirés par le chagrin, il perçut une beauté sophistiquée mais réelle sur son visage. Ses yeux d'un marron envoûtant laissaient perler des larmes de chagrin. Sa longue robe noire révélait des formes généreuses, et il jeta un rapide coup d'œil sur sa poitrine opulente, qui s'agitait au rythme de ses sanglots, et laisser imaginer une profondeur sensuelle…

Dans un sursaut, à la fois amical mais chaleureux justement, il se permit de la prendre dans ses bras, et elle en fit de même. Il était mal à l'aise avec ce genre d'effusions, mais il fallait bien en passer par là parfois… Et là, franchement, il aimait bien… ! A sa grande surprise, il sentait la chaleur qui émanait de ce corps féminin... Et quel corps ! Il ne put s'empêcher de sentir le moelleux de la poitrine de la femme contre son torse… Sa chevelure blonde, qui lui arrivait à mi-épaule, toute lâchée, lui frôlait le visage, et il sentait un parfum voluptueux s'en dégager … Des images lui vinrent instantanément, et sa virilité se rappela à lui…

Elle le lâcha doucement, retourna la tête vers le défunt, dans un geste que Marc comprit être une invitation à se rapprocher de lui. Oh, qu'il faisait chaud dans cette pièce maintenant !

Lacointres s'approcha, sans hésitation aucune. Il ressentait toujours cette chaleur provenant de Mme Troupier, et les effets sur son entrejambe tardaient à s'estomper. Au fond de lui, il devint honteux de ce qu'il lui arrivait, devant la famille de plus … ! En quelques secondes alors, il redevint un être humain qui était dans le respect de la maîtresse de maison et de son mari décédé… Bref, sa libido s'était calmée, il ne désirait plus cette femme… Il s'en voulait et fit instinctivement une petite prière rapide, et un signe de croix. C'était le moment et l'endroit de toute façon !!! Et d'ailleurs, il vit que beaucoup firent en chœur également le signe de croix pour l'accompagner. Pas pour la même raison, ça c'est sûr !!!

Il resta immobile, imperturbable, fixant le visage de M. Troupier ; il n'avait pas changé, il était toujours aussi digne dans la mort qu'il l'avait été dans la vie, autant qu'il s'en souvienne...

Certes, il avait beaucoup maigri, mais l'homme, le Troupier qu'il avait connu, était encore bien présent !

Sa veuve prit Marc soudainement par le bras, et l'emmena à l'étage. Marc avait retrouvé son calme et il accompagna bien à l'étage celle qu'il considérait comme une épouse éplorée... Ils entrèrent dans le bureau de son mari. Tout aussi décoré que le salon, le thème des décorations n'était cependant pas le même : de nombreux diplômes dans des cadres aux enluminures parfois extravagantes, photographies de promotions, et une photographie, à droite de son bureau : Lacointres et M. Troupier, tous les deux posant l'un à côté de l'autre, de pied, lors de la remise des diplômes de dernière année... !

- Mon mari faisait, enfin vous le savez sans doute, des photos des étudiants dont il suivait la thèse, dit-elle d'une voix douce, au timbre chaud. Regardez, c'est celle-ci qu'il avait choisie de mettre dans son bureau. Il vous appréciait au plus haut point, et trouvait que vous étiez clairvoyant et en avance sur votre temps. Parfois, lorsqu'il revenait d'entretiens avec vous, il était perplexe, grognon, et sombre... Je le questionnais et il me disait : « Dommage, il est tellement brillant ! Mais c'est un diamant à l'état brut ! »
- Vous, vous ... me flattez Mme Troupier... ! C'est si gentil !
- Il vous aimait beaucoup au fond, et de ce fait, permettez-moi... moi également ! Je vous aime bien...Je ne savais pas si vous alliez venir, au vu de la distance, mais vous avez fait l'effort, et cela me touche beaucoup... !

Mme Troupier ne savait pas que ce qui avait vraiment décidé Lacointres à venir, mais elle se doutait que le petit mot qui parlait d'une enveloppe à son attention avait pesé dans la balance… Pour Lacointres, la raison le poussant à venir était claire, l'enveloppe ! Quoique maintenant, il y avait une deuxième sacrément belle raison… Mme Troupier, Sandy, crut-il se souvenir…

- Madame Troupier, Sandy ? osa-t-il…
- Oh bien sûr, Marc… ! Tu peux me tutoyer aussi tu sais, j'ai vraiment l'impression que tu fais partie de la famille, Philippe passait des heures à me parler de tes recherches…
- Justement, Sandy… Vous…tu me parlais d'une enveloppe dans ton petit mot ?
- Oui, oui, justement c'est pour cela que nous sommes montés dans son bureau !

Elle fit le tour du secrétaire, et ouvrit un tiroir d'où elle extirpa une grande enveloppe de couleur marron, fort épaisse. Ce faisant, elle s'était penchée et Marc ne put s'empêcher de contempler sa poitrine magnifique qui débordait largement de son décolleté… Oh bonté divine ! Ses tempes bourdonnaient, son cœur battait la chamade, et tout son être était chamboulé. Il ressentit à nouveau une chaleur au bas-ventre… juste au moment où elle releva la tête, et qu'il vit son regard aller de ses yeux à lui, vers le milieu de son corps. Elle avait alors tiré vers le haut le décolleté de sa robe, en ayant un petit sourire, légèrement en coin, et en s'empourprant quelque peu… Rêvait-il, ou elle l'avait surpris en train de la déshabiller du regard, en avait vu les effets manifestement rebondis dans son pantalon ? Cela ne semblait pas la gêner, peut-être même le contraire… !!!

- Heu, heu, elle est grosse… l'enveloppe ! finit-il par dire…

Ce n'est pas possible…pensa-t-il, quelle nouille je suis !

- Oui ! bien épaisse effectivement... ! Apparemment, il indique où se trouve la suite de ses recherches, mais il était très évasif et franchement je ne sais pas où il a laissé la suite...S'il y en a une... Tu sais, Marc, il était souvent hospitalisé depuis cinq ans maintenant, il s'est tellement battu ! Son dossier sur vos recherches communes l'accompagnait même en soins ! ou en maison de repos... Je ne l'ai pas laissé tomber durant tout ce temps, même si nous nous étions séparés quelques temps avant qu'on ne lui détecte ce cancer... Notre couple battait beaucoup de l'aile, je savais qu'il avait pas mal d'aventures avec des étudiantes... Un beau vivier ! N'est-ce-pas ? Toi aussi, je suppose en ton temps, tu batifolais dans le vivier... ? Bref, nous nous étions éloignés, mais cette longue maladie nous a rapprochés : on ne laisse pas un compagnon de route, seul sur le côté, voilà ce que je lui disais, lorsqu'il ne comprenait pas pourquoi je l'épaulais... Et alors, il riait... ! Nous étions mariés depuis une quinzaine d'années, sans doute trop pour nous... Jadis, j'avais été un poisson du vivier... !

Marc ne sut quoi répondre. Il tendit doucement la main en s'approchant de Sandy et elle lui tendit l'enveloppe.

Sans dire un mot, ils descendirent tous les deux au rez-de-chaussée, elle le reconduisit à la porte (sans passer par la case salon... se dit-il...).

- A demain, 10h à l'église indiquée sur le faire-part, celle du quartier, dit-elle ...
- Ah d'accord ! A demain alors... Bon courage... fit Marc, un peu perdu...
- A demain... susurra-t-elle en l'embrassant furtivement sur la joue, non avec la joue, remarqua Marc, mais avec ses lèvres...

Et elle ferma la porte prestement...

Eh bien, pensa Lacointres en étant sur le trottoir, dubitatif, avec l'enveloppe à la main… Quelle soirée !

Il marcha un peu, question de se calmer et faire le vide dans sa tête, il en avait besoin. Puis, il appela au téléphone un taxi qui arriva à sa hauteur une dizaine de minutes plus tard. L'air un peu plus frais de cette nuit lui faisait du bien, il avait fait tellement chaud aujourd'hui en cette journée d'août. Sa petite veste en coton lui suffisait largement.

- Monsieur Lacointres ? dit le chauffeur.
- Oui, c'est moi ! Conduisez-moi s'il vous plaît, à l'Hôtel 312 !
- C'est en sortie de ville !
- Oui, je sais !
- Faut-il venir vous chercher demain matin ?
- Bonne idée ! Demain… A quelle heure pour arriver à cette église à temps ?

Le chauffeur regarda le faire-part que lui tendait Marc, et dit :

- 9h30… comme cela, s'il y a des embouteillages… vous serez à l'heure pour lui dire au revoir avant son grand voyage !

Le chauffeur sourit de son bon mot, et Marc en fit autant.

Vingt minutes plus tard, il arriva à son hôtel, paya le chauffeur, lui rappela l'heure de départ demain matin, puis il s'engouffra dans le bâtiment ; il passa vite à l'accueil, et monta dans sa chambre. Il se déshabilla rapidement, mit sa montre connectée en alarme pour 8h, il aurait largement le temps de se doucher, et de prendre son petit-déjeuner.

Il s'allongea en se laissant aller à penser à Sandy, mais également à Cécile… Il préféra songer à Sandy, et son corps réagit immédiatement aussi… Le début de nuit allait être très sympa, se dit-il, en s'enfouissant dans les draps…

Chapitre 6

J – 2.

Nancy.

Marc se réveilla juste avant que sa montre ne vibre. Il avait passé une très bonne nuit, les draps s'en souvenaient… Il était détendu… Il se dépêcha de prendre une douche et de se vêtir. Mais avant de descendre dans la salle du petit déjeuner, il ouvrit l'enveloppe donnée hier par Sandy.

A la première lecture rapide, il vit qu'il y avait d'abord une synthèse, puis un ensemble de documents de recherche. Il alla directement dans les dernières pages. La conclusion était claire et nette : Philippe validait ce que son élève avait trouvé comme substances et molécules et, assemblées, il montrait que cela débouchait bien sur des substrats plus que valables, mais pas encore vraiment efficaces... D'ailleurs, il en attestait par différentes formules et calculs. La finalisation ne passerait bien sûr que par l'expérimentation. Troupier avait envisagé trois pistes de protocoles d'actions expérimentales. Lacointres fit la moue, et pesta, car ces pistes ne lui convenaient pas : elles étaient trop mièvres, empruntées, soporifiques, d'un classicisme fatigant… Il faudrait des années d'expérimentations… ! Inefficace tout cela !

Son visage s'éclaira pourtant en un instant… Souvent, lorsqu'il s'énervait, émergeait une idée fabuleuse… Et la lumière fût, se plaisait-il alors à penser !!! Il avait trouvé une quatrième piste, instantanément, comme souvent pour ses découvertes les plus importantes, qui allait faire se retourner le défunt Philippe Troupier dans sa tombe…

Il descendit donc, guilleret, au petit déjeuner.

Le taxi arriva ensuite, et le conduisit à l'église. Il ne s'approcha pas trop de Sandy. Elle non plus d'ailleurs, tant elle était triste et, trouvait-il, anéantie… Il lui fit un salut de la tête, elle lui répondit de la même manière. Cependant, elle esquissa un léger sourire indéfinissable mais plein d'espoir pour la suite de leur relation qui était pour l'instant, comment dire, songeait Marc…chaste ! Voilà le terme !

Les obsèques avaient été somme toute grandioses.

Cet homme était connu et reconnu. Il n'avait laissé personne indifférent, tant sur sa vie privée que professionnelle. Il en sera de même pour moi, pensait Marc ; sur le plan professionnel, je vais révolutionner le monde médical ! Sur le plan personnel… nous verrons… songea-t-il en soupirant de dépit…

Il partit très vite à la fin de la messe, telle une ombre, en longeant les murs intérieurs de l'église. Il téléphona au même chauffeur de taxi qu'à l'aller, il lui avait expliqué ce qu'il voulait faire après la messe, à savoir rentrer deux minutes à l'hôtel reprendre son sac, et filer au cimetière qui ne se trouvait pas trop loin de cet hôtel. Ensuite, il le conduirait à la gare. Le chauffeur ne s'était pas trop éloigné car, montre en main, deux minutes après l'appel, il freina tranquillement devant Lacointres. Puis, il fit le périple précédemment demandé, mais s'arrêta en chemin devant une petite supérette, à la demande de son client. Lacointres s'y engouffra, la grande enveloppe à la main, avec laquelle il était sorti de l'hôtel d'ailleurs, avait remarqué le chauffeur. Il en ressortit quelques minutes plus tard, toujours avec la seule même enveloppe. Le chauffeur, discret, ne demanda rien au sujet de cet arrêt dans le magasin...

Au cimetière, les employés des pompes funèbres s'affairaient à installer les nombreux bouquets et compositions florales sur le caveau familial. Ils avaient encore un peu de travail avant de finir. Lacointres en profita, et se rendit dans le carré sanitaire, à quelques dizaines de mètres de là. Une bonne trentaine de petits bidons d'arrosage s'alignaient le long du mur qui proposait trois robinets pour les remplir. Les gens venaient se servir pour arroser les fleurs ou compositions, en libre-service. Par chance, il n'y avait personne et les employés, éloignés, étaient de toute façon tout à leurs tâches...

Alors, Marc mis la main dans la poche intérieure de sa veste, et sortit un petit flacon plastique. Il le dévissa prestement et fit tomber, dans chaque récipient, quelques gouttes d'un liquide... Au dernier, il referma le flacon. Cela ne lui avait pris qu'une minute... Il relut le nom du produit inscrit sur l'emballage : Désherbant Total Bio, Haute Concentration...

Un sourire lui vint : c'est sûr que les plantes n'apprécieraient pas ! Et la loi du hasard ferait le reste...

Hé oui, il n'aimait pas les enfants, et ... pas les plantes... ! Mais son chien Athos et ses deux perroquets, oui !!! Et embêter le monde, aussi !!!

Il tourna les talons, salua les employés des Pompes Funèbres en passant devant eux. Il pressa le pas, il voyait les voitures du cortège qui étaient en train de se garer.

Il s'engouffra dans le taxi qui, à sa demande, était rentré de quelques mètres dans le cimetière et s'était garé discrètement sur un côté.

En passant devant les voitures de la famille du décédé, Marc tourna la tête pour qu'on ne le voit pas… Le chauffeur le remarqua :

- Monsieur est discret ?! s'enquit-il sournoisement.
- Je ne veux pas que l'on sache que j'ai porté attention à ce cher défunt… Je suis comme cela, discret…
- Oh alors, c'est tout à votre honneur !
- C'est cela !
- Je m'en doutais, fit le chauffeur, perplexe malgré tout, car son client n'avait pas lâché un seul instant son enveloppe !

Il se dit qu'il repasserait à la supérette, c'était une nièce qui tenait la caisse, il pourrait peut-être savoir si ce drôle de client avait acheté quelque chose…

Arrivé à la gare, un bon pourboire finit par enchanter le chauffeur :

- Quand vous reviendrez sur Nancy, n'hésitez-pas à m'appeler, gardez soigneusement ma carte !
- Bien sûr, bien sûr, sourit Marc. Le meilleur chauffeur de Nancy !!!
- Exactement, Teddy pour vous servir Monsieur… ! dit-il obséquieusement.

Lacointres claqua la porte alors que le chauffeur s'était déjà précipité au coffre pour lui rendre son sac. Il le tendit à son propriétaire qui opina de la tête, se retourna, et fila en direction de la porte automatique de la gare.

Celle-ci s'ouvrit et se referma telle une guillotine, à y regarder de près, se dit Marc… Il frissonna, subitement pris par une onde de suée froide…

Lacointres enchaîna alors une petite prière silencieusement, « ça ne mange pas de pain, non ? On ne sait jamais ! », se murmura-t-il.

Le chauffeur, quant à lui, fila vers la supérette… Il saurait ce que son client y avait fait, ou alors ce qu'il y avait acheté ! Ce client n'était pas net ! pensa-t-il…

Chapitre 7

J – 2.

Tours.

J'en avais marre qu'on ne réussisse pas à savoir où se trouvait Lacointres… Je repris en main le processus de suivi. En fait, ce qui provoquait mon énervement, c'était que Déchien venait de critiquer fortement les méthodes employées dans cette enquête, et carrément de remettre en cause mon implication… Il est vrai que je m'inquiétais constamment pour Marie. J'avais donc de plus en plus de mal à me concentrer, à décliner des plans d'actions. Cette affaire paraissait insignifiante au début, voire inconsistante. Une filature et une surveillance de faible niveau en étaient la preuve. Il était en train de s'avérer que ce n'était peut-être pas le cas ! Il fallait que je me ressaisisse.

Notre Ruche possédait des moyens colossaux aussi bien financiers que logistiques ou d'appuis dans tous les domaines sur quasiment toute la planète. Nous avions des agents infiltrés partout et nous fonctionnions sur ce cas comme des amateurs, voire des incompétents, m'avait dit Déchien… Un seul responsable, je le savais : c'était moi, Ernst !

Ma sœur…Depuis notre enfance, chacun dans son Institution, les religieux avaient eu l'intelligence et la bienveillance de nous accorder, une fois par quinzaine, une rencontre d'une après-midi, en présence d'un tiers. Les responsables avaient également consenti, très vite, à changer le nom de famille de Marie Sabine, en Marie Baptiste, puisqu'elle était ma sœur… Le masculin l'emporta sur le féminin comme en grammaire !!! Sinon, j'aurais pu m'appeler Ernest Sabine, je dois dire que je l'aurais pris comme une double peine… Marie et moi passions ces moments très agréables à jouer, puis à discuter de tout et de rien… Au fur et à mesure du temps, les entrevues devinrent moins cadencées ; elles passèrent à une par mois, puis à volonté… Mais en fait, ce ne fut pas l'effet escompté qui en résulta ; les tuteurs avaient pensé que nous étions mûrs et que nous pourrions gérer à notre envie ce moment ritualisé. En fait, nous avions toujours une bonne excuse pour ne pas honorer notre rencontre…

A l'adolescence, nous possédions des téléphones portables. Cela finalement resserra les liens… à distance ! Nos études nous emmenèrent dans d'autres villes et lieux, mais les Institutions restèrent les mêmes jusqu'à notre majorité. A ce moment, nous eûmes le choix : ou rester dans l'Institution le temps que nous voulions jusqu'à la fin de nos études supérieures, ou partir tout de suite … J'avais décidé de partir tout de suite. Ma sœur, elle, resta dans son Institution…

La vie nous emporta chacun de notre côté, mais nous nous téléphonions à l'occasion. Très peu finalement… deux à trois fois l'an au maximum, tout compte fait... Des banalités étaient échangées, mais le lien existait.

Puis, il y a à peu près deux semaines, un appel de Marie :

- Ernst ?

- Oui, Marie, comment vas-tu ? Tu as du temps à perdre à me téléphoner ! plaisantai-je.
- Ernst, il faut que l'on se voie… vite ! J'ai un problème… un sérieux problème !
- Quoi ? Dis-moi Marie ! Que se passe-t-il ?
- Non, pas au téléphone… Où peut-on se rencontrer ?

Marie savait que je résidais dans la région de Tours, mais, je pense, ne connaissait pas mon adresse. J'avais, de plus, fait en sorte de n'apparaître dans aucun annuaire, ni réseaux sociaux. Je, plutôt le Service avait fait en sorte… ! Je ne sais de quelle manière, mais c'était efficace !

Nous avions convenu du rendez-vous en fin d'après-midi dans un café à Tours. Elle vivait dans la région du Mans. Elle possédait une voiture et pouvait être présente moins de deux heures plus tard. De mon côté, j'étais maître de mon agenda…

Deux heures plus tard, installé dans le bistrot « Chez José et Paquito », je scrutais attentivement la porte d'entrée.

A ma demande, José m'avait réservé une petite table tranquille, dans une encoignure de la pièce. Il plaisanta sur mon rendez-vous, mais quand je lui dis que c'était la famille, alors là, il prit un regard sentencieux, et lâcha :

- Alors ! Si c'est la famille, c'est sacré !

Le José ! Un sacré numéro, mais en qui je pouvais vraiment avoir une totale confiance. Il avait compris à peu près ce que je faisais de mes journées, j'en étais sûr…

Marie arriva à l'heure prévue. Elle était élégante dans un tailleur bleu clair, hauts talons, ses cheveux blonds formant une tresse jusqu'à mi-dos. Elle avait un port altier, une vraie reine ! Elle était maquillée juste ce qu'il faut, mais… elle avait énormément maigri depuis la dernière fois que nous nous étions vus, soit … cinq ans, en fait… Le temps passe et on le laisse passer ! Elle était marquée sur le visage, la lassitude ternissant son maquillage… Elle me faisait pitié. Immédiatement, j'eus un énorme pincement au cœur, car j'avais compris qu'elle avait un souci important ! Elle l'affichait involontairement !

- Ernst, tu n'as pas changé ! me dit-elle en m'embrassant sur les joues, et en faisant claquer ses baisers, comme lorsque nous étions enfants.
- Ça va, ça va… fis-je, avec une mine inquiète.

José intervint à ce moment :

- Mademoiselle, Monsieur, vous désirez ? demanda-t-il avec un accent hispanique, plus que prononcé…
- Deux rosés ! fis-je en clignant de l'œil, et José partit prestement.
- Marie ? Qu'est-ce que tu as, dis-moi !
- Après, après, s'il te plaît, laisse-moi prendre mon temps… Tu es pressé ? s'emporta Marie, manifestement énervée.
- Mais non, mais non, ne t'énerve pas ! Allez, je t'écoute…

José amena les verres, sans dire un mot, car il avait entendu le ton monter.

Nous trinquâmes, et fîmes claquer la langue à la première lampée ; nous éclatâmes de rire… ! Mais ce fût l'élément déclencheur émotionnel, car Marie fondit aussitôt en larmes.

- Marie, qu'y a-t-il… ? la questionnai-je en rapprochant mon siège du sien, et en lui prenant la main.
- Je suis malade, très malade… ça ne va pas…
- C'est quoi ?
- J'ai été contaminé par du Novitchok…
- Quoi ? C'est impossible !!! dis-je… c'est impossible !!!

- On m'a immédiatement donné un auto-injecteur avec ce qu'il faut dedans, et je viens de sortir de l'hôpital, j'y étais depuis deux semaines, et…

- Attends, attends, je ne comprends plus rien !!! Qu'est-ce que tu faisais avec du Novitchok ??? N'importe quoi, mais n'importe quoi !!! Comment tu aurais pu te faire contaminer Marie ! Tu délires !!! Tu sais ce que c'est au moins ce poison russe ?

- Arrête !!! fit-elle en montant le ton… Oui, je sais… c'est un poison beaucoup plus toxique que le Sarin, par exemple… Ce n'est pas vrai ?

José arriva prestement.

- Monsieur Ernst, si vous voulez, vous pouvez aller dans une salle plus tranquille, vous y serez mieux !
- Ok José, c'est sympa ! Viens Marie !

Et nous partîmes tous les deux dans la salle à côté, réservée souvent pour des petites fêtes, là où nous pourrions être au calme, loin de la vue et de l'écoute des autres clients.

- Ernst ! Ecoute-moi. Je vais te raconter quelque chose, tu me laisses aller au bout et puis tu jugeras de la situation…
- Vas-y ! Je me demande ce que tu vas encore me raconter…
- Oh stop maintenant ! Tu m'énerves !!! Est-ce que tu crois que j'ai une tête là à mentir ? Est-ce que je t'ai menti déjà sur une situation importante ? Dis-moi ?
- Non, non, mais…
- Je t'ai menti ???
- Non, je te l'accorde… Je t'écoute…

Marie raconta qu'elle n'était pas secrétaire pour une entreprise médicale. Elle avait été recrutée comme laborantine par une société. Dans l'entreprise dans laquelle elle travaillait jusque-là, en fait, son nom apparaissait dans les listings, mais elle n'y mettait plus jamais les pieds. Elle l'avait cachée parce qu'on l'avait recrutée il y a quatre ans maintenant, sous couvert d'une agence qui travaillait avec les services secrets…

- Tu rigoles ? fis-je doucement en baissant la voix, et en regardant tout autour de nous.
- Non, soupira Marie, en jetant un coup d'œil derrière elle anxieuse maintenant…
- Pourquoi t'es-tu engagée là-dedans ?
- L'excitation Ernst ! Le goût de la nouveauté, du secret, de l'exceptionnel… Un mec se pointe et te dit qu'il te veut dans son équipe qui fait des choses pour le bien de la société, la protection de la nation, et le progrès de la défense… !? Ça m'a plu tout de suite, c'était trop top !!! J'ai eu plusieurs entretiens confidentiels, et du jour au lendemain, je ne suis plus allée dans mon bureau comme secrétaire, mais dans un bâtiment enfoui en sous-sol dans un endroit que je ne connais pas…
- Un endroit que tu ne connais pas ??? Mais tu fais comment pour y aller ? Tu ne vis pas au Mans ?
- Enfin, maintenant je le connais… Et non ! J'ai dû déménager à Tours…
- Quoi ? A Tours ? Et tu ne m'as rien dit ?
- Je ne pouvais pas ! On vient me chercher chaque matin en voiture, mais je ne vais pas te dire où quand même… J'ai juré, et on me met la pression !
- Ok, ok… dis-je intrigué par ces révélations…
- Chaque soir, deux gardes du corps me ramènent en voiture, puis planquent dans ma rue…
- Pourquoi te surveille-t-on ?
- Ernst, je connais quelques secrets scientifiques, et je ne saurai pas me défendre si on venait pour m'extorquer ces informations…
- Tu sais au moins comment s'appelle ta société « secrète » ? demandai-je.

José arriva brusquement à ce moment-là dans la pièce :

- Monsieur Ernst ! Il faut déguerpir ! Il y a deux hommes qui viennent d'entrer, ils posent des questions sur une femme qui vous ressemble Mademoiselle !!! Vite, vite, par ici ! Il ouvrit une porte qui donnait sur une arrière-cour. Je saisis Marie par la main, et m'engouffrai avec elle à la suite de José. Il nous emmena dans un dédale de petites grilles de jardin qu'il ouvrait et fermait rapidement avec un trousseau de clés sorti de sa poche... Cela dura un bon quart d'heure... Je regardais souvent derrière nous : rien, bien que j'entendisse au loin régulièrement des cliquetis métalliques... puis vraiment plus un bruit suspect ! Je fus surpris du sang-froid de Marie. Son visage était pâle mais elle continuait à suivre le rythme, difficilement il est vrai... Elle s'était arrêtée quelques secondes pour ôter ses talons aiguilles, et elle trottinait avec moi, dans une main les deux chaussures et dans l'autre ma main qu'elle tenait très fortement... Je ressentis de la fierté à l'emmener comme cela, à la sortir d'une situation compliquée...   Pour ma part, je lui tenais la main délicatement, mais de l'autre main je maintenais bien fermement mon MR dissimulé sous mon blouson, au cas où...

- Ça va ??? lui dis-je plusieurs fois.
- Oui frangin ! dit-elle essoufflée ! Regarde plutôt devant ! Le patron nous montre le chemin, mais dis-lui qu'il peut aller plus vite, il n'y a pas de souci !!!

Je fus estomaqué par cette réplique, car de fait, elle était extrêmement essoufflée, son visage était d'un blanc cadavérique, et elle suait à grosses gouttes... Elle n'allait pas bien ! J'entendis José qui ronchonna et accéléra de ce fait la cadence... Je fis en sorte au contraire de ralentir afin d'épargner Marie. José qui se retourna vit mon geste de la main qui lui disait d'avancer moins vite ! Il comprit et ralentit...

Nous arrivâmes devant un parc que je connaissais bien.

José s'arrêta, se retourna, et demanda à Marie si ça allait…

- Dis-donc, vous courrez vite ! répondit-t-elle, tout en essayant de reprendre son souffle.

Il était vrai que finalement le rythme donné par José m'avait fait suer plus d'une goutte ! … Marie qui tentait de reprendre son souffle, n'en menait pas large … Elle était exténuée.

- Vous allez vous y retrouver là ? demanda José.
- Oui, merci José ! Je sais où l'on se trouve. Comment allez-vous faire maintenant ?
- Pas de souci ! Les hommes ne m'ont pas vu, c'est mon frère Paquito qui servait. Je vais aller chez ma cousine à quelques rues de là, et je vais téléphoner au bistrot. Mais je pense qu'ils sont partis maintenant…
- Oui, je crois, lui répondis-je.
- Merci, merci beaucoup José !
- De nada ! Attention à vous et à bientôt ! répondit-il.

Il tourna les talons pour s'en aller chez sa cousine, sans poser une seule question…

- Tu ne m'as pas répondu, dis-je à Marie, comment s'appelle la boîte pour laquelle tu bosses ?
- Oh c'est un nom compliqué… Kypsélie !
- Kypsélie ? fis-je, en fronçant les sourcils.
- Oui, ça veut dire Ruche en grec, je crois, dit Marie. Mais normalement, il n'y a pas de « e » à la fin… C'est une boîte de logistique, et en sous-sol il y a les différents services. Le service médical et le laboratoire dans lequel je travaille sont au -5.

Ce n'est pas possible ! pensai-je.

Et je sentis un tourbillon en moi que j'eus du mal à maîtriser... J'en avais le souffle coupé...

Ma sœur travaillait dans la même agence secrète que moi, mais à un autre service, et ce depuis quatre ans !!! Et pire ! Je ne le savais pas !

La Ruche avait ses secrets internes qu'elle conservait bien !

Ma sœurette était donc aussi une espionne !!!

Chapitre 8

J – 2 semaines.

Région de Tours.

Yves Déchien n'avait pas chômé ces dernières heures. Il était bien calé dans son confortable siège de bureau. Il faisait pivoter celui-ci de droite à gauche et de gauche à droite, avec un stylo dans la main qu'il agitait contre le verre protecteur. Il battait la mesure, inlassablement, méthodiquement, pendant qu'il fixait un point imaginaire sur le mur. De temps à autre, il s'arrêtait de pirouetter, ressaisissait son crayon et griffonnait quelques mots sur une feuille ; parfois il souriait, parfois il fronçait les sourcils. Son cerveau était en ébullition. Plus rien n'existait d'autre que la mission, que la cible…

La cible : Marc Lacointres. La mission l'empêcher de faire ce qu'il allait faire. Bon… ! Mais qu'allait-il faire ? Où ? Vers qui ? Avec quels complices ? Avec quelle arme ?... Ou n'était-il qu'un fou croyant qu'il allait révolutionner le monde et en être le souverain ? Dans ce dernier cas, si c'était cela son problème, s'il était dérangé mentalement et psychiquement, c'était simple. Déchien avait les moyens de le faire kidnapper, de l'envoyer au HPS, leur hôpital psychiatrique spécial, dont personne ne soupçonnait l'existence. On lui administrerait une bonne camisole chimique, il serait ainsi éloigné du circuit pendant quelques temps… On lui injecterait quelques vaccins expérimentaux, ou autres, il serait un héros anonyme de l'expérimentation, puis on le finirait très vite, une bonne incinération là-dessus, et on en parle plus !!! Mais non… !!! Yves laissait parfois son imagination nocive l'envahir… Être fou ne constitue pas un crime… pensa-t-il à la suite. Comment sait-on que quelqu'un est perturbé psychiquement ? Quelle différence parfois avec le génie, avec l'avant-gardisme, avec le sentiment que ressent le pur artiste ??? En revanche, le passage par ce châtiment si l'on est un assassin, alors oui votre honneur ! Il était pour cette sentence et sans sursis. Bien sûr, il y avait des pions à éliminer, et Déchien sentait de plus en plus que Marc Lacointres en faisait partie. Où qu'il soit, son équipe le trouverait très vite. Il activerait dans quelques minutes le plan « Coup de poing » et leur proie serait identifiée. Ils auraient accès à tous les serveurs et services informatiques, numériques, vidéos possibles et inimaginables. La proie serait trouvée, puis éliminée…

Ça, c'était la théorie !

Mais il fallait le présenter au Comité de Validation Ethique de Kypsélie. C'était une autre paire de manches ! Concrètement, il n'y avait pas de Lacointres en vue, mais surtout on ne savait pas à quel niveau il allait être un ennemi de la société. Certes, il avait proféré des propos très inquiétants qui avaient été transmis à Stéphane par sa femme. Certes, auparavant, un éminent Docteur en pharmacie avait lancé une alerte auprès de différents services par rapport à cet étudiant qui avait des idées très destructrices dans ses recherches… ! Certes, ce pharmacien, surveillé par ses agents, avait manifestement flairé la fouille entreprise chez lui. Ainsi, il avait renforcé la surveillance interne pour voir si on recommençait à fouiller dans sa maison… Peu communes comme attitudes !

Lacointres avait remarqué chez lui quelques petits dérangements, lui si méticuleux, voire à l'obsession. Les mini caméras dissimulées de droite et de gauche avaient fait le reste, en direct. Il n'avait rien manqué de la visite des deux agents en visionnant les enregistrements. Tout de noir vêtus, encagoulés mais tellement arrogants, tellement sûrs de leur supériorité qu'ils n'avaient même pas fouillé convenablement son appartement… ! Ils avaient survolé leur mission, car manifestement ce n'étaient pas des cambrioleurs… Ils avaient shunté l'alarme classique principale mais n'avaient pas pensé qu'il pouvait y avoir d'autres systèmes de sécurité ! Lacointres les avaient trouvés minables !!! Il était à deux doigts d'envoyer les vidéos à leurs employeurs… Mais qui étaient ces employeurs ? L'Etat ? Pas sûr… Du tout, même ! Qui ? Des concurrents commerciaux qui savaient qu'il avait créé des produits dits sensibles et qui étaient prêts à s'en emparer pour les vendre au plus offrant ? Ce pourrait être cela, puisque son idée finale c'était d'en arriver là… Comment auraient-ils pu savoir ? N'empêche qu'il avait vu, dès que l'alarme silencieuse l'avait prévenu sur son second portable, que son chien s'était écroulé. Il n'était pas inquiet, il se doutait qu'ils l'avaient anesthésié et non tué. Il s'en occuperait à son retour… Ces agents naïfs, qui, aux premiers documents trouvés, posés bien en évidence, s'étaient réjouis et étaient repartis, en essayant de dissimuler leur passage…Ces hommes et le service à qui ils appartenaient le sous-estimaient. Ils ne s'étaient même pas donnés de mal, tout cela pour un fatras de documents qui les conduiraient sur une fausse piste… Lacointres se doutait qu'un jour cela arriverait… Des faux documents lui laisseraient du temps pour réagir… Quelques heures… Plutôt quelques jours si les scientifiques qui se pencheraient sur ses formules étaient aussi nuls que ces minables fouineurs !!! Qui étaient-ils ? Il allait mettre une partie de sa bande sur cette recherche, maintenant… Eh oui, bien évidemment… car il ne travaillait pas en solo !!!

Tout cela, Déchien l'ignorait, et il restait en plein doute... Il savait que, moi Ernst, son fidèle lieutenant, j'avais un pressentiment fort par rapport à ce fou de Lacointres. Mais il était également tout aussi ennuyé avec moi depuis que j'hébergeais Marie. Il savait que j'étais au courant car nous avions eu une dispute mémorable, pas dans son bureau, jamais dans son bureau, mais entre hommes, dans le terrain vague pas loin... Pas d'observation possible de la part de qui que ce soit, pas d'oreilles indiscrètes, ou d'écoutes espionnes... Entre hommes !

Oui, il savait que Marie était dans un des services scientifiques du Kypsélie, oui il savait que lors d'une intervention elle avait été contaminée par un semblant de Novitchok, et qu'elle était impactée physiquement, mais surtout neurologiquement... Oui, il savait que cela risquait d'empirer, et oui enfin, il savait que je l'avais prise sous mon aile car j'avais compris que le service de Kypsélie la traquait afin de la ramener au bercail... Elle s'était enfuie, tant elle était, d'une part, perdue psychologiquement, et d'autre part, savait ce qui risquait de lui arriver : une inoculation de contre-poison à expérimenter sur ces destructeurs neurologiques ! Elle savait que tous ces antidotes étaient loin d'être miraculeux, qu'il y avait des effets collatéraux nettement négatifs. Déchien comprenait qu'elle s'était échappée juste à la sortie de sa convalescence à l'hôpital. Lequel d'ailleurs ? Déchien m'avait avoué que c'était un service privatisé d'une clinique du secteur sous notre contrôle absolu. Enfin, « pas sur le plan sécuritaire et surveillance !», avais-je fait remarquer à mon chef... Il en avait baissé les yeux... Il comprenait ma colère d'une part de ne pas avoir connu sa présence dans la Ruche, d'autre part de ne pas avoir su ce qui lui était arrivé, et ce qu'il risquait de lui arriver lorsque le service la reprendrait en son sein médical...

- Yves, je le tutoyais dans ces moments informels, tu sais que je ne vous laisserai jamais la reprendre dans votre service médical, pour soi-disant la soigner... Laisse-là avec moi, je prendrai, autant que faire se peut, soin d'elle. Je ne lui ai pas dit que j'étais aussi du service... Je connais les règles de chaque secteur, elle aussi, du moins sur le sien... Le protocole est le protocole, mais s'il te plaît, laisse-la chez moi, ne permets pas qu'on lui fasse subir ces expériences... !

- Ernst, hésita-t-il... Je te comprends... Mais, il faut que j'en parle au Comité, à titre exceptionnel... pour tes services...
- Et pour ce que je ferai encore ! ajoutai-je dans un souffle.
- Oui Ernst ! J'en ferai part... De toute façon, dès qu'on a su qu'elle s'était réfugiée auprès de toi, on a mis une parenthèse sur la traque...
- Ah, on en est là ! dis-je, ... la traque !
- Tu sais bien comment ça marche... Ne sois pas naïf ! Bref, une parenthèse donc... sur la ...poursuite... ça te va ?
- Le terme poursuite ou la parenthèse ?
- Zut !!! me lança Déchien, tu m'agaces !
- Oui, ça me va... transigeai-je. Pendant ce temps, elle va se refaire une santé chez moi, on va regarder avec le service ce qu'on peut lui donner comme traitement doux, et...
- Tu sais qu'il n'y a pas grand-chose à donner, et qu'on l'a déjà fait... Les effets empirent, elle a constamment mal à la tête, je ne sais pas si elle te l'a dit, tu as vu la dilatation de ses pupilles ?
- Oui, et non... elle ne m'a pas dit que ses maux de tête étaient si violents...
- Si Ernst ! Mais d'après le service médical, ta sœur est une sacrée battante !
- Je sais...
- Mais rien n'y fera... ! La dernière conclusion des spécialistes du service consiste en ce que les troubles respiratoires commencent de plus en plus à l'atteindre et qu'elle vomit un peu plus qu'il ne faut. Ce ne sont pas les

effets secondaires du traitement… Elle est à la limite de la perte de conscience constamment… Tu t'en rends compte Ernst ?!

- …

　　　Je ne répondis pas, je baissai les yeux…

- Ernst, je vais convaincre le Comité de la laisser chez toi, nous l'épaulerons…avec toi…

- Je ne veux pas que qui que ce soit rentre chez moi ! hurlai-je à Déchien…

- C'est bon, c'est bon ! On te fera passer les médicaments et traitements et tu pourras les vérifier si tu veux, mais je ne suis pas sûr que tu t'y connaisses…

- Je te préviens Yves, j'ai piégé l'appartement…

- Piégé ton appartement ! Comment ? Tu es fou ! Et ta sœur ?

- Elle n'est pas au courant, mais maintenant tu l'es et tu peux prévenir les sbires du médical ! Je préfère qu'elle meure que d'être dans leurs mains !

- Ok !!! D'accord !!! On se calme, tout sera fait comme tu veux…

- Et ne t'inquiète pas, tu ne seras pas déçu par mon boulot, je m'y mettrai à fond ! Je vais faire en sorte de neutraliser ce Lacointres !

　　　Nous nous quittâmes sur ce « contrat moral » … L'avenir allait me montrer qu'il serait compliqué de gérer ma sœur chez moi avec son état de santé qui se dégradait, et ma mission sur ce pharmacien Lacointres !

　　　Et pourtant…

Chapitre 9

J - 2.

Tours.

Nous avions renforcé l'équipe de surveillance mais Marc Lacointres n'était ni sorti de chez lui, puisqu'il n'y était pas, ni entré ce matin dans sa pharmacie. Yves Déchien m'avait retiré la surveillance de la pharmacie, un boulot de subalterne, m'avait-il dit… Pourquoi me l'avoir confiée alors, si ce n'est pour me sanctionner, ou, comme on me l'avait dit, pour me ménager après la dernière mission dans laquelle je ne m'étais pas montré à la hauteur… ? Même si on m'avait affirmé le contraire ! Je voyais toujours l'image de ces deux femmes qui s'écroulaient dans leur sang et le corps inerte de Liam mon snipper… J'avais courbé l'échine… Déchien avait vraiment été plus que bienveillant en faisant auparavant tout ce qu'il fallait avec le Comité de Kypsélie. Je pouvais conserver ma sœur chez moi, sans aucune contrepartie, pour l'instant, mais avec des médicaments et traitements conventionnels pour elle et des téléconsultations.

J'étais au bureau, en train de ronger mon frein, avec mon MR calé dans mon pantalon à l'arrière, mon blouson toujours enfilé depuis mon arrivée il y avait quelques minutes.

La procédure « Coup de poing » avait finalement été lancée, bien tard me semblait-il depuis que nous l'avions évoqué ; plusieurs jours de réflexions de la part du Comité… Maintenant, enfin, cela risquait d'être ultra-rapide ! Mon téléphone sonna aussitôt d'ailleurs, c'était le chef !

- On a repéré le cinglé !!!
- Ah, on l'appelle comme ça maintenant ? dis-je en ricanant…
- Zut !!! L'idiot, il est parti en train à Nancy, il a assisté à l'enterrement de son tuteur de pharma, Troupier, il a dormi une nuit dans un hôtel de la banlieue, il était seul ; voilà, ça te va ?
- C'est le début, je pense, non ? Sinon, c'est très léger chef comme indications !
- Il y a du lourd effectivement ! Il avait son portable, donc on l'a bien borné à tous les niveaux, et on a pu recouper avec les caméras de vidéo-surveillance, ses appels, etc… Bref ! Il a pris un taxi quatre fois, avec le même chauffeur ; de chez Troupier vers l'hôtel, puis de l'hôtel vers l'église le lendemain pour les funérailles, puis un aller vers le cimetière mais avec un arrêt dans un magasin, et enfin pour la gare après ce passage sur la tombe. Les limiers ont interrogé tout à l'heure le chauffeur. Il a eu un bon pourboire par Lacointres, tu parles qu'il s'en souvient bien !!! Lacointres avait une enveloppe de couleur marron à la main, ou sous le bras, à chacun de ses transferts… Il avait même remarqué qu'elle n'était jamais posée sur le siège à côté de lui, toujours à la main…. Il faut qu'on la récupère !
- Et à son arrivée à Nancy ? On sait s'il l'avait déjà ?
- Eh non ! Il ne l'avait pas, semble-t-il, quand on le voit sur les vidéos de la gare et de la ville ! Donc, il l'a eue chez Troupier, tardivement, il a pris le train qui arrivait à 22h à peu près…
- C'est tard !

- Tu sais, ils sont très pieux dans cette famille et ils ont fait une veillée funèbre au domicile. Il est arrivé après 23h apparemment…

- Qui était présent ?

- La femme de Troupier sûrement, et des membres de la famille, sans doute. Il a dû y rester une grosse demi-heure d'après nos indices.

- Les gars sont allés la voir ?

- Non Ernst ! C'est toi qui iras ! A toi de jouer !

- Et le Marc, où est-il ? Il n'était pas chez lui ce matin, ni à la pharmacie en tout cas !

- Il est encore dans un train en direction de Paris… Il est à quelques minutes de la gare. Il n'est pas repassé chez lui…

- Et… ?

- Il y a des gars en Gare de l'Est, et puis on le borne toujours… Ils ne le lâcheront pas. Il ne sait pas qu'il est suivi.

- Dès que j'en sais plus, je vais le prendre en filature ! ajoutai-je.

- Non ! Ce n'est pas ton boulot Ernst ! Va voir la Troupier ! Essaie d'en savoir plus, et ensuite tu reviens vite fait !

- Tu te fiches du monde ou quoi ? Aller-retour j'en ai déjà pour plus de dix heures à vue de nez ! Tu veux me mettre sur la touche ? Envoie quelqu'un du service chez elle ! Il la baratinera sur Lacointres et lui tirera les vers du nez, s'il y a de quoi faire ! Il faut envoyer quelqu'un rapidement au magasin de Nancy, il faut qu'on sache ce qu'il y a fait…

- Non ! Pas besoin d'envoyer quelqu'un ! Le chauffeur nous rappelle dans quelques instants, c'était une de ses nièces qui se trouvait à la caisse… Je te tiens au courant, quelle que soit l'information…

- Pourquoi voulais-tu m'y envoyer alors ? Pour m'écarter de l'enquête ? Ne me la joue pas comme cela Yves !

- Ok, ça marche !!! Je croyais bien faire pour te soulager, mais je vois que tu es bien sur le coup ! Excuse-moi…

- C'est bon ! J'attends les infos sur notre cible ! Je pense que ce sera plutôt la mienne !

Chapitre 10

J – 2.

Tours.

- C'est Lacointres ! Franck ?
- Oui patron ! Qu'est-ce qu'il y a ?
- Vous allez vous rendre à l'adresse que je vous donnerai après, il y a une nana qui m'intéresse… Tu vois ce que je veux dire ? Vous allez me la ramener à la Salle. Et ni vu, ni connu ! C'est clair ?
- Oui, oui ! On peut s'amuser un peu avec elle avant vous ???
- Non !!! Si vous lui faites quelque chose, quoi que ce soit, je vous détruis tous les deux, et même toute ta bande, ok ???
- Ok…
- Tu as compris, espèce de dégénéré ???!!!
- Ah me parlez pas comme ça patron ! J'suis peut-être pas futé, mais j'suis pas un truc comme vous dites… !!! Hein patron, c'est vrai ? Hein ???
- Oui, si tu ne touches pas à cette femme, je ne le dirai plus… C'est la mienne, d'accord ? Tu emmènes qui ?
- Oui, c'est pigé ! Je prends Ricky avec moi…
- Allez !!! Au job !!! Et tu calmes Ricky, parce qu'il est un peu secoué parfois… Tu comprends ça ?
- J'ai compris. On y go… !

Lacointres donna l'adresse par message, en espérant que tout se passerait bien...

Franck et Ricky avaient déjà travaillé pour lui auparavant sur plusieurs affaires de ce genre. Ils vont chercher une femme, il préfère une vraie femme à des jeunettes, lui ramène à la Salle, et la surveille jusqu'à l'arrivée de leur chef. Il s'amuse alors le temps qu'il faut avec elle dans une chambre. Ensuite, il la confie aux deux gars, car, bizarrement, après, elle ne l'intéresse plus du tout... Il trouve qu'elle est sale alors, impure et surtout n'est plus digne de lui... Elle a pêché, elle doit expier... Il lui dit ce qui va lui arriver, que c'est l'heure du châtiment, de sa pénitence... Jamais elles ne comprennent... Franck et Ricky en font ce qu'ils veulent puis la font disparaître... Voilà l'éternel cérémonial. Franck le savait !

Lui et sa bande étaient bien disciplinés. La raison : Lacointres pouvait leur fournir gratuitement des médicaments de synthèse de son cru qui les faisaient planer... Mieux que ceux qu'ils prenaient à la pharmacie avec leur ordonnance pour des drogues de substitution... Il pouvait même dire qu'il avait réussi à les rendre vraiment accros à ses propres produits.

En prime, il leur donnait de l'argent régulièrement. Ils avaient loué plusieurs appartements dans différentes villes ou villages de la région d'Orléans. Sa meute n'était pas loin ! Lacointres était leur maître, leur Dieu. Ils lui devaient obéissances, s'ils voulaient profiter de ses bienfaits. Ils leurs permettaient toutes les débauches qu'ils souhaitaient, du moment qu'ils ne se faisaient pas prendre... Il leur donnait la matière, les femmes et la drogue, quelquefois des mecs à tabasser à mort... S'ils se faisaient prendre, s'ils parlaient de lui, alors toute la bande serait exterminée par lui-même avec une arme secrète, c'est ce qu'il avait posé comme menace... Et c'est ce qu'ils croyaient !

Lacointres savait que dans leurs trips, depuis des années, un bon nombre de neurones s'étaient grillés… ! Et, il était tellement charismatique avec ces oubliés de la société, ces soldats de la cour des miracles, aimait-il à penser, qu'il était devenu à leurs yeux le Maître absolu.

Ils le soupçonnaient d'être comme un sorcier avec des pouvoirs forts et maléfiques. Il leur faisait peur. Un jour, l'un d'entre eux fut soupçonné par la police… Ses congénères l'enlevèrent, et le jetèrent dans une fosse en pleine forêt, remplie de chaux vive ! Telle était la loi du groupe, la loi de la meute… Lacointres adorait ! Comment avait-il été au courant du coup de filet à venir de la police ? Dans la police aussi, il avait quelques taupes bien fidèles, pour qui il n'hésitait pas à rendre des services paradisiaques ou financiers… Il les tenait aussi par la peur qu'il suscitait…

Deux facettes, pensait Lacointres… A ce moment, on ne me connait que sous une… ! Le petit docile pharmacien, coincé, rangé, peu imaginatif, asservi par le système !!! Mais son double n'était jamais très loin, avec son génie, sa vivacité d'esprit, ses tourments également, ses fantasmes non assouvis, ou jamais assez assouvis, et son désir de puissance, de toute puissance… Il le valait bien !!! Il éclata de rire ! C'était jubilatoire ! Il était puissant !

Son mobile sonna. C'était Franck.

- Oui, Franck ?
- On est à l'adresse !
- Allez-y ! Vous me rappelez quand le colis sera prêt à être enlevé… Je voudrais lui dire un petit mot…
- Oui Monsieur Lacointres ! J'aime bien quand vous faites ça, je vois dans les yeux des filles qu'elles ont la trouille !!! Faut dire que vous savez leur parler… Oh la vache ! Il y a des moments où j'ai pitié pour elles !

- De la pitié, toi ? Tu te ramollis, je vais devoir me séparer de toi… !
- Nannnn ! Je rigole… ! Allez ! On y go avec Ricky, on est chaud !

Lacointres posa le téléphone, s'assit sur une chaise dans la Salle de cette longère oubliée dans la campagne, et tapota de ses doigts sur les accoudoirs. L'impatience montait, le désir aussi, le désir de s'amuser, de prendre du plaisir, mais aussi de faire mal, très mal… Il aimait ça, il adorait… Disposer des personnes comme d'une chose… On ne le comprenait pas, qu'à cela ne tienne, il se débarrasserait des ignorants pour créer un monde meilleur…

Il redoubla de vitesse dans ses tapotis… C'était long lui semblait-il…

Le téléphone sonna…

- Patron, y a un problème !!!

Lacointres s'était levé d'un bond, le téléphone vissé à l'oreille…

- Quel problème ???
- On est entré, et ils sont deux, une nana et son mari…
- Et ?? Tu le dézingues et vous emmenez la femme vivante ! Le macchabée vous le ferez disparaître sur votre parcours… ! La forêt est vaste ! Je savais qu'elle était mariée…
- Patron, ce n'est pas la bonne ! Vous avez dit « Cécile et Stéphane Doucet » ?
- Oui, et ?
- On est à la bonne adresse, c'était marqué à la porte d'entrée, on est entré discrètement, on les a chopés, ils dormaient, mais ils nous disent que ce n'est pas eux…
- Tu as vérifié sur leurs papiers ???
- Oui, patron, comme vous m'aviez déjà expliqué une fois… Ce n'est pas eux… ! Ils viennent d'arriver dans l'appartement,

les locataires précédents ont déménagé il y a quelques semaines... Ils n'ont pas pensé à retirer l'étiquette des Doucet... ! Les cons !!!

- Nonnnn ... ! Les idiots !!! Ils savent où Cécile Doucet habite ???

- Oui ! J'ai déjà demandé, ils sont tout gentils, ils nous ont donné l'adresse... ricana Franck... Mais nous, patron, on n'est pas des gentils ! Hein ? On peut s'amuser un peu, et après on va chez Mme Cécile, ce n'est pas très loin... ?

- Ok Franck ! Amusez-vous, mais pas de bruit pour les voisins ! Vous ferez disparaître les corps et vous les emmènerez... C'est bon ? Sûr ?

- D'accord, patron ! On est chaud, chaud bouillant ! On va s'amuser avec la nana, et l'autre il va regarder, et après on les finit au marteau... Ou au couteau ? Ou les deux ? bava-t-il dans un râle dégoûtant d'animal assoiffé de sang...

- Comme tu veux, je veux des photos, ok ? Pour ma collection, dit Lacointres, excité à l'idée de les découvrir sur son téléphone dans quelques instants... Mais faites-vite ! Il faudra allez chez l'autre avant la fin de la nuit !

- Une vidéo, une belle...

- Non, je ne veux pas voir vos tronches, mais bien les deux brebis égarées... !!! Compris ! dit-il péremptoirement.

- Photos, ok... Allez, on y go !

Et Franck raccrocha...

Lacointres se réinstalla cette fois-ci dans son fauteuil, au milieu de la pièce, les yeux rivés sur son portable... Ce serait une mise en bouche, pensa-t-il avec plein d'arrières pensées... Il fallait qu'il passe un bon moment maintenant, le plat principal viendrait tout à l'heure ! Il était trop excité...

Les deux pauvres... ! pensa un court instant le pharmacien... Tout cela pour ne pas avoir changé une étiquette près de la sonnette… Il le disait que ce sont les détails qui deviennent souvent le plus important… !

Son téléphone émit le bruit d'une notification, puis une autre, puis une autre…

Il y en eut plus d'une dizaine… Franck et Ricky avaient fait vite… Cela augurait un spectacle dantesque !

Lacointres s'installa confortablement au fond de son fauteuil.

- Que le spectacle commence ! lança-t-il en cliquant sur le premier message de Franck…

Chapitre 11

J – 2.

Tours.

Le téléphone de Lacointres avait borné depuis un bon temps en gare de l'Est mais, et ça devenait étrange et angoissant, pas de Lacointres à l'horizon…

Déchien avait envoyé des hommes inspecter le train, sous un prétexte quelconque, il y a certaines cartes officielles qui donnent toutes les autorisations ! Les personnels de la SNCF avaient obtempéré. Très vite les hommes de Kypsélie trouvèrent le téléphone de Lacointres, derrière un siège, sans son propriétaire bien sûr… !

- On s'est fait avoir, mais alors… bien comme il faut ! hurla le chef au téléphone quand ses enquêteurs lui remontèrent l'information… Restez sur place et cherchez-le dans la gare, on ne sait jamais ! Listez-moi tous les arrêts du train sur cette ligne, et vite !

En raccrochant, Déchien s'en était voulu d'avoir sous-estimé le pharmacien, de l'avoir pris pour un benêt, d'avoir fait échouer l'affaire dès le début… Il devenait peut-être trop vieux, trop embourgeoisé dans ses certitudes, fonctionnarisé dans ses processus, ne sachant plus utiliser son instinct qui l'avait auparavant mené à gérer de main de maître des opérations d'envergure. Il savait alors flairer les pistes, entrevoir les réponses adéquates, évaluer les risques, sans jamais oublier l'objectif principal : l'efficacité au service du résultat ... Quoiqu'il en coûte à tous les niveaux, moyens logistiques, moyens matériels, moyens humains... Chacun avait conscience des risques encourus lors des opérations, que ce soit dans les secteurs de recherches, dans les services scientifiques, ou dans le groupe armé.

Au service biologique d'ailleurs, ma sœur en avait payé le prix. Elle m'avait expliqué comment elle s'était fait prendre avec ce Novitchok, ce poison russe très meurtrier, car très puissant. En fait, ce n'était pas du Novitchok, mais une composition chimique qui semblait s'en rapprocher quelque peu sur les effets. Ce produit avait été trouvé dans un courrier adressé au ministre de la Santé. L'enveloppe avait, bien sûr, été décachetée par un secrétaire qui avait été interpelé par une petite odeur à l'ouverture, mais également une petite brillance suspecte du papier.... Hélas ! Trop tard ! Il avait déjà posé ses doigts sur le courrier...

Bons réflexes : il avait appelé immédiatement les services de sécurité du Ministère qui avait délégué tout de suite le cas à nos services de recherches scientifiques, là où travaillait Marie... Quand il y a une grosse embrouille, officieusement, il y a a quelqu'un qui nous met sur l'affaire !

Dommage ! Marie faisait partie, pour la première fois, du groupe d'interventions sur le terrain... Elle allait avoir une promotion dans cette unité, et c'était, en quelque sorte, son baptême du feu... Lorsqu'elle arriva sur les lieux de l'affaire, donc dans le bureau du secrétaire, elle avait pour mission de récupérer tous les objets sur le bureau. Maintes fois, on lui avait expliqué les procédures de sécurité, et maintes fois, elle avait dû les répéter, les éprouver sur des situations fictives. Elle était prête, du moins semblait-il…

Le téléphone du secrétaire qu'elle prit dans sa main pour le conserver en pièce à conviction, glissa. Elle le rattrapa de l'autre main… qui n'était pas gantée… Le mal était fait… ! En effet, le secrétaire avait téléphoné immédiatement après l'ouverture de l'enveloppe, avait pollué le mobile, et par transitivité Marie… Ce poison était particulièrement puissant, car très vite, que ce soit pour le secrétaire ou pour Marie, il eut des effets collatéraux néfastes…

Aucune revendication, si ce n'est un message dactylographié dans l'enveloppe :

IL Y A TOUJOURS QUELQUE CHOSE A FAIRE

Un message étrange, dans un contexte où aucune menace sérieuse n'avait été perçue au niveau du ministère de l'Intérieur et des Services du Renseignement. Le climat était, comparé à l'ordinaire, plutôt calme.

C'était donc l'œuvre d'un isolé, du « cas 32 » comme désormais il avait été nommé au vu du numéro de dossier à Kypsélie…

Déchien m'avait donc téléphoné, pour donner suite à son introspection :

- Ernst ?
- Oui chef !
- Je me mets en retrait ! Ce sera toi le chef désormais, et je t'épaulerai ! Toi, tu dirigeras…
- Quoi Yves ??? C'est quoi cette histoire ???

Et Déchien m'expliqua son ressenti sur cette affaire, mais sur lui-même surtout, et la confusion mentale dans laquelle il se trouvait…

- Ernst, tu sais que c'est la mission qui prime, quoiqu'il en coûte, quoiqu'il faille faire ! On en est là donc, et je décrète que tu es actuellement le plus à même pour jauger de ce qu'il convient de faire ! Tu es le boss désormais ! Je viens d'envoyer le message au Comité. Ils ont validé en retour. Je t'appuie bien sûr, et me mets à ton service…

Je ne répondis que :

- C'est un honneur Yves… Alors, on y va !!

Et Déchien raccrocha, étant sûr d'avoir fait le bon choix pour le bien de tous.

La situation n'allait pas être simple pour moi car je reçus en même temps un sms du service Santé de la Ruche : « Etat de santé inquiétant de votre sœur, tant sur les visio que sur les résultats d'analyses… Devrait être dans notre hôpital. Le comité s'engage à uniquement faire en sorte de la soigner, pas d'expériences secrètes. Si vous validez maintenant, nous allons immédiatement la chercher. Etat d'urgence.

P.S. : Déconnectez s.v.p. le matériel de protection de votre appartement… »

J'hésitai quelques secondes, puis renvoyai en retour ma validation :

- Ok ! Faites ce que vous avez à faire ! Je déverrouille la sécurité de l'appartement.

Quasi immédiatement, je reçus un court message du Comité.

- Vous faisons confiance pour poste de chef. Nous prendrons soin de votre sœur.
Kypsélie.

Je ne fis aucune manœuvre pour le désamorçage du système de sécurité de chez moi… Il n'y en n'avait pas… !

Parfois, la crainte d'une action vaut mieux que l'action elle-même…

Surtout quand elle provient d'un gars comme moi, que l'on sait capable de tout… !

Chapitre 12

J – 2.

Tours.

Franck et Ricky débarquèrent chez Cécile. Ils avaient passé, selon eux, un sacré bon moment chez les locataires de l'ancien logement des Doucet…

Ricky était remonté comme une pendule, énervé et excité au plus haut point… Il n'avait pas pu s'amuser comme il l'avait souhaité avec la jeune femme. C'est Franck qui s'en était emparée et l'avait violée sadiquement… Très vite, elle commençait à faire trop de bruit. Cela inquiéta Franck, pour les voisins… Alors, il lui avait coupé la langue… et scotché la bouche… Il fallait faire vite car elle finirait par se noyer dans son sang… Il savait que la langue est l'organe qui saigne le plus, Lacointres lui avait expliqué … Ricky était déçu qu'on n'entende plus la femme geindre, et crier… Il aimait ces plaintes de souffrance, ça l'excitait !

Ricky s'était donc contenté de coudre les lèvres du gars, à vif… ! L'homme avait voulu crier mais il lui avait dit :

- Si tu gueules, mon gars, dans l'autre pièce mon copain va faire souffrir ta femme encore plus, comme t'as jamais vu un animal souffrir ! Tu piges ? Et puis, on la tuera ! Alors, faut la fermer ! Laisse-toi faire…Si tu ne fais pas de bruit, alors on la laissera ! Ok ? Et toi aussi... !

Ricky se dit que ce gars était plus que courageux, un vrai mec ! A part quelques gémissements, il ne fit guère de bruit pendant que ses lèvres étaient cousues… Et Ricky n'était ni tendre, ni doué ! Que ne ferait-on pas par espoir… et peut-être par amour… !? Ricky ne savait pas ce qu'étaient l'espoir et l'amour… En revanche, il savait mentir, et une fois les lèvres cousues, il continua ses sévices sur le supplicié jusqu'à ce que la femme meure… étouffée dans son sang… Il l'amena dans la pièce où était sa femme morte, dirigea bien sa tête pour qu'il la voit. Il aperçut dans le regard de son époux la stupeur, la douleur, et la fureur… Il acheva donc l'homme d'un violent coup de marteau, celui qu'il avait toujours dans son sac à dos… C'était celui de son père, seul souvenir de son géniteur ! Il s'était souvent demandé à quoi servait ce marteau pour son père, vu qu'il n'était ni dans le bâtiment, ni bricoleur…

- On y go ! dit Franck, tirant son comparse de sa torpeur.
- Ok, on y go ! On s'est bien marré ! dit-il la bave au coin des lèvres…
- Ok, mais là, c'est pour le patron ! Alors faut pas déconner ! Il a dit que c'était sa meuf ! Allez, on y va tranquille !

La maison des Doucet n'était pas mitoyenne, la pelouse s'étalait sur chaque côté, pour offrir un espace manifestement d'agrément à l'arrière. Ils pourraient gérer sans être vus, pensèrent-ils tout de suite… La grille n'était pas fermée. Ils virent une lumière faible qui se projetait sur l'arrière. Les volets étaient fermés à l'avant, mais manifestement pas sur une pièce à l'arrière. Ils firent donc discrètement le tour de la maison, et entrevirent une belle femme brune, en chemise de nuit, sur le pas de la porte, sans doute de la cuisine, en train de fumer…

Les deux comparses se regardèrent, et d'un coup, franchirent les quelques mètres qui les séparaient de leur nouvelle proie. Ricky lui maintint une main fermement sur la bouche, tandis que l'autre lui enserrait fortement la poitrine. Franck la souleva par les deux jambes et ils la firent rentrer dans ladite cuisine. Franck se dépêcha de fermer le volet de la fenêtre et celui de la porte arrière. Ils pourraient œuvrer tranquillement. Franck prit un flacon d'éther que Lacointres lui avait fourni, en badigeonna un bout de tissu, et le posa sous le nez de Cécile, alors que Ricky retirait sa main. Cécile s'effondra immédiatement, complétement anesthésiée par le produit…

Ils allèrent la déposer dans la chambre, vérifièrent que le volet était bien fermé ; elle était désormais sur le lit, telle une offrande à ces deux pervers. Ricky, en la tenant à hauteur de poitrine, avait senti ses seins fermes. Il en avait profité, en les malaxant plus qu'en les caressant… Bon sang, ça lui avait fait du bien. Il avait senti son sexe durcir, et ses tempes et son cœur qui pulsaient un maximum… Là, il la contemplait, offerte, avec ses énormes seins, vus en transparence sous sa chemise de nuit… Maintenant, il les trouvait énormes… Il était au paroxysme de l'excitation… Son sexe lui faisait mal tellement il était gorgé de sang, et d'envie… Il le savait, il allait falloir qu'il s'occupe d'elle, il avait trop envie de la prendre, de la posséder… de la faire jouir, parce qu'il savait que, malgré elle, elle jouirait forcément… !

- Franck ? Je peux m'la faire, dis ? Je peux ? S'te plaît ?
- Tu sais que le pharmacien, il ne veut pas qu'on la touche ! Il faut la ramener à la Salle et…
- Il ne verra rien !!! j'te l'jure !!! Je ne vais pas la cogner ! Une petite gâterie et c'est tout… S'te plaît… ?

- Bah ! Regarde, elle se réveille ! La chanceuse, elle ne sait pas encore qu'elle va bien te connaître !!!! éructa Franck de manière sadiquement obscène...
- Cécile ! Tu vois qu'on connaît tout, même ton prénom ! Si tu cries, on tue ton mari Stéphane qui est à côté... ! Hé oui ! Tu vois qu'on a fait sa connaissance... ! dit Ricky, triomphant...

Cécile bloqua tout de suite sur ces paroles, et dit, fort et de manière faussement assurée, à ces deux brutes qui ne faisaient que la reluquer :

- Ce n'est pas vrai ! Mon mari est en déplacement et...
- Ta gueule ! Il est revenu plus tôt que prévu ton homme ! On l'a boxé ! Il est dans la cuisine, carrément sonné... ! Il est revenu pendant que tu étais dans le gaz, Franck l'a cueilli d'une droite ! Il n'a pas tenu le choc ! Ce n'est pas un vrai mec ! Moi si ! Tu vas voir ! Il avait un cadeau pour toi... Alors, tu sais quoi, salope ? Tu vas me faire une bonne petite gâterie ! Après on te laisse, toi et ton gars !
- Un cadeau ? demanda Cécile... Oh Stéphane ! Je veux le voir... S'il vous plait !
- C'est ça ! Un cadeau ! Des fleurs ! Tu sais quoi, tu le verras après la petite récompense que tu vas me faire ! Viens te mettre à genoux, ici, dépêche-toi ! Allez dépêche !!!

Cécile respira profondément pour se calmer... Elle sécha ses yeux... Elle savait qu'elle était à la merci et au bon vouloir de ces deux barbares. Il fallait gérer au mieux, plus exactement, pour que ce soit moins pénible...

Elle prit sa décision.

- Ok... Ok... ! Mais s'il vous plaît, vous ne me ferez pas mal ? Dites ? Je pourrai peut-être même m'occuper de vous aussi après, dit-elle en regardant fixement Franck, sur son entrejambe...

Et elle retira son déshabillé, pour apparaître toute nue devant ses tortionnaires. C'était osé, mais il fallait qu'elle domine la situation…

- A vous d'abord, dit-elle d'une voix suave à Ricky, en s'agenouillant docilement devant lui. Pas de violence… Laissez-moi faire ! Je suis une spécialiste ! Mais avant, je voudrais vous demander, parce que, pendant, je ne pourrai pas parler…
- Ah ça c'est sûr ! Quand tu vas être en action, tu ne sauras pas respirer ! ricana Franck ! Alors, qu'est-ce que tu veux ??
- Pourquoi êtes-vous venus me voir moi ? Pourquoi moi ??? susurra-t-elle voluptueusement.

Elle sentait qu'elle commençait à maîtriser la situation… Peut-être pourrait-elle s'en sortir ? se prit-elle à espérer.

- Tu as un admirateur ma petite, chez qui on va te conduire après notre petite partie ! Tu vois, on ne va pas te tuer ! Tu sais, il va bien s'occuper de toi, Monsieur Marc ! Tu verras, si tu as des bobos, il saura te trouver ce qu'il faut pour te soigner… Allez, tu as assez parlé, occupe-toi de Ricky !!!

Et là, Cécile comprit, en les regardant tous les deux, quelle était la personne chez qui elle irait après pour souffrir … Lacointres, bien sûr, le pharmacien… Et Stéphane, c'était sûr, n'était pas là… Jamais, de toute leur liaison, il ne lui avait offert de fleurs…

Alors, elle approcha sa bouche de l'entrejambe de Ricky. Celui-ci ne se fit pas prier pour se déboutonner et sortir son sexe dont il se servit bestialement…

Cécile, se força à accepter sans rechigner ce supplice, ce viol, et essaya d'en faire abstraction, sachant qu'elle était maîtresse de la situation et qu'elle allait y mettre très vite un terme...

Elle commença donc à serrer les dents, puis un peu plus…

- Hé la p'tite ! Pas les dents !!! Hein ! T'es pas une débutante, tu sais le faire ! Tu nous l'as dit, hein ! ricana-t-il dans un râle excité.

Cécile prit alors la décision d'en finir : elle serra de plus en plus fort ses dents et… finit par… croquer… ! Dans un bruit de gargouillis sanguin, de cris de douleurs, et de hurlements de terreur et de haine…

Elle avait gagné !!!

Ce fut sa dernière pensée dans ce monde…Elle sentit un choc intense sur son crâne et plongea dans un noir absolu, sans odeur, sans saveur, sans bruit…

Cécile Doucet… une héroïne…

Chapitre 13

J – 1.

Tours

Je pris immédiatement les décisions qui s'imposaient : on avait perdu toute trace de Lacointres, donc priorité absolue pour le rechercher. Je mis l'équipe renforcée de Recherches sur le coup. C'est-à-dire que pratiquement tout Kypsélie était réquisitionnée sur cette mission !

Ce fut Léa, une des collaboratrices de la section Analyse de Renseignements Militaires, qui trouva un indice important. En scrutant les caméras de surveillance des gares, elle s'aperçut qu'un homme ressemblant fortement au suspect était identifié sur les vidéos de … la gare de Nancy, juste avant le départ ! Le train allait commencer à rouler pour quitter Nancy quand Lacointres descendit rapidement d'un wagon, baissant la tête, une casquette de sport vissée sur la tête, et son sac de voyage à l'épaule. Il n'avait pas la même veste, ou alors celle-ci était réversible… Sur un angle de caméra, on apercevait une partie de son visage, une caméra dont il ne soupçonnait pas l'existence puisqu'elle avait été installée une semaine auparavant… C'était bien lui, Lacointres, qui nous avait trompé dès le début de la poursuite… On l'avait sous-estimé !

J'aimais cette efficacité dans nos services ; cela faisait un quart d'heure que la procédure était lancée, et nous savions déjà à quel endroit il nous avait joué un sale tour. Maintenant, on était dans le job, dans notre job ! Réactivité, efficacité !

Tout naturellement, l'équipe le fila, par visionnage des vidéos de télésurveillance urbaine, mais également par toutes les caméras qui existaient sur les devantures de magasins, banques, etc… On le traça jusqu'à un terrain avec une série de garages à la périphérie de la ville. Les voitures repérées par d'autres caméras un peu plus loin étaient au nombre de quatre. Ces voitures n'avaient pas été enregistrées par les caméras précédentes. Elles provenaient donc soit du terrain avec les garages, soit de trois rues adjacentes non couvertes par des points de surveillance, soit d'autres places de stationnement ou garages individuels. Désormais, ça allait devenir plus compliqué car il y avait beaucoup moins de caméras de surveillance sur les rues suivantes et la détection serait aléatoire. Chaque agent prit donc en charge une voiture et effectua une recherche dans la banque de données administratives. En premier lieu, ce fut pour recouper ces données avec celles personnelles de Lacointres. Cela ne donnait rien. Cependant, Léa, toujours cette même agente, pensa à lancer des recherches dans son portable laissé dans le train. Elle partait du principe que souvent les hommes qui regardent leurs portables pour patienter vont sur les sites commerciaux de voitures. Jackpot ! Sur le téléphone de Lacointres, il apparaissait deux recherches sur les Porsche 911, puisqu'il en possédait une, et justement une des quatre voitures était un de ces modèles en noir !

L'équipe se concentra sur cette voiture, et retrouva sur une photo de radar autoroutier, quelques minutes auparavant, la Porsche en question. De manière sûre c'était Lacointres qui était au volant, avec un passager inconnu. Il avait été flashé en excès de vitesse… Ils filaient en direction d'Orléans… puis

Blois. Des photographies sur deux comptes des réseaux sociaux le prouvaient... Eh oui ! Ce genre de voiture attise la curiosité ! Puis, on perdait sa trace !

Mais qu'allait-il faire dans cette direction ? Qui était l'homme à côté de lui ? Manifestement, Lacointres suivait un plan précis, tout semblait calculé.

Il fallait se concentrer sur cet homme…

Le service de recherche était déjà sur quelques pistes. Je n'y pensais plus, laissant faire à chacun son travail. Celui-ci était déjà diablement efficace ! Quand on a les moyens !!!

Je décidai qu'il fallait nous rapprocher de la zone où pouvait se trouver ce sbire, donc de Blois. De Tours à Blois, il n'y avait qu'à peine une heure de route, ma voiture serait mon PC ; il fallait emmener une équipe d'intervention solide. J'appelai Stéphane, lui laissai un message en ce sens, puis quatre agents qui avaient participé à la mission précédente dans les montagnes en février. J'y associai Déchien. J'eus une idée : il fallait adjoindre quelqu'un qui était éloigné du terrain, mais qui faisait preuve de perspicacité… Ce pouvait, j'en étais sûr, être utile… Je pensai à cette Léa. J'en avais déjà entendu parler, et je l'avais déjà vue, sans qu'elle sache qui j'étais dans la Ruche. J'avais demandé à la voir, on en parlait au service Recherche en grand bien. Elle était âgée d'une trentaine d'années, une jolie brune, qui avait l'air très gentille, et apparemment très intelligente et finaude… Je demandai à son service de la briefer, en contactant Déchien, sur ce qu'elle devait savoir sur l'opération, c'est-à-dire, juste ce qu'il faut, ni trop, ni trop peu… Le point de rencontre de toute l'équipe, soit sept agents, se passerait sur un chemin vicinal proche de Blois où se trouvait une petite grange désaffectée qui était connue des services. Le propriétaire ne dirait rien, il avait déjà été enregistré dans notre base de données. Il était prêt à louer rapidement son local. Le service avait prétexté des tournages… de films pornographiques… ! Quelqu'un allait le contacter et finaliser l'affaire. Un petit pactole viendrait sceller la transaction... Dans le quart d'heure suivant ce fut fait… L'argent, l'argent !!!

Nous partirions à trois voitures. Je décidai que nous aurions nos voitures d'interventions rapides, avec tout l'équipement à l'intérieur pour trois jours. Arrivée prévue sur le secteur dans 1h30. Chaque équipier était chargé de composer le pack spécial en armes, en matériel de soins médicaux, et en victuailles. Tout serait préparé alors dans la grange par notre service logistique. Cette équipe était rapide et efficace ! Cela nous apparaissait normal ! Qu'est-ce qui ne l'était pas à Kypsélie… J'eus un doute, mais le chassai immédiatement de mon esprit. Nous avions recruté les meilleurs : des militaires, des agents techniques et scientifiques des services secrets, et des techniciens privés qui travaillaient à leurs comptes. Une équipe de dix agents et agentes auraient tout préparé pour notre arrivée. Nous ne croiserions que leur chef, Shun, qui nous ferait un topo en quelques instants… Il faut cloisonner.

J'emmènerai la nouvelle, Léa. Un bon moyen de la tester en discutant et de juger ce qu'elle pourrait concrètement optimiser lors de la mission. J'en étais sûr, un pressentiment, ce serait une recrue de choix. De plus, une présence féminine amenuise les tensions, et elle ne m'était pas vraiment indifférente, le genre de femme qui vous hypnotise dès le premier regard…

Toujours pas de nouvelles de Stéphane. Je le rappelai de nouveau. Il décrocha :

- Alors Stéph, tu as entendu mon message ?
- Oui, oui, Ernst… dit-il, manifestement contrarié…
- Qu'est-ce qui ne va pas ? Stéphane ?

- Cécile ne répond pas, je tombe sur son répondeur depuis cette nuit… ! Je lui ai laissé au moins dix messages, cela ne lui ressemble pas…
- Elle a peut-être une urgence au boulot, ou elle a laissé son téléphone au bureau … ? Il y a une raison, ne t'inquiète pas !
- Si !!! Je m'inquiète ! Ce n'est pas son habitude…
- Tu as envoyé quelqu'un chez vous, pour voir ?
- Oui, sa sœur s'y rend. Elle m'appelle dès qu'elle y est…
- Et au bureau, tu as téléphoné ?
- Elle n'y est pas, j'ai eu son collègue…
- Ok… Ne t'inquiète pas ! Pour mon message ?
- Oui ! Oui ! Je décolle ! Je rejoins les autres à l'endroit habituel. Je suis prêt. Nous serons à la « Grange » dans une heure max ! Si Shun a fini, je ferai le débrief, ça ta va ?
- C'est noté. Allez, on se tient au courant ! Pour Cécile aussi…
- Compris chef, et félicitations pour la promo !!!
- Tu parles ! Allez, c'est parti ! dis-je en raccrochant.

Je savais que cette inquiétude pour Cécile l'obséderait, mais qu'il saurait en faire abstraction, comme moi avec Marie… Nous savions cloisonner notre cerveau, avec le tiroir spécial dans lequel nous jetions toute pensée parasite. Nous le fermions à clé ce tiroir ! Nous ne pouvions l'ouvrir qu'après un processus mental qui était propre à chacun, mais assez complexe pour que ce soit délibérément voulu et réfléchi. Les psychologues avaient travaillé des heures durant avec nous sur ce processus. Nous le maîtrisions à la perfection… nous semblait-il…

Chapitre 14

J – 2.

Tours.

- Patron !!! Patron ! C'est une boucherie ! La salope !
- Stop, stop !!! Que se passe-t-il ?

Franck raconta, haletant, confusément, ce qui s'était passé. Lacointres s'énervait au fur et à mesure car ils avaient fait fi de ses ordres, notamment de ne pas toucher Cécile, et de la laisser pour lui... Maintenant, on se retrouvait avec le couple mort et enterré, Cécile avec le crâne explosé, et Ricky qui se vidait de son sang !!!

- Je fais quoi avec Ricky, je le conduis à l'hôpital ou j'appelle les pompiers ???
- T'es con ou quoi ? Tu vas leur expliquer quoi ???

On entendait Ricky gémir, pleurer, essayer de dire quelque chose, de plus en plus fort...

- Fais le taire tout de suite !!! hurla Lacointres dans le téléphone.
- Mais comment patron ? Il a mal ...
- Eh bien ! Finis-le tout de suite !!!
- Mais patron...

- Qu'est-ce que tu n'as pas compris dans ce que je viens de dire ? Il a voulu jouer au con, il ne souffrira plus !!!
- Comment je fais ?
- Comme tu as fini la nana ! Et vite ! Je compte jusqu'à cinq, si à cinq je l'entends encore chialer, je mets un contrat sur ton dos… ! un… ! deux… ! trois… ! quatre… !

Lacointres n'eut pas besoin d'aller plus loin… Après un gros bruit sourd, il n'entendit plus rien… L'avantage avec des gars qui ne réfléchissent pas trop c'est qu'ils agissent vite, se dit-il…

- Franck ! Photo !!!

A peine dix secondes plus tard, une notification arriva sur son téléphone. Il cliqua et vit ce qui ressemblait à un carnage total, deux corps qui baignaient dans leur sang…

Il réfléchit rapidement. Franck ne réussirait pas à masquer les deux crimes et toute la scène. Il aurait fallu plusieurs professionnels dans le nettoyage de scènes de crimes … et du temps ! Du temps, il n'en n'avait pas… Comme Attila, il fallait tout brûler ! Il donna ses instructions à son chef de bande, qui, pour le coup, eut de bonnes idées pratiques ! En quelques minutes, le plan était établi.

Quand Franck repassa par la porte de la cuisine, dans la maison entièrement sombre telle un tombeau, il lança une allumette sur une petite mare d'alcool à brûler qui s'enflamma en un instant. Il courut. En effet, le gaz qui s'échappait du tuyau débranché derrière la gazinière n'allait pas tarder à être en contact avec ces flammes… Il avait à peine franchi la grille extérieure de la maison, qu'une assourdissante explosion envahit le silence lugubre de cette nuit…

Il se retourna, prit rapidement une photo et l'envoya à Lacointres. Quelques secondes plus tard, il reçut une réponse qui l'inquiéta plus que ne le rassura :

- Good job, mon Franck !

Ça ne ressemblait pas aux messages habituels de son patron, ça ressemblait plus à un début d'adieu... ! Jamais il ne l'avait appelé « mon Franck » ...Non, je me fais des idées, pensa-t-il... Mais il en eut la chair de poule !

Cécile et son bourreau Ricky disparaîtraient dans les mêmes flammes terrestres !

Ricky finirait lui probablement beaucoup plus bas que la maison ... dans les flammes de l'Enfer !

Chapitre 15

J – 2.

Tours.

Lacointres savait que tout cela ne présageait rien de bon. La brigade criminelle et la brigade scientifique allaient se mettre au travail très vite dès le petit matin, et commenceraient à trouver quelques indices. Sans aucun doute, l'explosion n'avait pas permis de tout faire disparaître ; la recherche prendrait cependant quelques jours. Il avait donc le temps de terminer ce qu'il avait méthodiquement organisé depuis presqu'une année maintenant. Le temps lui paraissait long depuis qu'il avait pris la grande décision de sa vie : engager le projet funeste de mettre en route le bouleversement dans la recherche médicale. Il avait eu tant à faire dans l'organisation que cette année avait défilé à toute vitesse...

Agir aide car l'esprit est occupé, voire parfois en surcharge cognitive... Il avait géré également la pharmacie et ses aménagements récents. Cela l'avait soutenu pour surmonter la stupéfaction qu'il avait ressentie lors du décès de ses parents. D'un point de vue financier, son patrimoine s'était agrandi avec l'héritage... Ses comptes bancaires également !

Ses parents, qui résidaient dans le Massif Central depuis leur retraite, avaient tout organisé pour qu'à leurs décès leur fils soit comblé par tous les biens immobiliers et les placements judicieux qu'ils avaient faits. Ils avaient été bien conseillés par leur banquier, et lors de la succession, Lacointres avait presque défailli à l'annonce de ce qui lui revenait. Fallait-il finalement qu'ils l'aiment pour construire cette succession importante à sa destination ? Il les avait quittés en mauvais termes, très tôt, le baccalauréat en poche... Ils étaient si distants, toujours acerbes dans leurs remarques, méprisants... Cependant, il ne pouvait s'empêcher de penser parfois à eux. En fait, il n'y avait eu aucune dispute qui aurait pu expliquer sa fuite. Simplement, il espérait tellement plus d'amour... Sur ce point, ils lui donnaient peu... Concrètement, rester auprès d'eux le freinait dans sa construction, pensait-il à l'époque. Avec le recul, ...et le pécule, il se dit que tout n'était sans doute pas si simple...

N'empêche que... !

Pouvait-il accélérer le plan ? Oui ! Pourtant, le passé lui avait appris qu'en essayant de modifier, même de façon minime, un plan en cours, cela risque de favoriser la survenue d'erreurs... Le plan était parfait, tant sur le fond que sur la forme. Le minutage était correct, les équipes prêtes. Certes, du côté de son groupe de Tours, ça avait un peu capoté... Mais ce qui s'était passé n'était pas dans le plan, c'était donc sa faute. Il avait voulu s'offrir un petit plus, une petite récompense... Et la bande d'incapables avait fait n'importe quoi... !

Un exemple... Il devait faire un exemple pour le groupe ! La bande de Tours était au nombre de dix. Il somma Franck de les convoquer dans une heure au local habituel, situé en périphérie de la ville. Franck avait acquiescé, même s'il était tard…. Il s'était enquis de la raison. Lacointres lui avait indiqué qu'il voulait faire un point avec tout le monde en visioconférence.

Ces dernières paroles avaient rassuré Franck, car Lacointres ne serait pas présent… Il avait cru percevoir l'énervement de son patron qui pouvait devenir imprévisible et cruel… Il s'était donc fait des idées tout à l'heure sur le ton employé par son chef… Tout continuait sereinement, selon le plan, l'avait rassuré Lacointres. Sur ce dernier appel, il avait retrouvé la verve de son patron ! Les mêmes mots habituels, le même ton, le même recadrage…

Il avait exigé la présence de tout le monde, sinon il le chargeait de corriger l'absent ou le retardataire. Que Franck fasse passer le message ! Immédiatement demandé, immédiatement fait ! Le téléphone chauffa, les invectives fusèrent et finalement une heure plus tard presque tout le monde se retrouva au local juste quand Lacointres appela, et que son visage apparut sur le téléviseur grand écran.

Il se mit à les compter tout haut devant son auditoire, assis les uns sur une chaise, les autres sur une table.

- Un, deux, trois, quatre, cinq, six, sept, … et Franck !
Les gars, vous avez sans doute su que Ricky a dû être achevé par votre chef, Franck, car il s'était mis dans une position très délicate…

A ces mots, tout le monde se retourna vers leur chef, quittant l'écran des yeux, quelques secondes. Franck, qui se tenait à leur droite, releva la tête et imperceptiblement gonfla les pectoraux… pas un seul n'esquissa le moindre ricanement ou sourire.

Bon ! se dit Lacointres, ils sont mûrs pour la suite !

- Cela fait donc neuf gars dans mon équipe de Tours... avec feu Ricky... Il sourit, qu'est-ce qu'il était doué pour l'humour noir !!! Mais se renfrogna quand il vit que personne n'avait compris l'allusion. Que des ignares, ces drogués !!!

Qui manque-t-il, Franck ?

- Gus... c'est lui le manquant !

- Ah attends ! Je crois que c'est justement lui qui m'appelle... !

Oui Gus ! continua Lacointres calmement en décrochant son portable devant l'écran, afin que tout le monde le voie, et l'entende... Tu avais quelque chose à te procurer ! Et tu as eu un peu de mal... Oui... ! Ah ! Tu l'as ! Va rejoindre la réunion ! Vas-y vite, Franck t'attend !

Tout cela avait été dit sur un ton mielleux, trop mielleux pour être vrai ! Franck eut un large sourire, c'est lui qui allait être la star dès l'arrivée de Gus ! Il savait que, très vite, il devrait le corriger pour son retard. Il allait réfléchir à ce qu'il lui ferait pendant que le patron parlerait au groupe, et...

Plusieurs coups secs à la porte du local l'interrompirent dans ses pensées. D'un signe de la tête, il envoya un de ses hommes ouvrir la large porte en métal. Gus apparut, et tout le monde s'étonna, son arrivée était tellement rapide !!!

Franck prit aussitôt la parole, bombant le torse, les bras écartés du corps, la voix grave et un peu trop forte :

- Tu te fous du monde !? Le patron avait dit...

Il ne put finir sa phrase car Gus, qui s'était avancé à moins de trois mètres, dégagea de son dos un taser, et lui envoya une décharge de ce pistolet à impulsion électrique dans le thorax ! Franck s'écroula, tremblant de tous ses membres. Gus arrêta d'appuyer sur la détente, si bien que Franck, qui était un robuste gaillard, ne fut pas inconscient...

Son objectif était de lui bloquer le système nerveux central, afin de l'immobiliser brièvement…

Gus s'approcha, regarda ses compères, les fixa un à un, puis regarda intensément Franck. Il déposa à terre le sac à dos qu'il portait, en sortit une grosse hache, se retourna vers le téléviseur, et demanda au patron :

- C'est ça que je cherchais…Est-ce que j'y vais maintenant ?
- Vas-y quand tu veux, puisqu'à cet instant je te nomme chef du groupe !

Stupeur chez tout le monde, également chez Franck, bouche bée… Encore plus lorsqu'il vit la hache s'abattre une première fois sur son bras droit, à hauteur du coude, bras qui se détacha en une fois… La douleur était telle que la sidération l'empêcha de souffrir… Lorsque la hache s'abattit sur son bras gauche, à la même hauteur, il ne sentit rien !

Le sang giclait… Franck hurla, puis s'évanouit après tant de douleur et de sang perdu… Franck s'en fut de ce monde en quelques secondes, se vidant de son sang. Il allait probablement rejoindre son acolyte Ricky…

Gus alla se positionner à la place qu'occupait il y a encore quelques instants Franck. Il déposa la hache au sol, après l'avoir soigneusement essuyée sur le blouson du défunt qui se trouvait sur le dos d'une chaise. Il croisa enfin les bras, son pull maculé de sang et dit, en regardant la bande :

- Je viens d'exécuter la sentence décidée par le patron. Maintenant, à chaque fois que l'un d'entre vous ne sera pas à la hauteur de sa tâche, la punition sera identique ! C'est clair ? Et pour ceux qui n'auraient pas compris, votre chef, c'est moi ! Et ça filera droit !!!

Se prenant au sérieux dans son désormais nouveau poste, Gus avait pris, durant ce court discours, une énorme assurance… Depuis deux ans que le groupe était formé, jamais qui que ce soit n'avait entendu autant de mots sortir de sa bouche… Son surnom, d'ailleurs, c'était « le taiseux » !

- Gus a parlé ! s'exclama Lacointres. Oui ! Votre chef, c'est lui ! Il a raison ! Le même sort attend celui qui n'exécutera pas mes ordres ou qui créera des problèmes !
Un, deux, trois, quatre, cinq, six, sept et huit ! Voilà ! Votre groupe maintenant est au complet. Pour rappel, à huit, la part finale pour votre récompense sera bien plus importante qu'à dix… !!!
Et l'écran de télévision devint noir ! Fin de communication !
Lacointres venait de donner à la fois une leçon de pragmatisme autocratique, une leçon de management dictatorial, et une leçon d'un déterminisme quasi diabolique… !

Chaque crapule du groupe vint féliciter Gus, certains d'une frappe dans le dos, d'autres d'une tape sur le haut du crâne de Gus, car c'était le plus petit de la bande. A peine refroidi, Franck était déjà critiqué ! Gus, bien que taiseux et plus petit que la norme, avait bénéficié de l'adoubement d'un puissant incontesté, son patron… Son entrée en matière plutôt extraordinaire, théâtralisée par l'extrême violence de ses actes, fut sa première décision… plutôt radicale ! Lacointres l'avait toujours dit, et l'avait redit à Gus au téléphone, juste avant son entrée dans le Local :

- Gus ! Ce n'est pas ce que l'on est qui compte, mais bien ce que l'on fait ! Alors, à toi de jouer !!!

Gus avait donc fait avec ce qu'il était, c'est-à-dire un barbare sanguinaire, sans état d'âme… Il avait tellement souffert dans sa jeunesse de ce qu'il était dans sa famille et dans son quartier… Il s'était replié sur lui-même et avait emmagasiné de la haine, de la brutalité et de la bestialité. Il savait que son heure viendrait car il était plus intelligent que les autres. Il percevait les finesses des propos de Lacointres. Il lui avait d'ailleurs rendu différents services sans que les autres du groupe ne le sachent. Lacointres lui avait bien dit qu'un jour il deviendrait un chef de groupe. Il fallait auparavant qu'il se détache de la drogue ainsi que des produits de substitutions qu'il leur fabriquait et qui provoquaient des performances bien au-dessus de celles produites par les substances données par les services médicaux légaux. Lacointres avait trouvé la composition d'une nouvelle substance de substitution. Elle décuplait le gommage du manque de drogue. Cependant, elle rendait énormément addict à ce produit vénéneux... Plus le temps passait, plus ils devenaient addicts sans s'en rendre compte. Il y avait un mal-être incommensurable. Gus en avait eu l'explication par Lacointres, son patron, il savait qu'il était son protégé. Lacointres se retrouvait un peu en lui, énormément même. Intelligent, malaimé, mécompris... Voilà ce qui les liait. Pourtant, l'un avait le pouvoir, l'argent, la reconnaissance de la société, et l'autre n'avait rien, si ce n'est uniquement le souvenir d'une enfance malheureuse et douloureuse, d'un présent nébuleux, et d'un avenir à priori court et sans perspective positive...

Un ange gardien l'avait sorti du lot, pour qu'il devienne un élu. C'est comme cela que le patron lui avait expliqué. Le patron, c'était comme un dieu pour lui... Une phrase avait interpelé Gus, il n'en n'avait pas vraiment compris le sens. Bien que plus intelligent que les autres, il savait qu'il ne maîtrisait pas forcément toutes les subtilités du langage, et même des raisonnements. Il lui manquait de la culture, et il le regrettait amèrement. Lacointres lui avait dit :
- Je te choisis pour me rejoindre à la tête de cette cour des miracles !

Gus y avait réfléchi, mais n'avait pas osé questionner son patron : pourquoi parlait-il de « Cour des Miracles » ? On était à Tours, pas à Lourdes… Et de quelle cour parlait-il ? Lacointres avait bien choisi son Gus pour continuer à régner… !!!

Chapitre 16

J – 1.

Tours.

J'avais téléphoné à Stéphane afin qu'il vienne me rejoindre près de notre lieu de départ. Je lui avais demandé d'être accompagné par son équipe. Je ne pouvais pas attendre la fin de l'opération... pour lui annoncer la terrible nouvelle... Les détails qui m'avaient été révélés étaient sordides, malsains, écœurants... Notre brigade scientifique avait récolté, décelé et recomposé cette horrible scène ... Des éléments supplémentaires avaient permis d'en savoir plus... Des voisins, qui ne s'étaient pas manifestés sur l'instant des événements, avaient raconté certains détails aux enquêteurs. Trois caméras de vidéosurveillance dans la maison de Stéphane, minutieusement cachées, mais détectées par nos services, avaient permis de compléter les informations macabres... Elles avaient résisté à l'incendie. La déformation professionnelle que nous avions tous et toutes dans notre vie civile !!! Tout cela avait fini de sceller le scénario de cette barbarie.

Kypsélie avait été appelée sur les lieux. En effet, l'inspecteur qui avait en charge cette affaire avait très vite compris qu'elle était nauséabonde…Son instinct avait fait le reste ! Plus de 35 ans de boîte, et l'inspecteur Patrick Mucroli était toujours aussi vaillant, doué, acharné à trouver les coupables. Il savait faire appel à son flair, à son expérience, à des méthodes jugées parfois archaïques… De plus, je ne le sus que bien après, nous l'avions recruté dernièrement comme appui sur les affaires qui sortent de l'ordinaire, celles qui déterrent des cadavres à tour de bras, sans qu'on comprenne qui, que, quoi, pourquoi, quand et où ! Cela relevait déjà d'un exploit de le savoir avec les moyens ordinaires…C'est pourquoi Kypsélie était alors appelée à la rescousse. Avec ses solides appuis, nous faisions toujours mouche… parce que nous étions dans le « quoiqu'il en coûte » !

Nous nous retrouvâmes, deux véhicules garés sur le bas-côté d'une route vicinale discrète, à mi-chemin de notre destination, la Grange. Je demandais à Léa de se tenir à l'écart. Je l'avais briefée brièvement. Elle était bouleversée, mais finalement moins que je ne l'aurais imaginé. En outre, Stéphane était mon frère de combat. Je lui devais bien ça, la vérité, seul à seul…

Je fis signe à ses deux collègues de rester dans la voiture. Stéphane vit à mon allure, mon visage, et compris à mes premières paroles, que quelque chose de grave s'était passé…

- Dis-moi, Ernst ! On nous retire l'affaire ?
- Non, Stéph c'est…
- Il a des appuis le salopard !?
- Non Stéph… ! Et je le pris dans mes bras, le serrant à l'étouffer…

Je lui racontai à l'oreille tout ce que je savais, enfin ce que le service avait découvert. Par respect pour lui et Cécile, je n'omis aucun élément de cette macabre scène …

Quand j'eus fini, plusieurs minutes après, je le sentis se contracter. Il se dégagea de mon étreinte… Il semblait anéanti… Je le regardai, comme un objet fragile, ou plutôt fragilisé par une faille. Je scrutai son visage : pas une larme, pas un rictus, pas un tressautement. Un regard glacé, mort, vide. Mes propos avaient ôté de Stéphane toute humanité. La sidération l'avait transformé en fantôme, le fantôme de mon frère d'arme…

Cependant, je ne lui avais pas encore tout raconté. En aparté, je lui expliquai comment, il y a quelques minutes de cela, on m'avait appris les liens probables qui reliaient celui que l'on avait vu fuir de leur maison avec le monstre brûlé, et avec… Lacointres… !

Stéphane s'écroula au sol en se plantant sur ses deux genoux, la tête dans les mains, la secouant dans tous les sens. Il pleurait à en fendre l'âme … Une plainte qui montait au ciel pour sa Cécile… Une plainte qui était comme un appel à l'amour qu'il lui portait… Je savais également que le besoin de vengeance croissait en lui à une vitesse vertigineuse ! La rage était en lui !

Je fis signe à ses deux camarades. Ils me rejoignirent aussitôt. Ils comprirent immédiatement la gravité de l'instant. Genoux en terre, entourant Stéphane de nos bras protecteurs, nous lui apportions notre force, notre honneur, notre soutien et notre affection... Nous ne faisions plus qu'un. Le serment de l'accompagner dans sa vengeance était scellé.

Nous nous relevâmes tous ensemble. Stéphane s'adressa à nous d'une voix sereine, forte mais diablement glaçante…

- Les gars ! Allons-y, mais laissez-moi seul dans la voiture ! Je vous suis… Montez avec Ernst ! Je veux être seul ! Je ne ferai pas de conneries, ne vous inquiétez-pas !

Mes hommes ne savaient rien de ce qui s'était passé, c'était de confiance qu'ils avaient prêté le serment de vengeance, mais là ça commençait à les dépasser. Je voyais qu'ils ne voulaient pas le laisser seul, manifestement dans un état à la fois de détresse et de fureur.

- Ok ! dis-je. Les gars avec moi ! Stéphane, tu devras prendre la nouvelle avec toi ! J'ai trop de matos dans la voiture pour être à quatre ! Au fait, j'ai cru comprendre que tu ne veux pas quitter la mission... Tu ne voudrais pas…
- Ernst, je continue ! coupa-t-il sèchement. Cela ne me rendra pas Cécile… Elle est morte ! Elle est morte ! Tu m'entends ! Je ne peux pas la ressusciter, mais je peux la venger… On peut la venger !!!

Je fis signe à Léa de sortir de ma voiture et lui indiquai qu'elle devait rejoindre Stéphane dans la sienne. Je lui demandai discrètement d'être à l'écoute, empathique, réconfortante… Elle me regarda, impavide… puis cligna des yeux en signe d'assentiment.

Nous démarrâmes sur les chapeaux de roue et dépassâmes allègrement les vitesses imposées. Du temps venait de s'écouler, et de nombreuses vies humaines étaient sans doute en jeu. Il fallait mettre les bouchées doubles pour sauver ces pauvres gens. En route pour la « Grange », notre PC !

Je me mis à raconter à mes équipiers le calvaire de Cécile et son terrible chemin de croix…

Qui serions-nous maintenant ? Anges ou démons ?

Si nous n'étions pas des anges, en revanche, nous savions maintenant, de manière sûre, qui était le Démon…

Chapitre 17

Une année avant le jour J.

Région parisienne.

Jacques Routir avait été un facteur parfait. Il avait œuvré dans plusieurs arrondissements de Paris durant toute sa carrière, pendant quarante et un ans. Il avait eu de la chance d'y être affecté. Il était né à Paris, et désirait y vivre et y mourir. Mais cela, c'était avant…

Il était apprécié, car il avait toujours le sourire, aidait les gens qu'il rencontrait dans son secteur d'intervention. Il prenait le temps de parler, de remonter le moral, de prodiguer des conseils, parfois même d'aider à renseigner des documents que certaines personnes trouvaient trop ardus à compléter. Routir était très cultivé et très intelligent. On lui avait proposé plusieurs fois de gravir des échelons dans la hiérarchie, mais il avait toujours refusé. Non pas qu'il ait craint de ne pas réussir ces examens, mais tout simplement parce qu'il préférait rester au contact du public.

Ses responsables savaient pourquoi il rentrait assez tard de sa tournée. Ils connaissaient ses tâches supplémentaires, dispensées avec générosité et bonhommie, qui rehaussaient forcément l'image de la Poste en général auprès du grand public. La réputation de « Jacquou » s'étendait au-delà de son secteur et sa renommée parvint aux oreilles de sa hiérarchie. Une belle publicité pour cette institution. Une Poste à visage humain !

C'est ainsi que pour son départ à la retraite, une cérémonie des plus fastes avait été organisée. Des responsables, des élus, quelques riverains du quartier, et sa famille, sa femme Yvette, et ses deux fils, Guillaume et Joël, étaient présents. Des petits fours, du champagne, et des décorations à profusion avaient été commandés ! Le comité des fêtes avait bien rehaussé cette remise de récompense. Il avait été décoré d'une médaille Grand Or pour ces quatre décennies passées à servir les autres ! Tout avait été grandiose, tout avait été parfait, tout lui avait fait honneur. Sa famille était fière de lui.

6 mois avant le jour J.

Tours.

Et puis, c'était le drame six mois plus tard…

Joël, son fils ainé, inexplicablement, s'était mis soudainement à avoir de la fièvre, beaucoup de fièvre. Il toussait beaucoup, il avait constamment mal à la tête. Il avait dû cesser son travail, le médecin ne le trouvant pas en capacité de se rendre à son bureau, il était comptable dans une grosse entreprise. D'habitude, il était robuste, mais là, il vivait une période difficile, il ne réussissait pas à reprendre le dessus, à se remettre en forme… Un mal semblait le ronger…

Il vivait à Tours, il était marié et venait d'avoir une petite fille, Chloé. Son épouse allait lui chercher régulièrement les médicaments à la pharmacie. Le pharmacien était sympathique, et très compétent. Il faisait beaucoup de recherches sur les maladies compliquées, inexpliquées et inguérissables… Ils avaient beaucoup discuté et peu à peu une confiance s'était instaurée. Le pharmacien avait conseillé certains médicaments en complément ou à la place de ceux prescrits par le médecin. Il disait effectuer des recherches sur ces virus qui surgissaient d'on ne sait trop où… Lui, il savait ce dont Joël souffrait, il en était persuadé… Il pouvait essayer de le guérir, il l'avait proposé...

L'état de Joël se détériora, il crachait du sang, était couvert par moment de pustules immondes... Il avait chaud puis grelottait. Il avait perdu une dizaine de kilos en cinq semaines, lui qui n'était déjà « pas bien épais » comme disait Jacquou ! Le médecin le fit admettre à l'hôpital. En quelques heures son état s'aggrava. Le chef de service dit qu'il valait mieux qu'il rentre chez lui… Il pourrait s'y reposer mieux qu'à l'hôpital.

- Tout a été tenté ! On ne peut rien faire de plus… ! avait dit le chef du service, avant de s'en retourner voir d'autres patients...

Peu après, comme son état s'aggravait, malgré toutes les tentatives, son père sut le faire transférer dans la meilleure clinique de Suisse. Il avait vu des émissions à la télévision sur cet établissement. Il l'avait évoqué à son médecin généraliste. Celui-ci n'était pas contre puisqu'un de ses amis y travaillait en tant que soignant et lui avait confirmé la grande qualité des soins…

Le pharmacien Lacointres essaya de convaincre la famille de ne pas organiser ce transfert. C'était coûteux, et d'autre part, selon lui, cela n'offrirait aucune plus-value... Il dit à la famille qu'en deux jours il trouverait le remède…

Cela ressemblait à une fièvre hémorragique, mais avec combinaison de deux virus. Joël voyageait beaucoup, et

notamment ces derniers temps en Afrique centrale et Asie…
Il en avait même profité pour se permettre plusieurs safaris et
randonnées, en mode exploration. Sans doute lors de ces
expéditions, Lacointres en restait persuadé, Joël avait
contracté, au contact d'animaux ou de parasites, ces virus.
Certes, à ce jour, ces maladies étaient très létales, mais son
traitement révolutionnaire allait être efficace !

Malgré tout, le père le fit admettre dans cette clinique
suisse… très coûteuse ; le pharmacien l'aida cependant en lui
donnant tout l'argent nécessaire... Deux jours plus tard, on les
appela de cette clinique pour leur annoncer que Joël était
décédé. Il s'était vidé de son sang, plusieurs hémorragies
internes l'avaient achevé…

Toute la famille de Joël était anéantie… Encore plus
Jacquou… Il s'en voulait ! Lacointres leur avait prédit cette
fin s'il ne suivait pas son traitement. Il était tellement sûr
d'obtenir le remède parfait… Pourquoi Jacquou ne l'avait-il
pas cru ?

Jour J – 2.

Banlieue parisienne.

… Aujourd'hui, 6 mois après ce tragique décès,
Jacquou venait d'être déposé par Lacointres dans une vaste
maison de campagne, isolée, à une heure de Paris…

Le voyage avait été rapide dans sa Porsche.
Lacointres n'avait pas eu le pied léger sur l'accélérateur. Il
s'était fait flasher deux fois par des radars fixes ! Cela lui était
égal puisque quelqu'un d'autre recevrait les amendes, avait-il
dit à Jacquou… Ce dernier n'avait pas insisté, mais il ne
comprenait pas comment Lacointres pouvait agir pour faire
attribuer ces excès à quelqu'un d'autre… Jacquou était parfois
naïf…

Cinq hommes et six femmes les attendaient dans cette maison de campagne. Ils étaient mollement assis dans des fauteuils ultra design.

L'intérieur de ce logis était agencé avec style. Il n'y manquait rien, Jacquou l'avait vu au premier coup d'œil. Un grand terrain entourait la maison, si bien qu'il n'y avait eu aucun problème pour garer les nombreuses voitures. Un petit bois était attenant, d'un côté, une petite colline procurait la discrétion à ce lieu de l'autre côté. Jamais on ne pouvait s'imaginer qu'une telle propriété se dressait au bout de ce sentier très accidenté.

Lacointres l'avait présenté comme son bras droit, puis il était parti vite, sans dire où il se rendait, pendant que Jacquou donnait ses consignes.

- Je veux, j'ai bien dit je veux, et non pas je voudrais, que toutes les consignes soient respectées ! Ce ne sont pas et ce ne seront pas des conseils, mais bien des ordres ! Le travail sera simple, mais important pour le projet final. On vous a choisi pour votre bonne présentation, pour votre excellente communication, pour votre esprit d'organisation et vos capacités à vous adapter. Également, parce que vous avez une revanche à prendre sur la société…

Les onze équipiers étaient tous et toutes des anciens responsables de secteur tertiaire, des chargés de communication, des référents administratifs et des managers logistiques.

- Votre rôle sera de choisir cinq mille personnes dans Paris intra-muros, et de leur envoyer à chacun une lettre dont le texte sera déjà écrit. Sur ce document, une substance a été déposée, quasi inodore et quasi invisible… Je ne vous cache pas que cette substance rendra très malades les destinataires de ces courriers ! Pour clarifier, tous mourront sans aucun doute…

On vous a choisi car vous avez des raisons d'en vouloir à la société... ! Quand on en veut à quelqu'un ou à une entité, il faut se venger ! Vous êtes là pour ça ! Nous sommes là pour ça ! Moi aussi je suis là pour ça, pour me venger... Y en a-t-il un ou une d'entre vous qui ne souhaite plus continuer la mission ???

L'un d'entre eux, un grand homme brun, plutôt maigrichon, habillé dans un style faussement décontracté, se leva de son siège, se racla la gorge et déclara :

- Pour ma part, je ne pense pas que je vais pouvoir continuer avec vous. Je sais que...

Il n'eut pas le temps de finir sa phrase, qu'une des femmes qui était assise, remonta son chemisier, dégaina un Colt 1911, et appuya trois fois sur la gâchette dans sa direction : une balle en plein front, une en plein cœur et l'autre dans les parties génitales...

L'homme s'écroula... Les hurlements de terreur des autres participants à cette réunion assourdissaient la salle...

- J'avais oublié de vous dire, ajouta tout de suite Jacquou, d'une voix forte qui fit se taire tout le monde, ne laissant ainsi aucun instant de répit à ses équipiers, qu'en fait, pour la mission, vous n'étiez que dix ! Samantha ici présente, dit-il en désignant la tueuse qui réajustait son chemisier, est, comment dire ... mon garde du corps, mon intendante, mon aide de camp ! Elle m'aidera à maintenir l'ordre, la discipline et la cohésion !
Tous ensemble ! C'est bien clair ??? Tous ensemble ! Y a-t-il quelqu'un qui voudrait nous quitter encore ? s'enquit-il...

Plus personne ne souhaita quitter le groupe, ni même se manifester...

- Tâchez de vous organiser ! Ne soyez pas inquiets par rapport à ce qui vient de se passer. Nous nous doutions que ce jeune homme ne jouerait pas le jeu… Nous savions que vous, si !

Jacquou se leva, et se rapprocha du groupe…

- Bien sûr, cela peut paraître difficile de provoquer la mort de quelqu'un. Mais quand on ne le connait pas ! Cependant … quand on sait que cela vengera la mort de quelqu'un de notre famille… ! Cependant… quand je sais que vous ne serez pas inquiétés puisque vous ne serez pas retrouvés, je peux vous le garantir… ! Dites-moi alors la raison pour laquelle vous n'agiriez pas !

Quelqu'un leva le bras pour poser une question, comme à l'école… Jacquou s'était bien positionné en tant que chef !

- Qu'est-ce qu'on va faire du corps de … notre collègue ?
- Bonne question ! Nous allons le faire disparaître, et personne jamais ne le retrouvera… Comme vous, il n'avait pas laissé d'informations concernant son voyage. Conclusion : impossible à tracer ! Donc, vous non plus, en tant qu'éventuels témoins et complices d'un meurtre et de différents homicides… ! Ne vous faites pas de bile, le patron a pensé à tout ! Samantha va vous donner les détails pour la suite. Elle sera votre cheffe ! Ecoutez-la bien ! Attention ! Elle peut vite s'énerver…
- Effectivement, tâchez de vous organiser ! continua Samantha. Tout d'abord, pour que les destinataires du courrier ne soient pas tous du même arrondissement ! Parité oblige également même dans ce domaine… Qu'ils soient de toutes les couches sociales ! A votre disposition, il y a suffisamment d'ordinateurs qui contiennent de nombreux fichiers avec les adresses. Débrouillez-vous ! Triturez vos méninges ! La liste doit être prête, avec les adresses imprimées sur les enveloppes, pour demain matin 7H. Il est

17H. Les textes sont déjà dans vos enveloppes, celles-ci sont cachetées. Vous ne verrez donc pas le texte qui a été écrit... Y a-t-il des questions ?

Personne ne réagit. Au contraire, ils se mirent à engager tout de suite une réflexion commune. Des sous-groupes se formèrent, certains modélisèrent sur un tableau l'organisation...

Jacquou se frotta les mains. Ils avaient bien choisi les membres de « l'équipe des Postiers » ! Ce coup de semonce avec Samantha avait permis d'enfoncer le clou jusqu'à la garde...

Samantha ! Lacointres et lui l'avaient remarquée dans un rassemblement d'étudiants révolutionnaires anarchistes en région parisienne. Après quelques bières en fin de soirée, ils admirèrent son tempérament de feu. C'était une adulte d'une trentaine d'années en pleine crise d'adolescence ! Ils l'avaient cernée. Elle était très cultivée, surtout prête à l'action et à en découdre... pour quelque cause que ce soit. ! Les discours enflammés, elle les maîtrisait. Ils étaient appris par cœur. Elle était également dans l'action à fond...

Elle s'était targuée, lors de cette soirée, un peu éméchée qu'elle était, de savoir excellement bien tirer au pistolet, et surtout d'en posséder un, légalement. Même plusieurs... Fille à papa semblait-il... au vu du prix des armes et des munitions !

Le lendemain, un dimanche, elle les emmena dans une prairie où elle avait l'habitude de s'entraîner au pistolet. Elle ramena plusieurs armes et leur fit une démonstration d'une telle maestria qu'ils lui expliquèrent en partie leurs desseins. En enjolivant et avec quelques bières là-dessus, Samantha oublia son destin de révolutionnaire et d'anarchiste ... pour rallier leur cause !!!

Ils lui promirent de l'action, ce qu'elle voulait, mais aussi de la sueur et sans doute du sang… ! Lacointres avait senti que cette adrénaline-là était sa cam ! Il la motiverait, elle, en lui permettant de faire couler le sang, d'ôter la vie, et non pas en lui donnant, comme aux autres drogués, des substances hautement actives…

Il avait ainsi converti la chimie et le sang comme opium de son peuple !

Chapitre 18

J – 1.

Région de Blois.

Il était tôt en cette belle matinée d'été… Lacointres approchait de Blois. Ce serait une grosse journée ! Il était heureux car, à part le petit problème avec Cécile, Franck, Ricky et l'intellectuel de la bande à Jacquou, tout allait bien… Il s'avoua, malgré tout, que cela faisait beaucoup d'anicroches !!! Il avait envisagé ces éventualités, il était prêt, il avait même su s'adapter… Donc, où était le problème ? Nulle part, se rassura-t-il…

Il comprenait qu'il était trop tard pour faire machine arrière, de toute façon…. Le plan était engagé. Il se sentait de plus en plus fort, de plus en plus déterminé dans ses prises de décisions, peu importe les conséquences, même si la mort pour d'autres était au rendez-vous… La mort pour lui n'était pas envisageable… ! Il ne l'avait jamais envisagé ! Ce n'était pas concevable ! Il était désormais au-dessus des lois, des préceptes, des convenances… et à un autre niveau, au-dessus de la mort !

Lacointres se rendait compte que sa personnalité changeait, qu'il se rendait dans des confins de l'esprit pas encore explorés. Cela l'inquiétait parfois au point de se demander jusqu'où il serait capable d'aller... Ce qui le tourmentait encore un peu, à ce jour, c'est qu'à cette question, il ne voyait pas de réponse à donner... Il n'avait pas encore trouvé ses limites !

Le mal ne le dérangeait pas. Faire mal, avoir mal... Ce n'était qu'un concept inventé pour les faibles ; le bien et le mal. On considérait dans cette société que le mal était abject ! Au contraire, pour lui, les forts font ce qu'ils ont à faire !!! Et s'il fallait faire mal, on faisait mal ! Lacointres se sentait fort... Donc...

C'était un moment délicat qui se profilait dans son plan à Blois ; il devait s'y faire discret, l'objectif approchant. Il se doutait que des Services Secrets étaient en train de le traquer. Il avait choisi ses acolytes, non seulement pour leurs savoirs et savoir-faire, mais également pour le réseau de contacts qui était le leur. On n'est jamais très éloigné des renseignements que l'on cherche, il suffit de connaître le bon réseau de communication, donc les bonnes personnes... Et tout Service dit Secret a des failles... Ils sont gérés par des hommes et des femmes. L'être humain peut être faible face à des menaces ou des récompenses... Ainsi va la vie !

Il savait donc qu'on l'espionnait, qu'on avait à peu près, non pas découvert son plan, mais du moins compris une partie. Par chance, manquaient les informations capitales, celles qui lui importaient, à savoir des lieux, des personnes... Oui, mais pour faire quoi ? Là était la question ? Aucun indice ne pouvait trahir les étapes du plan. Cela lui était donc égal... Cependant, le fait de savoir qu'on le poursuivait lui intimait la nécessité d'être prudent...

Pour gérer cette prudence, il abandonna la Porsche dans une des premières rues de la ville, une rue somme toute discrète près de différents locaux d'entreprises. De nombreuses voitures étaient garées, et même si la sienne dénotait, elle n'en était pas moins entourée de belles voitures plus récentes. Il avait fait en sorte, quelques kilomètres auparavant, de la salir en roulant en bordure des champs pour bien ramasser de la boue... Elle ne devrait pas être trop remarquée !

Il avait pris avec lui trois gros sacs, dont un à dos, le plus imposant, et appela un taxi pour qu'il le prenne au bord de la rue, à l'intersection avec l'artère principale.

Quelques minutes plus tard, le taxi arriva, le prit en charge et l'emmena, à sa demande, à l'autre entrée de la ville, vers l'Est donc.

- Vous allez à Chambord, je pense, lui glissa le chauffeur ? Je peux vous y conduire, si vous le souhaitez, et vous faire un bon prix...
- Non merci ! C'est gentil, mais je remonte vers Orléans ! Un copain vient me chercher avec sa voiture. On va rejoindre d'autres amis, on va faire une rando ! J'ai pris de quoi bivouaquer, dit-il en frappant le sac à dos qu'il avait tenu à garder à ses côtés sur la banquette.
- Ah ok ! comme vous voulez, je vous laisserai près du panneau de sortie, cela vous ira ?
- Parfait, mais proche d'une rue dans laquelle le copain pourra faire son demi-tour... Vous voyez ?
- J'ai compris !

Quelques minutes plus tard, il fut déposé en sortie de ville dans une intersection soi-disant pour que son copain puisse le prendre en voiture... Lacointres avait menti, mais pas sur tout... Il voulait brouiller les pistes. Il n'allait pas à Orléans, et il n'avait pas de copain qui allait venir le chercher.

Une femme sortit d'une maison située dans cette rue, à quelques dizaines de mètres de lui. Ils se rapprochèrent l'un de l'autre, se serrèrent la main ; elle prit le gros sac à dos, sur une de ses épaules, et un des sacs, non moins aussi lourd, dans l'autre main. Petite mais costaud ! Il le savait, elle avait notamment été recrutée sur ce critère... Ils avaient en commun l'amour des animaux et l'intelligence. Il adorait tellement Athos et ses deux perroquets ! Apparemment...

- Rima ! dit Lacointres à la femme qui était arrivée à sa maison et lui ouvrait la porte, tout en portant les deux sacs, as-tu pensé à leur donner à manger ?
- Oui patron, il y a exactement cinq minutes comme convenu, aux heures que vous m'avez indiquées... J'ai tout respecté. Ça a été, en revanche, un peu difficile à les ramener en toute discrétion... Athos, pas de souci, il me connait ! Mais les perroquets... Bon sang !!! J'avais bien pris le mélange de graines pour les amadouer et les amener à être calmes, mais ils n'arrêtaient pas de caqueter, et ils ne voulaient pas prendre les graines... ! Et enfin j'ai compris qu'il fallait leur donner de la main gauche, c'est alors passé comme une lettre à la poste ! Vous auriez pu me le dire, patron ! J'ai galéré...
- Je voulais savoir si tu étais à la hauteur, si tu savais réfléchir, et si tu savais réagir vite... ! C'est le cas, Rima... !

Rima rougit, elle était fière de ce compliment donné par son patron, son idole, son mentor...

- Tu sais, Rima, il va falloir t'adapter constamment ! Tous les deux, on va enclencher la deuxième partie de la mission que je me suis assignée. La première est en cours, la deuxième, c'est pour aujourd'hui, avec mes trois stars ! Mettons-les en valeur, Rima !

Lacointres se doutait que Rima avait un faible pour lui... Cela lui plaisait bien ! Pour une fois, il ressentait une certaine affection pour une femme. Il ne la désirait pas physiquement, il voulait simplement qu'elle l'admire car, lui, il l'admirait...

C'était ça l'amour ? se demanda le pharmacien.

Chapitre 19

J – 1.

« La Grange ».

Nous étions dans les temps lorsque nous arrivâmes sur le lieu d'où nos futures décisions et actions allaient naître : le PC ! Les rayons du soleil dardaient déjà…

Shun avait donné les indications à mes hommes. Il m'avait salué de loin, d'une tête baissée, j'en fis de même. Un profond respect nous unissait. Il y a quelques temps, je lui avais sauvé la vie en mission, une sacrée histoire. Un tir instinctif d'au moins trente mètres avait eu raison de celui qui était en train de le viser, à coup sûr pour un coup mortel… Pleine tête ! Il m'avait alors salué de cette manière, c'était resté entre nous un respectueux cérémonial. Un seul coup avec mon MR 73 ! Un coup de maître… Comme d'habitude diraient ceux qui me connaissent !

Trois caches avaient été construites. Nous nous demandions comment cela pouvait se faire aussi vite... ! Deux dans des murs, admettons, mais une dans le sol, capables d'enfouir tout notre matériel… Cela défiait l'entendement ! Ils avaient amené des engins de terrassement de petit format, et après avoir creusé, ils y avaient glissé le caisson métal avec des armoires de rangement pour les armes, du matériel de survie, de la nourriture, et de nombreux gadgets high tech et électroniques. Shun nous avait dit qu'il possédait plusieurs caissons de ce style, déjà prêts, et que la seule difficulté était de creuser le trou, évacuer la terre, et placer un couvercle qui se fonde dans la texture du sol…et là en un petit peu moins d'une heure, ce travail fut fait. Un travail de spécialistes, c'est certain !!!

Nous sortîmes nos ordinateurs, les branchâmes en quelques secondes, et nous pûmes chercher la localisation de ces truands. Avec toutes les informations qui nous étaient parvenues durant notre fin de trajet, nous pûmes établir un état des lieux presque précis.

Entre temps, j'avais eu des renseignements qui concernaient l'arrêt de Lacointres à la petite supérette, avant de se rendre au cimetière pour l'enterrement de Troupier.

Les services avaient contacté le chauffeur de taxi. Celui-ci avait déjà rencontré sa nièce qui était de service au magasin ce jour-là, et ils avaient visionné les caméras de surveillance qui gardaient enregistrées les vidéos pendant 24h. Il avait donc déjà des réponses à donner aux agents ; conserver les vidéos avait un coût mais c'était apparemment très utile. La preuve : on y voyait Lacointres, s'agenouillant en bas d'un rayon, plongeant manifestement la main tout au fond, et en sortir péniblement une petite enveloppe blanche, qu'il avait glissé immédiatement dans sa poche. Puis, il était parti acheter un petit flacon de désherbant total liquide… Pourquoi du désherbant ? Et l'enveloppe ? Qui avait caché cette enveloppe à cet endroit incongru ? Le contenu, quel était-il ? Cela devait être très important et prévu puisqu'il savait où exactement le trouver !

Lacointres avait été vu dans Blois ! Une caméra en centre-ville d'abord… et deux gars du groupe de Shun qui avaient remarqué un homme lui ressemblant à un feu tricolore à l'arrière d'un taxi, en attestaient. L'information ayant été aussitôt remontée au service Investigation, avait été recoupée en contactant l'agence de taxi. La secrétaire avait communiqué le numéro de téléphone du chauffeur concerné, puisque le taxi était numéroté. Les agents qui l'avaient eu au téléphone lui avaient envoyé un sms avec la photo de Lacointres… c'était bien lui ! Ce chauffeur avait ajouté qu'il transportait trois lourds bagages, et lui racontait l'histoire bizarre de ce copain venant le chercher pour se rendre à Orléans…

Nous savions donc à quel angle de rue il avait été déposé. Les trois agents de Shun avaient été délégués sur place pour observer. Selon leurs propos, la rue était longue, résidentielle, une trentaine de maisons de chaque côté… Où était-il ? Comment faire ?

- Faites-vous passer pour des commerciaux, des gars qui cherchent des biens immobiliers à vendre ! Cela se fait souvent. Ils sont intermédiaires, donc pas besoin de matériel, un carnet et un crayon, c'est tout… Vous êtes sapés comment ?
- Normal Ernst ! Pas plus, pas moins, comme monsieur tout le monde !
- Parfait ! Shun, si tu es ok, quadrillez la rue, et trouvez-le ! Pas d'intervention !!! Surtout pas ! Il ne réfléchit pas comme nous ! On ne sait pas comment il peut agir !
- Ok ! dit Shun qui écoutait sur la ligne. On va te montrer qu'on n'est pas que des gros bras ! Allez les gars ! C'est parti ! ricana-t-il.

Je raccrochai, confiant. De notre côté, nous partîmes à deux voitures dans la direction de cette rue. Léa et Déchien restèrent dans la Grange. J'avais besoin d'eux en repli et en appui stratégique. Yves connaissait tous les rouages des services, avait les contacts aisés avec les responsables de chaque groupe, et quoi qu'il en dise, à l'heure actuelle, une expertise acérée des situations. Léa était novice sur le terrain. Son esprit d'analyse et de déduction pourrait fonctionner de manière plus sereine en retrait, loin de l'action, s'il y en avait…

C'était bon, ! On allait le coincer, et l'empêcher de nuire pensai-je, quoique je ne pouvais m'empêcher de penser que cela paraissait très optimiste… Nous verrions bientôt…

J'observais Stéphane, qui ne laissait rien transparaître ; pourvu qu'il n'explose pas. Son regard croisa le mien, un regard dans lequel une lueur indéfinissable apparut, une lueur que j'avais déjà vue chez des tueurs avant l'irréparable, lorsqu'ils se sentent à bout : la folie meurtrière ! Le « je n'en n'ai plus rien à faire !!! ». Il me toisa, puis ses traits s'adoucirent. Je n'étais cependant pas dupe… Double visage, double âme !

Arrivés à un pâté de maisons du quartier concerné, nous nous garâmes tranquillement sur un petit parking de cité.

Mon téléphone vibra. C'était Shun.

- Mes hommes n'ont rien trouvé, Ernst !!!
- Quoi ?
- Oui, je te passe le leader…
- Oui, je suis leader. Rien Ernst… Si ce n'est une dame qui nous disait qu'elle risquait de faire appel à nos services pour vendre sa maison. Sa voisine faisait beaucoup de bruit ces derniers temps…
-    Et… ? Problèmes de voisinage, c'est tout ! dis-je interrogatif et perplexe.
- Elle a ajouté qu'il y avait de plus en plus d'animaux dans la maison, que cela devenait intolérable ! … Un chien, un gros, qui aboyait dès qu'on sonnait chez sa voisine, ou qu'on tondait les pelouses, ou qu'elle était dehors avec ses petits-enfants... Quand elle s'est rendue chez la voisine, hier, pour

se plaindre, le chien a aboyé quand elle a sonné. Bon ! Normal ! Mais quand la porte s'est entr'ouverte, elle a aperçu, cette fois-ci, des perroquets ! Bref, des choses inhabituelles, selon elle ! Dans tout le quartier, c'est tout ce qui sort apparemment de l'ordinaire. Beaucoup de maisons où nous n'avons pas eu de contacts…

- Ok ! Autre chose avec cette dame aux animaux ? ajoutai-je, un peu énervé par la longueur de l'exposé…

- Euh… Ah oui ! La voisine disait qu'elle ne comprenait pas. Quelques minutes auparavant, elle s'était aperçue que les deux voitures de la voisine n'étaient plus dans la cour.

- Oui, et ? commençai-je à m'impatienter vraiment…

- Bah, ça l'étonnait parce que la dame vit seule, et elle se demandait comment elle avait fait pour que les deux voitures ne soient plus là…Elle avait pensé qu'une était dans le garage, mais ce matin elle était sortie mettre les poubelles, le garage était ouvert, il était plein de caisses et de cartons. Il était donc impossible d'y garer une voiture. Par conséquent, elle ne comprenait pas… à moins que ce soit le gars qu'elle avait vu passer devant sa maison qui l'avait prise…

- Un gars avec des sacs ?

- Elle ne savait pas, elle l'a vu juste un peu, il sortait de son angle de vision. Comme elle a dit, elle ne connait pas tout le monde dans la rue…

- Bon boulot leader ! Mais apprends à résumer mon gars ! Demande à Shun de t'initier !!!

- Ah bon ??? Parce que la vie passionnante de ces quartiers de ville de province, et les commérages de voisines, franchement, ce n'est pas mon kif !

- Premièrement, ça n'a pas l'air de t'ennuyer ! Deuxièmement, détrompe-toi, on en apprend beaucoup !

Je raccrochai… J'avais entendu les mots que je voulais entendre : perroquets et chien… Sûr que Lacointres nous avait échappé de quelques instants… !

Je demandai à Stéphane de recontacter Shun, pour savoir si son leader connaissait la couleur et la marque des voitures, du moins ce qu'en avait dit la voisine… La réponse vint vite : marques inconnues, couleur noire pour les deux !

Maintenant, il était donc probablement au voulant d'une voiture inconnue noire… partant dans une direction également inconnue !!!

Je téléphonai à Léa, elle saurait, je n'en doutai pas, nous trouver des pistes. De plus, il y avait Yves ! C'était un rusé avec beaucoup d'expérience. Même s'il était en état psychologique de faiblesse et de doutes, avec Léa ce serait un binôme performant, espérai-je.

Léa me manquait un peu, déjà…, je dois l'avouer, car lorsqu'elle me quitta au téléphone, j'eus un petit serrement au cœur, et un vague à l'âme certain… Penser à elle me faisait du bien, dans la mesure où, au plus profond de moi, j'étais en train de penser à Marie qui, soyons clair, se mourrait… Avec Léa, c'était penser à un futur qui s'ouvrait sur un espoir. Alors qu'avec Marie, mes pensées allaient vers un avenir sans lendemain… Entre les lignes, c'était ce que voulaient dire nos médecins. On était en train de lui adoucir ses derniers jours. Mon cœur se serra à nouveau à cette pensée.

Je regrettais de ne pas avoir su qu'elle appartenait à nos Services, j'aurai sans doute pu lui prodiguer de nombreux conseils sur les procédures d'approches par exemple de ces scènes de contamination. Mes camarades et moi-même avions été entraînés, on nous avait rabâché, sans cesse, jusqu'au bout de la fatigue parfois, les précautions, les réflexes à avoir. On nous avait mis, maintes fois, en situation. Je savais, j'aurai pu lui apprendre plus, me dis-je… Ah quoi bon ! Elle avait été formée également, c'était sa première vraie expérience sur le terrain, elle a manqué de discernement ! Le mal était fait, une seconde de négligence, et l'acte de folie d'un terroriste l'emmenait minute après minute, pas après pas, sur le chemin de la mort... Képler, le médecin responsable du service de santé, m'avait tout expliqué hier au téléphone. Le faible espoir de la voir se remettre résidait dans l'antidote. C'était déjà exceptionnel qu'elle soit encore en vie... Dans le poison, il y avait la base du Novitchok, ce terrible neurotoxique russe mais aussi d'autres agents toxiques qui avaient été ajoutés. La plupart était connus mais la combinaison de ceux-ci avait un effet incompréhensible, plus lent qu'on aurait pu si attendre, mais sur un spectre beaucoup plus large d'effets secondaires. Képler avait dit que c'était un bricolage de différents poisons, comme si quelqu'un avait engagé un processus de surenchères. Et puis cela, et puis cela, et puis cela... ! Il me disait que le lien entre ces substances était faible, et semblait inconstant dans le temps. C'était une œuvre d'essai, un brouillon de super agent toxique... Tout ce qu'il y avait à espérer, songeait alors le médecin, c'est que le scientifique qui avait créé ce mélange, ne trouverait jamais la solution pour un lien stable !

Trouver qui avait conçu ce super poison et trouver ensuite sa formule, permettraient selon cet expert médical, en à peine une journée, d'élaborer un contre poison. Mais selon lui, celui qui l'avait produit était également sur la piste de l'antidote...

Je me disais que cela faisait trois problèmes à résoudre au plus vite. En aurions-nous le temps ? Honnêtement, je n'avais que peu d'espoir... Le temps s'égrenait minute après minute, et la vie de Marie filait seconde après seconde...

L'échelle du temps était disproportionnée et elle ne jouait pas en faveur de ma sœur, ma très chère sœur...

Chapitre 20

J – 1.

Lacointres était un peu sceptique sur ce qu'il avait trouvé dans l'enveloppe à la supérette. Quelle planque ! Troupier le prenait pour un épicier ou quoi ? Ensuite, honnêtement, comment quelqu'un pouvait-il penser à cette cachette ? C'était une étudiante qui avait déposé l'enveloppe à cet endroit sur la demande de Troupier, lorsqu'il était encore en vie, bien sûr ! … Un petit poisson du vivier ??? La pauvre Sandy ! pensa-t-il…

Plus il repensait à la correction finale qu'apportait son maître à ses recherches, à leurs recherches…, plus il doutait… Mais il n'oubliait pas que Troupier était une référence ! Alors ? Qu'en penser ?

Son ex-tuteur prouvait, dans cet écrit, qu'il fallait éliminer de nombreuses substances toxiques dans l'amalgame, les plus fortes d'ailleurs. En effet, selon ses conclusions, la puissance de cette combinaison était altérée par leur multitude. Des nombreuses formules chimiques et hypothèses vérifiées, donc validées ou invalidées par son mentor, il apparaissait que ce serait une bataille, en quelque sorte, entre les plus puissantes toxines. Celles-ci se déchireraient mutuellement, au sens chimique du terme, casseraient les molécules, et annihileraient donc les effets conjugués… Trop …c'est trop !

A la place, il retenait uniquement quatre des éléments, les combinait avec des facteurs relatifs à chacun, puis en ajoutait un cinquième, qu'il mettait en quantité égale à l'ensemble des quatre. Il démontrait par une équation dans laquelle, hélas, une feuille de calculs manquait, la puissance de cette nouvelle combinaison. Le début était juste, la fin était juste… Au milieu, manquait le corps de la démonstration…

Lacointres avait essayé plusieurs fois de combler ce vide, mais rien n'y avait fait. Il ne réussissait pas là où son maître l'avait dominé ! Ah ce Troupier ! Lacointres ne l'égalait pas… C'est d'ailleurs pour cela qu'il avait apprécié de collaborer avec lui. Et Sandy lui avait révélé qu'il était son préféré ! Un honneur !

Il aurait donc la primeur, sur le terrain, de répandre cette substance diaboliquement fatale ! Il faudrait qu'il contacte ses chimistes pour les informer de quelques changements dans la composition.

Malgré tout, il aurait aimé être en capacité, comme Troupier, d'établir la démonstration de ce composé. Il en avait compris le principe, mais il ne réussissait pas à entrer dans le cœur de la démonstration… Il lui faudrait vraiment retrouver cette page manquante, si elle existait encore d'ailleurs. Qui avait subtilisé ce document ? Après tout, Troupier n'aimait pas que les jeunes étudiantes sexy… Ils les aimaient aussi intelligentes… Sandy était d'ailleurs extrêmement intelligente…et sexy !

Il ne doutait pas des compétences de Troupier en tant que chercheur. Il ne s'inquiétait pas, il trouverait la solution, il en avait l'intuition…

En revanche, il faudrait ensuite qu'il arrive à convaincre les différents comités d'éthique médicale de la nécessité de gommer tous les principes des protocoles d'essais des médicaments et des traitements. Plus tard, il modifierait la recherche médicale dans son ensemble... Actuellement, il ne s'agissait que d'un ensemble de démarches à n'en plus finir, de contraintes administratives obsolètes et lourdes, de recherches de résultats corrects avant une potentielle mise sur le marché de la santé... Que de temps perdu !

Bon sang ! De l'efficacité dans cette société où tout rime avec vitesse, se disait Lacointres ! Voilà ce qu'il fallait ! Des expérimentations directes sur l'être humain, voilà ce qu'il convenait de faire ! Lacointres y ajoutait même un dictat : humain consentant ou pas...

D'ailleurs, il avait déjà fait un petit essai avec cette lettre adressée au ministre de la Santé. Ses deux chimistes lui avaient élaboré la substance qu'il avait conçue lui-même...Essai réussi, somme toute ! Il avait entendu dire que c'était une enquêtrice qui s'était fait prendre au piège !!! Ce qui l'ennuyait, c'est qu'elle était encore en vie...

Bien sûr, il avait utilisé sa première composition, sans le correctif de Troupier. L'agonie était apparemment très longue !   L'expérience restait concluante cependant... C'eut été exceptionnel que cela fonctionne la première fois comme il l'espérait ! Avec la correction de Troupier, peut-être que ce serait plus incisif !!! Mortellement incisif !!!

Lacointres avait un indicateur dans le Servie Secret dont faisait partie l'enquêtrice infectée. Les départements de ce Service était très cloisonnés, mais son indicateur réussissait peu à peu à obtenir les renseignements. Kypsélie... Joli nom pour un Service Secret avait pensé le pharmacien...

Il avait demandé que son indicateur lui délivre l'identité de cette femme et les effets induits par le poison sur sa santé. Grace à son identité, il aurait la possibilité de connaître ses antécédents et son suivi médical pré-infection, c'étaient sans doute des éléments à prendre en compte. Il avait accès à des données confidentielles ! D'autres patients qu'il avait aidés, et qui lui étaient redevables, s'en chargeraient ! En tant que chercheur, il se devait d'intégrer toutes les données dans sa démarche scientifique !

Mais il revenait toujours à cette démonstration chimique de Troupier…Il lui faudrait trouver le cœur de la démonstration sur sa nouvelle formule. Il se l'accaparerait pour la revendre par la suite à quelques puissances ou groupuscules… Du moment qu'ils avaient de quoi payer… !

Lacointres s'était clairement défini comme objectifs : se faire reconnaître comme chercheur émérite, mais également savoir monnayer à sa juste mesure son savoir et son savoir-faire. Être le maître du monde, se plaisait-il à envisager ! Capable de semer la terreur dans un pays ! Il allait le prouver dans quelques heures ! Mais capable de lui apporter un remède !

Ce qui l'ennuyait, c'est que le contre-poison qu'essayait d'élaborer le ministère de la Santé, lui, il l'avait, mais ne l'avait pas encore testé ! Il aurait souhaité le tester sur l'enquêtrice.   Cela semblait vraiment compliqué de l'introduire dans le service médical de Kypsélie… Tant pis !

L'agente infectée s'était enfuie de leur service médical et semblait introuvable depuis quelques jours. Elle se serait réfugiée chez un membre de sa famille, très influent dans cette agence, durant quelques temps… Quelle histoire ! s'était étonné Lacointres lorsque l'informateur l'avait tenu au courant. Encore des agents secrets en dessous de tout... !!!

Il avait immédiatement fait le lien avec ceux qui étaient venus lui rendre visite dans sa demeure. Il pouvait commencer à s'inquiéter. Étaient-ils encore à ses trousses ? Si oui, que savaient-ils de ses desseins ?

Toujours est-il que la jeune femme avait réintégré tout dernièrement le Service de soins rattaché à Kypsélie, elle commençait à se rapprocher de la mort... Que devenait-elle ? Souffrait-elle ? Il l'espérait... Son nouveau poison ferait-il autant souffrir, après les correctifs de Troupier ? Il le souhaitait ! Plus les effets seraient notables, plus la panique serait importante ! Le visuel est important dans ce genre de tragédies... Les médias s'en donneraient à cœur joie ! Un festival médiatique... Lacointres se l'imaginait déjà ! Il faudrait que l'information se diffuse vite dès qu'il accomplirait ses trois buts...

Justement ! En premier lieu, le groupe du facteur, se dit Lacointres ! Ceux qui avaient été recrutés devaient être désormais sur le point d'aller déposer les enveloppes dans les bureaux postaux parisiens. Et la distribution dans les domiciles choisis se ferait demain en matinée... !

Dans quelques heures, il n'y aurait plus aucun recours... ! Le mal serait disséminé, et les listes d'envois seraient détruites... ! Impossible à qui que ce soit de prédire dans quelle famille il pénétrerait ! Plus que quelques heures... !!! se plut à penser Lacointres !

- Un être démoniaque...voilà ce que je suis ! s'exclama-t-il...tout excité par la proximité du fléau qu'il allait provoquer.

Cela lui plaisait...

Chapitre 21

J – 1.

« La Grange ».

Léa et Déchien, dès mon retour à la Grange, me donnèrent une très mauvaise nouvelle. Lacointres était introuvable…

Léa était une analyste de renseignements de très haut niveau. Elle connaissait toutes les procédures et toutes les astuces. Elle avait de nombreux contacts, possédait tous les accès autorisés à un nombre restreint de personnages de premier plan…Toutes ces informations via ces moyens d'investigations étaient fiables et efficaces… Les derniers logiciels hightech, elle les possédait et les maitrisait. Rien n'y faisait. Elle séchait sur cette copie…

Seul un miracle aurait pu nous aider à repérer Lacointres… Il errait dans la campagne, ou dans une ville désormais, avec le seul but de faire du mal. Quelle action préparait-il ? De quelle ampleur ? Nous n'en savions rien !

Déchien eut cependant un éclair de génie.

- Ernst, on se concentre sur le pharmacien, mais … et la femme qui l'a accueilli tout à l'heure ? ?

- Quelle femme ? Celle dans le quartier avec la voisine qui s'en plaignait ?
- Oui, exact ! A-t-on bien cherché des renseignements sur elle ? On se focalise trop sur lui, c'est son entourage qui le fera tomber !
- Tu as raison ! Léa, sur elle ! Combien de temps ?
- Une heure, je pense… répondit Léa.
- Non, trente minutes max, répondis-je à Léa qui était déjà le nez sur ses ordinateurs et ses téléphones…

Le cyber-renseignement avait largement pris le pas sur les renseignements opérationnels collectés sur le terrain. Elle était vraiment remarquable dans ces deux domaines ! Je m'en rendais de plus en plus compte…

30 minutes plus tard.

-Léa ? Une réponse sur cette femme ??? m'impatientai-je….

- Oui, oui, deux secondes…

- Non, pas deux…

- C'est bon, j'ai !!! me coupa-t-elle.

Et elle enchaîna.

- Cette femme s'appelle Rima Douwarhi, origine indonésienne. Elle a trente ans, étudiante équivalent doctorat en chimie, elle a été durant cinq années un excellent élément des forces spéciales indonésiennes. À la suite de plusieurs incidents avec des supérieurs dont elle contestait les ordres, elle a brusquement quitté le pays et semble s'être volatilisée. Pas tant que cela finalement, car on la retrouve aisément en

France… Elle s'appelle désormais Emma Warhidou, syllabes mélangées de son nom… ! Elle est déclarée secrétaire indépendante à domicile pour le moment, elle est dans le secteur depuis une petite année. Points forts remarqués par les services indonésiens : techniques de combats rapprochés, chimie et donc explosifs. Lors de ses études de chimie, sa thèse portait sur les agents neurotoxiques et leur optimisation… Elle s'était pris la tête avec certains de ses supérieurs notamment à cause de cela. Elle voulait expérimenter ses théories sur le terrain…

Mon sang ne fit qu'un tour.

- Bon sang ! Lacointres s'accoquine avec cette Rima, agent de haut vol manifestement, spécialiste en recherche sur les neurotoxines. Lui-même a effectué des recherches en ce domaine, a manifestement un problème psychologique, et est impliqué apparemment dans au moins une histoire de meurtre. Il a eu des propos outranciers relatifs à des expérimentations sur le terrain. Il a donc été repéré comme potentiellement dangereux…
- Ils ont beaucoup de points communs, ces deux-là, répliqua Léa !
- Attends ! Il y a eu ce problème, il y a quelques semaines avec le ministère de la Santé… je connais quelqu'un qui a été intoxiqué durant l'enquête… Aux neurotoxines… Lacointres qui est en train manifestement de monter un mauvais coup ! leur échappe sans cesse… Lacointres serait le cas 32 ??? Bien sûr, Lacointres est le cas 32 !!!!
- Chef ? c'est quoi le cas 32, et l'histoire du ministère ?
- Euh oui, désolé…Des infos que tu n'as pas, des infos gardées secrètes… Déchien va t'expliquer !

Et celui-ci de s'exécuter…

Je réunis immédiatement l'équipe et leur expliquait mes déductions. Je vis par leurs hochements de tête que mes hommes validaient mon raisonnement. Personne ne me questionna sur l'histoire du ministère et le fameux cas 32. Maintenant Léa savait également. Je laissais le soin à Déchien de leur expliquer aussi, et lui ajoutait :

- … dans les grandes lignes, d'accord, dans les grandes lignes…

Il fallait qu'ils soient au courant, qu'ils sachent la dangerosité de l'affaire et ses implications. J'avais confiance en Yves, et savais qu'il ne dirait que le nécessaire, notamment sur Marie. J'avais écouté ce qu'il avait rapporté brièvement à Léa ; cela avait été un modèle de sobriété !

Pendant ce temps, je me concentrais sur mon MR73 que je venais de démonter et remonter deux fois déjà. Je commençais à le démonter pour la troisième fois alors que les hommes passaient à mes côtés pour terminer leurs tâches, et chacun d'entre eux se permit une tape sur l'épaule, en signe de soutien… pour ma sœur bien sûr… puisqu'ils savaient…

Nous concentrâmes nos efforts donc sur les voitures de cette Rima ; Léa nous donna les modèles et numéros d'immatriculation. Il s'agissait d'une citadine courante et d'une petite camionnette. Elle lança ses recherches sur tous les serveurs de vidéosurveillance des villes, routes et autoroutes du secteur. Peu de résultat ! Que cela signifiait-il ?

Je m'éloignai avec Léa et Déchien, nous sortîmes d'ailleurs de la Grange.

- Qu'en pensez-vous ? dis-je.
 - Ils sont soit en arrêt quelque part, soit ils évitent les endroits avec vidéosurveillance… dit Déchien.
- Ok… marmonnai-je.
- Il faut qu'ils soient sacrément briefés pour éviter les lieux avec des caméras ! ajouta Déchien.
- Ok…répliquai-je.

Ils ont peut-être des complices dans ces services, renchérit-il.
- Ok... soufflai-je, peu convaincu.

Léa ne disait rien, elle regardait au loin, vers la campagne, les champs, la forêt…

- Léa, je t'ai fait venir parce que tu es brillante dans tes déductions, alors au lieu de regarder la nature, ne me fais pas regretter ta venue !!! pestai-je.

Elle tourna la tête, planta son regard vert émeraude dans le mien, et annonça calmement :

- Ils roulent sans doute sur des départementales tout simplement, en direction d'un lieu éloigné d'une grande ville. Ils font au plus simple… Nous ne les trouverons pas par le traçage de leurs voitures, nous les trouverons en devinant vers où ils se dirigent ! Nous ne devons pas les poursuivre, nous arriverons toujours en retard. Nous devons les précéder !

Déchien me scruta, fit un rictus que je sentis taquin à mon égard, et me sortit de ce bourbier dans lequel je m'étais avancé :

- Bon ! Ernst ! Tu as ta réponse !!! Léa ! C'est une réponse pleine de bon sens ! Chapeau… !

- Euh… oui… ! bredouillai-je.

Et je me tus finalement, ne sachant pas si je devais m'excuser du ton que j'avais employé ou passer à autre chose !

J'avais vraiment des sentiments pour Léa, voire plus ! Cela expliquait mon hésitation.

- Alors ? Par où commencer notre réflexion ? Qu'a-t-on comme indices ? lança Léa à notre encontre, débloquant aisément mon mutisme temporaire…

- Retournons dans la Grange, on s'y met ! dis-je, ne sachant toujours pas quoi ajouter…

Entrant dans la Grange, un rapide coup d'œil me montra que les hommes étaient prêts, en position de repos. Ils n'attendaient qu'un signe, qu'un ordre de ma part.

Déchien me fixa, alors que nous marchions vers la table où étaient situés les ordinateurs, et secoua la tête… Il me désignait, en se tordant le cou, Léa. Il était hilare ! Je lui fis de gros yeux ronds, et plissai mes lèvres en signe de reproches. Léa tourna la tête à ce moment, sourit en voyant ma moue. Je rougis instantanément, je le sentis, la chaleur empourprant mes joues.

- A l'ancienne ! Une feuille et un crayon ! C'est parti !!! lançai-je à très haute voix.

Je fis un signe de ralliement vers cette table pour mes hommes.

Maintenant, nous allions passer devant !

Je croisai les doigts dans le dos, car je n'avais aucune idée de l'endroit où Lacointres pouvait se rendre.

Mentalement, je résumais la situation : Nord, Sud, Est, Ouest ??? Où te caches-tu, 32 ??? Tu n'es plus qu'un numéro, le 32, Monsieur le pharmacien !!! pensai-je… tout haut ! Mes agents me regardèrent, stupéfaits…

Le brainstorming commença donc sur ces mots.

Chapitre 22

J – 1.

Quelque part en banlieue parisienne.

Samantha venait d'inspecter la pièce principale. Tout était calme. Les équipiers étaient tous fatigués mais la tâche était pratiquement terminée. Le premier groupe dormait depuis une petite heure. Samantha les réveillerait à 6h. L'autre groupe finissait d'imprimer les cinq cents dernières enveloppes. Ils s'étaient reposés les deux heures précédentes. Samantha était très vite venue les aider. L'accueil avait été froid, au regard de ce qu'elle avait fait à l'un d'entre eux, mais un altruisme remarquable, peut-être feint d'ailleurs, une capacité à communiquer et un engouement au commandement avaient optimisé largement l'acceptation de sa présence et de son rôle d'organisatrice. Routir n'était pas sûr que cette idée fût bonne. Samantha lui dit, qu'à son avis, en étant avec le groupe, à l'intérieur en tant qu'organisatrice, ce serait plus simple de les surveiller et d'avoir la main mise sur chacun d'entre eux. Il en convint…

Elle avait formé deux groupes qui se relayaient toutes les deux heures. Il leur fallait être le plus frais et alerte possible pour, le matin, aller déposer des enveloppes à Paris. La disponibilité d'esprit était très importante pour que les tâches s'effectuent au mieux, c'est-à-dire... extrêmement parfaitement pour Routir !

Les adresses s'inscrivaient à une bonne cadence, à pleine vitesse, sur les cinq grosses imprimantes qui les recrachaient comme les rotatives des journaux. Du matériel professionnel pour que la perfection soit au rendez-vous. Peu importait les frais, Lacointres avait été clair. Samantha, chargée d'acheter le matériel, s'était donc exécutée dans ce sens. Ses contacts avaient fait le reste. Elle avait dit qu'elle montait une petite entreprise de conception de flyers publicitaires. Tout avait tourné dans le bon sens ! avait-elle dit à Jacquou.

Le plus difficile, dès 17h la veille, n'avait pas été l'organisation. Elle s'était mise en place très rapidement sous l'égide de deux chargés de planification. Le choix des futures victimes posa souci...Très rapidement, l'idée commune se construisit sur plusieurs principes. En premier lieu, ces personnes étaient inconnues. Ensuite, le choix était fait de manière collective. Troisièmement, les quelques contraintes imposées dans le choix avaient été dictées par quelqu'un d'autre qu'eux, en l'occurrence Routir. Enfin, le hasard y était pour beaucoup... Ces quatre arguments leur donnèrent un sentiment de dédouanement de responsabilité et de culpabilité... Lorsqu'on leur ajouta que cela contribuait en grande partie à leur vengeance envers la société, qui avait été, de manière anonyme finalement, malveillante avec un de leurs proches, alors, à ce moment ultime de la construction de leur groupe de malfaiteurs, l'adage « l'homme est un loup pour l'homme » prit tout son sens... ! Se déposséder de sa liberté naturelle et de son autonomie pour la céder à un chef ... Un chef malfaisant. Voilà ce qu'ils venaient collectivement d'effectuer !

Lacointres avait dit précédemment à Jacquou :

- Jacquou ! Si on choisit bien un groupe de personnes qui souffrent, si on les contraint par la terreur à s'allier pour une tâche commune punitive, et si on les dirige de manière pyramidale et dictatoriale, alors on créée un groupe qui s'émancipera aisément des règles sociétales ! Il sera un bras armé d'une idéologie sanguinaire, et vengeresse. Demandez-leur, une fois le forfait accompli, le pourquoi et la légitimité de leur action, ils ne sauront pas vous l'énoncer... !!!

Lacointres avait raison, se disait Jacquou...

A 6h, les imprimantes s'arrêtèrent. Les cinq mille enveloppes étaient prêtes, déjà en paquets de cinq cents. Tout avait été organisé de main de maître ! Tous et toutes, après un rapide petit déjeuner, s'étaient habillés de tenues propres et passe partout. Chacun avait revérifié la liste des dix boîtes à lettres jaunes dans lesquelles cinquante enveloppes devaient être déposées. Leur itinéraire était prêt pour se rendre aux différentes boîtes aux lettres de dépôt. Ainsi, Paris serait inondé, dans chaque quartier, dans chaque arrondissement, par ce poison destructeur.

Demain lorsque ces enveloppes seraient distribuées, mais surtout ouvertes par les destinataires, la Grande Faucheuse se régalerait ! Ici un homme, là une femme, ici une personne âgée, là un enfant peut-être... Ici à la mi-journée, là le soir... Certains ou certaines, qui seraient par chance absents, n'ouvriraient pas l'enveloppe, ou seulement dans quelques jours ! Pour ceux-là, s'ils s'étaient bien abreuvés, sur les chaînes d'informations en continue, des conseils distillés par des experts ou pseudo-experts, ceux-là, donc, n'ouvriraient peut-être jamais ces enveloppes... et éviteraient ce châtiment expérimental !

7h. Chaque facteur occasionnel reprit sa voiture. Ils avaient été dotés de plusieurs petits cartables, chacun rempli d'un lot d'enveloppes, indiquant le lieu où les déposer.

L'arrondissement de dépose et celui des destinataires ne correspondaient pas, afin de brouiller encore plus les pistes…

Toutes les voitures partirent à deux minutes d'écart, et avec un itinéraire différent, pas forcément le plus court d'ailleurs. Il leur fallait être dans chaque secteur, et avoir déposé les enveloppes avant 11h. C'était faisable… C'était leur mission. Personne ne semblait éprouver des remords ou un doute.

Malgré tout, Samantha, qui partit la dernière, avait pour tâche de veiller sur deux livreuses, Brigitte et Amandine, pour lesquelles Jacquou et elle-même avaient un doute.

Elle suivrait en premier lieu Brigitte, et irait la contrôler après deux ou trois livraisons. Si elles n'avaient pas été faites correctement, elle tâcherait de lui rappeler qu'elle connaissait l'adresse de son fils et de sa fille. Elle lui rappellerait également qu'une de ses petites filles était décédée, il y avait une année de cela, sans que qui que ce soit n'ait pu la sauver…

Puis elle irait s'enquérir des livraisons d'Amandine. Même processus. S'il y avait problème, l'adresse de sa mère, et le rappel du décès de son fiancé, il y a quelques mois, atteint d'un cancer, semble-t-il, et n'ayant survécu que de quelques semaines après l'annonce du diagnostic, la ramèneraient à des sentiments plus amènes…

Samantha, vers 12h, prendrait la route pour rejoindre Lacointres, elle savait où le retrouver.

Jacques Routir, lui, posterait dix enveloppes, d'un autre format que celui dont l'équipe s'était servi pour la maléfique distribution. Il posterait ces enveloppes au bureau de Poste du chef-lieu de canton, à proximité.

Puis, Jacquou prendrait également la direction de l'endroit où se rendait Lacointres.

Les adresses de ses camarades de mission étaient écrites à la main sur ces dix enveloppes, et non dactylographiées, pour ne pas éveiller les soupçons…

Le poison avait été soigneusement épandu dans toute l'enveloppe, et non pas uniquement sur la feuille délivrant le message, comme précédemment. Ainsi, un simple contact avec l'intérieur de l'enveloppe, en l'ouvrant par exemple, posait déjà le diagnostic d'une mort programmée ! D'autre part, le document était un faire-part de décès, dans lequel le message était clair :

LA VIE EST COURTE,

LA MORT EST CERTAINE.

ALLEZ REJOINDRE VOS CHERS DISPARUS !

VOUS VOUS SACRIFIEZ A CET INSTANT POUR LES

VENGER !

Chapitre 23

Lacointres venait de passer déjà une fois avec sa petite camionnette noire devant l'entrée du supermarché qu'il avait choisi sur carte. L'ouverture du magasin venait de se faire.

Ses deux perroquets avaient commencé à faire du bruit dans leur cage. Cela l'avait contrarié. Un petit sifflement de sa part les avait fait taire à l'arrière.

Athos, lui, était tranquillement couché au pied du siège passager. Celui-ci était repoussé au maximum, tellement le berger allemand prenait de la place, au vu de sa taille. Un regard constant sur son maître contentait Lacointres. Athos était prêt à lui obéir. Il ne savait pas si c'était uniquement par crainte, uniquement par amitié, ou un peu des deux. Ce qui le contentait, c'est qu'il lui obéisse !

Sa tâche allait être compliquée, mais le pharmacien savait qu'Athos honorerait son maître.

Des heures durant, de nuit et de jour, dans une forêt proche, dans des champs, dans le terrain de sa maison, et dans sa maison même, il lui avait inculqué tout ce dont il aurait besoin aujourd'hui. Il maîtrisait l'art et la manière de courir vite, de sauter les obstacles les plus insurmontables, de les contourner, de trouver des solutions à chaque difficulté, et de n'avoir peur de rien, ni de personne. Athos était puissant, avait augmenté ses capacités. Il était bien nourri, bien soigné, mais ne recevait guère d'affection…

Il était désormais capable de rester des heures sans bouger. Sur un simple coup de sifflet de son maître, même à distance, il accourait au plus vite pour aller chercher la petite peluche avec qui il partageait sa niche, un mignon petit ours brun d'à peine dix centimètres. Lacointres le prénommait Baloo….

Le seul ami d'Athos, c'était Baloo …

Lacointres avait garé sa camionnette sur un des parkings, un peu en retrait. Il avait sorti, à l'abri des deux portes battantes à l'arrière du véhicule, un grand sac à dos rigide. Les deux perroquets se mirent à caqueter, il les fit taire d'un raclement de gorge. Bien sûr, ils étaient serrés dans la cage de repos, mais ils y avaient été habitués. Ils s'intimèrent alors le silence, car ce raclement présageait une punition en cas de récidive…Ils avaient déjà été punis et avaient eu ce souvenir sur leur peau, une brûlure sur le dos, sous leurs plumes. Le réflexe salutaire était ancré … Pavlov… !

Doublement protégé avec des gants chirurgicaux, il prit une boîte remplie de poudre blanche, son poison spécial élaboré une nouvelle fois par ses chimistes selon sa formule, et dont il avait pris possession à l'endroit habituel. Il s'agissait d'une cache de dépose qu'il avait conçue dans une vieille tombe très abîmée dans un cimetière de village… Il en saupoudra largement l'intérieur de son sac et de la cage qui s'y trouvait ; il insista largement sur les barreaux qui la constituaient. Il enfila une troisième paire de gants, pour ne pas contaminer directement les perroquets. Le temps était compté. Il ouvrit la cage de repos, prit sur son index le premier, et le déposa dans son sac, dans la cage qu'il avait conçue à l'intérieur du sac, puis fit de même avec le second. Les animaux étaient encore plus serrés, mais Lacointres les récompensa avec quelques graines. Maintenant, ils étaient en train d'être contaminés, et dans peu de temps, ils cesseraient de vivre... Une vingtaine de minutes...

Il retira ses gants, fit sortir Athos de la voiture et lui intima l'ordre de se coucher au pied d'un arbre. Il lui fit sentir Baloo, et lui ordonna d'attendre.

Il enfila le sac à dos, émis un petit raclement de la gorge et se dirigea vers l'entrée du magasin. Le plus difficile allait être d'introduire le sac dans le supermarché. Il avait pris un caddie. Il passa devant un agent de sécurité qui bloquait les voitures afin de dégager le passage protégé. Il mit deux doigts à la visière de sa casquette en signe de salut, et infléchit la tête. La casquette à large visière et ses grandes lunettes de soleil en ce beau mois d'août permettraient sans aucun doute de cacher son visage.

Il avança de quelques mètres dans l'entrée du magasin, et vit le deuxième agent qui vérifiait les sacs, en demandant de les ouvrir ! Il se baissa pour refaire son lacet. Il en profita pour produire son coup de sifflet à deux tons, donnant l'ordre à Athos de retrouver son ami Baloo ! Il espérait que son chien serait à la hauteur, qu'il déjouerait tous les obstacles... Logiquement, dans moins d'une minute, lorsqu'il passerait devant l'agent de sécurité, Athos déboulerait dans le passage de l'entrée, en provoquant selon lui une belle panique... Un berger allemand apparemment en furie qui entre dans un magasin... ! Cela ne peut pas se concevoir ! Pendant ce temps, il franchirait tranquillement la ligne d'entrée, et quand il verrait arriver son chien, il lancerait Baloo droit devant. Il était persuadé que les caissières et les agents de sécurité se précipiteraient à l'assaut de son chien... mais plutôt pour le fuir ! Il pourrait alors, en toute tranquillité, se diriger un peu plus loin avec son sac de transport.

Il se retourna et vit Athos s'approcher à une dizaine de mètres de lui, à haute vitesse, d'une allure fièrement féline. Il prit la petite peluche dans son sac banane, et le lança droit devant lui, le plus loin possible. Baloo fut propulsé au-delà des caisses ! L'agent à l'entrée ne sembla rien voir de ce manège ; il était déjà fixé sur le chien…

Lacointres fit mine de s'écarter, de peur du chien, et en profita pour se soustraire à la vue du surveillant. Il avança de quelque pas, et franchit ainsi l'entrée. Son chien passa à un mètre de lui sur la droite, ayant ralenti l'allure, mais ne lui jetant aucun regard, il cherchait Baloo… ! Zut ! se dit Lacointres tout en continuant d'avancer en pressant le pas, il est bigleux ou quoi ? Et là, se produisit l'imprévisible : un enfant d'une dizaine d'années s'était emparé du petit ours, et courait droit devant lui, en levant bien haut la main tenant l'ourson, et en criant que c'était le sien… ! Un homme dégingandé, son père sans doute, tentait de le rattraper. Quand Lacointres disait qu'il n'aimait pas les enfants, cet événement le conforta dans cette idée !!!

La dernière chose que le pharmacien vit, c'est le gamin qui lança la peluche sur sa droite au-dessus d'un rayon. Il aperçut son chien qui stoppa net. Il regarda à droite, puis à gauche, et se lança en direction du rayon. Il se propulsa en prenant appui sur un caddie rempli de victuailles, puis effectua un autre saut et une cabriole le faisant passer en force de l'autre côté du rayon… Celui-ci s'écroula quelque peu par le haut.

En s'approchant rapidement de ce rayon, son maître vit Athos. Il était tombé dans le rayon jardinage en se blessant gravement sur un râteau ! Il avait déjà du sang sous le ventre, mais Balooo dans sa gueule… Athos s'était relevé, et péniblement trottinait pour retourner à l'extérieur… Il regagnait la camionnette.

Lacointres s'éloigna, profitant de la panique et du phénomène de curiosité que cet accident provoquait.

Il était déjà arrivé au centre du magasin quand il décida de lâcher les perroquets. Il se baissa, se mit au calme dans un coin, près d'un gros rayon de boissons, enfila des doubles gants, ouvrit le sac, et fit partir les oiseaux dans le coin entre deux grosses piles de pack d'eau. Il racla sa gorge. Les perroquets ne bougèrent pas. Ils étaient enduits de poison. Ils pourraient encore résister quelques minutes avant d'être mortellement contaminés. Il avait déjà expérimenté ce poison sur des oiseaux, des canaris qu'il avait achetés. Quand il se fut éloigné, il produisit un bruit de caquètement, et les perroquets s'envolèrent et commencèrent à se poser de droite et de gauche sur les rayons, y apportant par leurs pattes et plumages contaminés le poison mortel… Dans quelques secondes, certains clients toucheraient sans aucun doute, au hasard de leurs achats, les produits contaminés. Ses perroquets étaient curieux, gourmands, et il vit qu'ils étaient même en train de picorer divers conditionnements pour s'en faire leur repas…

En se dirigeant dans l'allée centrale, il remarqua Athos, allongé au sol, se vidant de son sang… Lorsqu'il passa à côté, Athos lui jeta un regard, remua la queue, et s'affala encore plus au sol. Brave chien ! Il avait rempli sa mission, et il mourrait avec son ami Baloo entre les pattes…

Une belle mort ! se dit Lacointres…

Chapitre 24

J – 1.

Près du supermarché.

Léa venait de recevoir une alerte, alors que nous étions en train d'élaborer des pistes sur le lieu où pouvait se trouver Rima et 32.

Un berger allemand et deux perroquets avaient fait irruption dans un supermarché, il y avait quelques minutes. On ne connaissait pas la raison, mais le chien était mort, il n'y avait pas de blessés. Les oiseaux étaient toujours dans le magasin, moribonds. Le service de sécurité et les gendarmes qui étaient déjà présents venaient de terminer d'évacuer les clients et le personnel.

- C'est 32 ! dis-je. Chiens et perroquets ! C'est 32 !!!

En quelques secondes, nous nous répartîmes dans les voitures. Léa et Stéphane vinrent avec moi. Léa d'office s'était installée à mes côtés et Stéphane avait levé le menton en me regardant, je lui avais répondu en hochant positivement la tête. Il était monté à l'arrière, derrière moi, et m'avait, durant un instant, posé la main sur l'épaule…

Le supermarché n'était qu'à quelques kilomètres si bien qu'en cinq minutes à peine, et par deux itinéraires différents, nous allions bientôt y parvenir.

Léa suivait en direct sur son ordinateur portable toutes les informations qu'elle pouvait glaner. Elle nous indiqua que des clients avaient évoqué une petite camionnette noire, avec un chien qui attendait à côté, tout seul. Ce chien s'était apparemment élancé vers l'entrée du magasin ensuite.

Cela correspondait à un des véhicules de la complice de 32, une fourgonnette noire. Le service avait même l'immatriculation des deux véhicules. Léa voulut faire parvenir ce renseignement aux gendarmes en vue d'un éventuel partenariat... Mais je lui fis remarquer qu'elle le ferait à quel titre ? Comment expliquerait-elle qu'elle détenait ces renseignements ? Comment justifierait-elle l'existence de Kypsélie en tant que Service Secret ? Nous étions au-dessus de toutes les instances, mais dans l'ombre. Nous devions laisser fonctionner les administrations, les services, les instances politiques à leur guise, avec les moyens qui étaient les leurs. Lorsque nous nous immiscions dans leurs fonctionnements, c'était pour notre seul intérêt, et finalement pour atteindre notre objectif premier : combattre à tout prix le mal ... C'était comme cela ! Nul ne pouvait y déroger !

Je finis par m'énerver quelque peu, et Stéphane me donna un coup de genou dans le siège... Je me calmai très vite et finis par m'excuser.

- Désolé Léa, je m'énerve contre toi, mais c'est l'adrénaline. On risque de le toper le 32 ! Et je m'énerve, je m'énerve...

- Là !!! cria-t-elle, il est là !!!

- Où ???

- Il vient de prendre à droite, une centaine de mètres devant !
Ça ressemble à la description du véhicule ! Accélère ! me cria
Stéphane.

Ce que je fis… pied au plancher, et la voiture répondit
aussi vite !

Léa vit, puisque nous nous rapprochions de la
fourgonnette, la plaque minéralogique et confirma que c'était
bien une des voitures recherchées. Nous aperçûmes un bras
passer par le toit ouvrant mais sans comprendre en quoi c'était
utile… et nous le sûmes trop tard ! Il avait jeté des poignées
de pointes sans doute ! Mon véhicule zigzagua…Les pneus,
au moins deux, éclatèrent ! Je ne réussis pas à contrôler le
véhicule… Celui-ci glissa vers le fossé, que je tapais assez
fortement. Par chance, notre voiture ne se retourna pas…

Les ceintures étaient mises, nous nous en sortîmes
donc sans encombre. La voiture avait versé du côté de Léa. Il
semblait que sa tête avait cogné contre la vitre de côté.
Stéphane était en train d'escalader la voiture de son côté, après
avoir ouvert manuellement la vitre. Je m'étais libéré de la
ceinture, et était en train de maintenir d'une main le corps de
Léa, et de l'autre lui dégrafai la ceinture. Ma main qui la
soutenait passa sous son pull lorsque la ceinture se défit, et je
sentis la chaleur de son abdomen. Je fus surpris de me rendre
compte qu'elle était plutôt musclée. Ma main glissa vers le
haut pour mieux la saisir et je sentis un de ses seins… Elle ne
portait pas de soutien-gorge et ce détail me troubla… Je perdis
un peu le contrôle, et heureusement que Stéphane
m'interpela :

- Prends-la par les jambes, mets-toi debout en t'appuyant sur
le cadre de la portière, et tu la glisses vers le haut !
- Oui, attends !

Je réussis à me mettre debout comme dit, je la ramenai
vers moi, en la prenant à deux mains, cette fois-ci en la tenant

à la taille. Sa tête dodelina vers mon épaule, et elle commença à se réveiller. Elle avait un peu de sang sur le côté du visage, rien de bien important cependant. Stéphane se rappela à mon souvenir :

- Allez Ernst, du nerf, allez !!!

Je fournis un dernier effort pour la soulever quelque peu, si bien que je me retrouvai, le visage contre son ventre… là franchement, j'eus des difficultés à contrôler ma libido même si ce n'était ni le lieu, ni le moment… ! Stéphane finit de la hisser en dehors de la voiture, et la déposa délicatement sur le bas-côté enherbé. Je sortis également du véhicule et allai la rejoindre. Je m'agenouillai près d'elle, passai doucement, voire tendrement, ma main sur son front pour dégager ses cheveux du visage. Je pris un linge propre dans la trousse de secours que m'avait déposée mon collègue et je commençai doucement à retirer le sang qui coagulait déjà. Elle n'avait qu'une petite estafilade sur le côté du front, rien de grave… J'aurais voulu qu'il y ait un peu plus de sang, pour maintenir son visage contre mon torse et la débarbouiller tout gentiment… Quel idiot j'étais… !

J'entendis Stéphane qui expliquait par téléphone aux voitures deux et trois ce qui s'était passé. Il indiquait les coordonnées et demandait qu'elles bifurquent pour tenter de couper la route à 32. En étant sur deux autres itinéraires, cela pouvait être réalisable !

Léa se réveilla, elle se saisit de mon bras, et s'appuya sur mes épaules pour se relever…

- Doucement, Léa, doucement… lui fis-je !
- La … la …voit…voiture ! bégaya-t-elle !
- Pas grave ! T'inquiète !
- La voiture, répéta-telle plus fort, en regardant derrière moi et en dirigeant le bras dans cette direction !

155

Elle finit de se relever, je me retournai et vit une voiture noire qui se rapprochait doucement de nous.

- C'est l'autre, dit Léa, c'est l'autre !!!
- L'autre ? La voiture de Rima… ?

Je ne pus aller plus loin dans l'échange, car je vis la voiture stopper net devant la volée de clous lancés par 32. Une femme sortit du véhicule et brandit un pistolet… Il y eut trois détonations en notre direction ! Instinctivement, je dégainai mon arme et tirai deux fois vers elle… Elle s'écroula sur le montant de la portière, puis au sol… Je courus dans sa direction, et constatai qu'elle était effectivement morte, une balle dans la poitrine, en plein cœur, et l'autre en plein front… Ma signature…

Pour ma part, elle ne m'avait pas touché, Léa non plus. Je me retournai, conscient de ce qui s'était passé. Je vis Léa à côté de Stéphane qui gisait au sol, sur le bitume… Je me précipitai vers eux. Léa pleurait…Il était criblé de trois balles, toutes dans le torse ! Il avait son arme toujours à la main. Stéphane n'avait pas eu le temps de tirer une seule balle… ! En professionnelle, Rima, j'en eus la certitude, avait tiré sur la cible la plus dangereuse, celle qui avait une arme… Elle pensait sans doute me réserver le même sort, mais je l'avais devancée…

- Ernst, la gendarmerie qui arrive !!! Qu'est-ce qu'on fait ??? me dit Léa.
- Oh, ce n'est pas vrai !!! Je règle ça !

J'appelai Déchien qui décrocha tout de suite. Je ne lui dis rien pour la fusillade, mais lui demandai de joindre au plus vite le Comité de Kypsélie afin que quelqu'un intervienne pour retirer « ces flics de nos pattes immédiatement ! ». Il fallait qu'il gère les deux autres véhicules pour nous rejoindre aussitôt, il n'aurait qu'à nous borner ! On avait un code 5.

Code 5, pour la Ruche, c'était un homme à terre, mort ! Tout était dit !

Les gendarmes approchèrent de la voiture noire. Je dis à Léa, qui n'avait pas l'habitude, de se mettre à genoux près de moi, les mains sur la tête. J'avais posé mon pistolet pratiquement deux mètres devant moi, le chargeur retiré, à côté. Elle m'obéit, pleurant encore toutes les larmes de son corps, sans doute la première fois qu'elle voyait un homme tué par balles... Je penserai à Stéphane après, dans quelques minutes...

Trois gendarmes s'approchèrent de nous, nous pointant avec leurs armes. Deux d'entre eux nous lancèrent des menottes et nous demandèrent de les mettre. A ma grande surprise, Léa réussit à les mettre !

- Capitaine ! hélai-je le chef.
- Tais-toi ! me répondit-il.
- Dans quelques secondes, le ministère ou votre commandant va vous appeler, et je vous conseille de l'écouter attentivement...
- C'est ça, oui ! Tais-toi ! cria-t-il, voyant Stéphane au sol.
- Capitaine, l'appela celui qui restait près de la fourgonnette de gendarmerie, le colonel pour vous ! Tout de suite !

Le capitaine me regarda. Je restai de marbre... En d'autres temps, j'aurais souri, mais les circonstances ne s'y prêtaient pas...

- Il a dit vite, Capitaine !

Il se pressa donc. Arrivé à la camionnette, nous le vîmes hocher plusieurs fois de la tête, se figer quelque peu en fin d'entretien, et revenir vers nous rapidement.

- Retirez-leur les menottes ! ordonna-t-il à ses deux subordonnés. Retirez-les de suite ! dit-il plus fort.

Les hommes s'exécutèrent, incrédules.

- On m'a dit de vous proposer notre aide…si vous en aviez besoin… susurra le Capitaine.

Je regardai Léa, puis le corps allongé de Stéphane. Un petit coup de main, alors… pensai-je…

- Oui Capitaine… Merci ! Vous pouvez faire quelque chose pour couvrir le corps de mon homme ?
- Bien sûr, dit aimablement et de manière bienveillante le chef. Je suppose que l'enquête se fera au sein de votre Service… ? questionna-t-il en connaissant déjà la réponse. On peut bouger le corps, si vous le permettez, et je suppose que c'est une de vos équipes qui nettoiera la scène ?
- Oui ! fis-je simplement, le regard glaçant. Vous pourrez appeler les secours du secteur ? Je suppose que votre colonel vous a donné la marche à suivre pour que tout cela reste secret… ? Comment avez-vous su aussi vite pour la fusillade ?
- Oui, ne vous inquiétez pas de cela, Monsieur, me dit-il. Nous dirons que c'était un tournage de film avec des cascades… Nous avons su par un coup de fil anonyme cinq minutes avant cette fusillade, on n'était pas loin justement !
- Ah ok… Ah, voilà mes hommes dis-je en montrant de la main les deux autres BMW noires.

Les voitures se frayaient un chemin parmi deux autres véhicules de gendarmerie qui venaient d'arriver. Mes hommes avaient mis les sirènes sur le toit, pour légitimer leurs passages, et le capitaine faisait signe de les laisser passer.

Deux de mes hommes descendirent près de la femme, qu'ils me confirmèrent ensuite avec photo à l'appui, être Rima. Ils chargèrent dans leur voiture tout ce qu'il y avait à l'intérieur de la voiture de Rima ; l'autre BMW s'approcha de nous, les gendarmes avaient déjà retiré les pointes sur le bitume. Les hommes vinrent près de Stéphane. Ils lui portèrent la main sur la tête, en signe de reconnaissance. Ils ne savaient pas ce qui s'était déroulé ici, mais peu leur importait : un de leurs camarades était mort. Un salut puis l'heure était à l'action et non aux explications, elles viendraient en temps utile ; la compassion arriverait ensuite.

Les gendarmes couvrirent le corps, et Déchien qui avait l'habitude de ce genre de situation, prit la seule décision envisageable :

- Capitaine ! Je suis responsable de cette opération avec mon collègue, dit-il en me désignant du menton. Pouvez-vous fermer la route et boucler le périmètre ? Vous permettrez ensuite à notre équipe de « nettoyage » de parvenir sur cet endroit ? Ils auront besoin d'une demi-heure pour venir. Ils vont emmener le corps de mon collègue dans un hôpital des armées. Je vous fais parvenir les ordres dans cinq minutes. S'il vous plait, tout ce que vous avez vu, vous et vos hommes, doit rester secret ! La mission est délicate et d'ordre national ! Il est possible que vous en sachiez plus d'ici quelques jours… Que vous a ordonné d'autre votre colonel ?
- De boucler le périmètre, et de se mettre à vos ordres. Nous devons faire courir le bruit que c'était une répétition pour un film d'action, et que l'on vous a fait déguerpir car vous n'aviez aucune autorisation en règle… Par la suite, il y a eu nettoyage car vous aviez créé un beau chantier sur cette route…
- Parfait capitaine ! On va d'ailleurs partir vite car des véhicules s'arrêtent déjà pour renifler la mort ! Ils nous cassent les pieds ces curieux ! rugit-il.
- On s'en occupe Monsieur, pas d'inquiétude et nous serons plus que discrets…

Le Capitaine s'approcha.

- Si vous avez besoin d'un soutien, voici ma carte avec un numéro sur lequel je suis tout le temps joignable.

Il prit la carte, me salua d'un signe de la tête, et me la glissa dans la poche poitrine de mon blouson, puisque les armes de Stéphane étaient dans mes mains.

- Merci, lui dis-je, merci beaucoup !
- Allez, on va plus loin ! On me suit ! fit dans la foulée Déchien
- Avec quelle voiture ? demandai-je.
- Celle de Rima est libre, il n'y a plus de conductrice ! dit-il. J'ai reconnu ta signature… Tu ne perds pas la main !
- J'aurai voulu tirer avant elle… ! Stéphane serait parmi nous…

Nous nous rendîmes rapidement vers cette voiture, et en passant devant le corps de Stéphane, sous un drap, nous nous inclinâmes quelques secondes, pas plus…

Les pleurs, le chagrin, l'amertume, ce serait pour plus tard, en privé… Stéphane est mort en action, diminué sans doute, car même si Rima était une combattante remarquable d'après ses états de service, Stéphane aurait dû quand même tirer au moins en même temps qu'elle et sans doute la toucher également. C'était un excellent tireur ! Cependant, son esprit était ailleurs, déjà aux côtés de Cécile… La concentration nécessaire n'avait pas été totale pour jauger la situation et anticiper le danger…

Je pris le volant, Léa s'installa à mes côtés et mes hommes chargèrent le coffre et l'arrière de tout notre matériel, y compris celui de Stéphane. Comme les gendarmes avaient dégagé promptement la route des clous et de tous les débris qui pouvaient y rester, ils nous firent un salut de la main sur leur képi… Des hommes bien, qui ne nous avaient pas cherché de poux dans la tête… Tant mieux… Leur Capitaine avait été plus qu'affable !

Léa me regarda avec ses grands yeux verts… Elle tapotait déjà sur le clavier de son ordinateur, celui-ci n'ayant pas souffert de notre accident. Je l'aimais vraiment bien, ... ma Léa !

RIP Stéphane... !

Nous vous vengerons, Cécile et toi !

Chapitre 25

J -1.

Jacquou sirotait un petit whisky, mollement assis sur un fauteuil Voltaire.

- Ça c'est du fauteuil ! avait lancé Jacquou lorsqu'il était arrivé dans la première pièce de la petite maison isolée au milieu de nulle part.

Des champs en friches et des centaines d'arbustes mal taillés, voilà ce qui constituait ce domaine !

Lacointres lui avait expliqué que cette maison avait été une propriété de ses parents. L'autre, dans laquelle ils avaient géré les enveloppes, en était également une. Ils y allaient plus souvent, semblait-il. Celle dans laquelle il attendait Samantha, était en revanche un peu laissée à l'abandon, du moins à l'extérieur. Lacointres lui avait cependant précisé que le ménage avait été fait dernièrement par une femme qu'il connaissait, et qui y séjournait parfois avec son mari. Il s'agissait de personnes de sa famille. Jacquou avait cru comprendre que c'était son frère, ou demi-frère, il ne savait plus…

La maison était assez bien sécurisée, avec une alarme de haute gamme. Le code secret avait été donné à Jacquou, et il était simple et d'actualité avait dit Lacointres : 666 !

Jacquou n'avait pas compris l'allusion qui avait fait rire son interlocuteur, mais bon... Lacointres était parfois spécial dans son humour et même dans son humeur...

Une moto arriva, Jacquou l'entendit au loin emprunter le sentier. Effectivement, en regardant sur les écrans des caméras, il vit une moto rouge arriver à toute vitesse, et freiner devant la maison. Chaque endroit de la petite propriété était parsemé de caméras. Pour le chemin, par exemple, il y en avait six, tout au long de celui-ci. Sur une autre partie des écrans, on y voyait même la pharmacie de Lacointres et les extérieurs... Sur une autre, on distinguait une grosse propriété qui était sa résidence principale, avec dix caméras, en extérieur et en intérieur quasi autant. Cet homme impressionnait Jacquou. S'il l'avait écouté, son Joël serait peut-être en vie... Non ! il serait encore en vie, c'est sûr ! Mais comme le pharmacien lui avait dit, ce n'était pas sa faute à lui, le père, mais bien à la société, et à l'hôpital et ses médecins ! C'était le système de santé et de recherches médicales qui avait laissé tomber son fils... Aucune recherche, aucun traitement... Il n'y avait qu'à voir ces pauvres hères qui avaient distribué les enveloppes mortelles... Rien n'avait été fait non plus pour leurs êtres chers décédés dans les mains des soignants... Était-ce d'ailleurs la faute des soignants ? Non, certainement pas, mais bien celle de ceux qui leur avaient inculqué les rudiments de la médecine, et l'état d'esprit scientifique. Ils avaient failli ceux-là !!! Soigner, tout faire jusqu'au bout, quoiqu'il en coûte !!! Lui, Lacointres avait sacrifié une partie de sa vie à ses recherches, et allait sacrifier la vie de milliers de personnes pour faire avancer la science... Une bataille, des batailles plutôt ! La guerre...

La sagesse ne peut pas entrer dans un esprit méchant, et science sans conscience n'est que ruine de l'âme, disait Rabelais... N'importe quoi ! en disait le pharmacien. La conscience, sa conscience, il y a bien longtemps qu'il s'asseyait dessus !!! Le résultat, c'est cela qui comptait. La puissance du soin. Une maladie, une solution. Seul le médecin devait choisir à qui il administrerait le soin. C'était lui le roi qui choisissait celui qu'il sauverait. Lacointres se sentait être un roi. Il en passerait par un châtiment collectif, puis montrerait sa magnanimité... La puissance d'un Dieu...

Enfin, c'est ce que Jacquou avait compris... ! Il était sur le fond assez d'accord avec son patron, voire celui qu'il considérait désormais comme son maître... Il lui avait dit, il le servirait jusqu'au bout...

Samantha frappa à la porte. Il alla ouvrir. Il la vit, dans sa combinaison de cuir noir, ses longs cheveux sur les épaules, d'un roux éclatant. Jacquou ne regardait pas les autres femmes que la sienne, mais il savait reconnaître les jolies femmes. Samantha était une jolie femme. Mais lui, il avait son Yvette. Jamais il ne la tromperait, même en pensée lui avait-il confié. Une larme d'émotion coula sur sa joue, en repensant à cette promesse...

- Eh bé ! Alors mon Jacquou ! Tu pleures en me voyant ??? dit gentiment Samantha, tout en riant.
- Oh ! fit-il. Non ! C'est cette poussière que je sens, et surtout quand on ouvre la porte, ça vole de partout !
- Oui... Il parait que le ménage avait été fait, mais à mon avis, c'était il y a un bon bout de temps !!! éclata-t-elle en ricanant.
- Bon ! On fait le point ? dit Jacquou en allant se réinstaller sur son Voltaire.
- A mon sens, tout le monde a distribué ses enveloppes ! Elles vont être collectées en début d'après-midi, envoyées vers le tri puis distribuées dès demain matin. Les destinataires commenceront à tomber comme des mouches demain après-

midi, le soir et le lendemain matin… Il paraît que l'effet, chez certaines personnes, n'est pas forcément immédiat. Mal à la tête terrible, des maux de ventre, des crises de tétanie, des vomissements, des pertes de sang, des pertes de la parole, de l'incohérence dans les gestes, c'est tout le système nerveux central qui pète !!! Pas mal comme châtiment ! Une mort, pour la plupart très rapidement ! Sauf si on donne l'antidote… On en a un peu ici, il est caché dans un coffre, semble-t-il, on le cherchera après, à moins que tu ne l'aies vu ?

- Non ! Rien ! Je ne savais pas ça ! Pourquoi a-t-on du remède ici ? s'exclama Jacquou.

- Je ne sais pas… Lacointres m'a dit que c'était une poudre pour se soigner… J'ai la liste de toutes les adresses. Certaines ont été écrites en gras. Les plus riches, bien riches ! On avait croisé avec la liste du Trésor Public pour les impôts sur le revenu et on en a ressorti une cinquantaine qui ont ce qu'il faut… ! J'avais fait celle liste entre deux, dans la nuit !!! Demain, toi et moi, on va aller les voir, sous un prétexte quelconque. On verra ceux qui sont bien malades, avec ces symptômes. Si c'est le cas, on leur propose l'antidote contre une belle somme ! On a une autre liste qui reprend les sommes payées par ces cinquante aux impôts…Ils verront que l'on a toutes les cartes dans les mains ! T'inquiète, quelqu'un qui a de l'argent n'hésitera pas à donner tout ce qu'il peut…

- C'est Lacointres qui a pensé à ça ?

- Non, c'est moi ! affirma Samantha. J'ai demandé à deux pecnots du groupe de croiser les fichiers avec moi. Cela leur a semblé trop facile, ça n'a pas pris de temps. J'ai dit qu'à la fin, ils auraient un tiers de l'argent récolté qui leur serait déposé par toi, car ils te considèrent comme le boss !

- Mais c'est dégueulasse ! Tu n'as pas le droit ! Lacointres ne voudra pas, il ne fait pas cela pour l'argent ! Enfin, pas vraiment je pense…

- Mais si, il sera content quand il le saura… Tu crois quoi ? Que les produits il les a gratuitement ? Il m'a expliqué qu'il y a du venin d'une guêpe de mer, c'est une sorte de méduse, et puis du mamba noir, je crois que c'est un serpent… Ah oui, il y a aussi une petite grenouille qui a des toxines qui peuvent tuer une bonne dizaine d'hommes d'un coup ! Et puis, il y a plein d'autres produits chimiques… ! Tu ne crois pas que ça lui coûte un bras au Lacointres, même s'il a de l'argent… !

- Si…

- Tu vois, on ne lui dit rien, et on lui donnera à la fin ! Il sera content ! On lui demandera s'il est ok pour diviser en trois… Elle ne sera pas contente ton Yvette ?

- Je lui dirai quoi à Yvette ? Comment je lui expliquerai que j'ai gagné l'argent ? En excroquant des gens qui vont mourir par ma faute ! Dans d'atroces souffrances…

- Tu diras que tu as parié une petite somme pour la première fois de ta vie… Tu ne paries jamais toi ?

- Non !

- Tu vois ! Tu lui diras que la seule fois où tu as parié, tu as gagné un gros pactole parce que tu avais joué sur un cheval qui normalement était nul… T'inquiète, un beau bijou là-dessus, et ton Yvette, elle sera sous le charme !!! Mais, il ne faut rien lui dire, ok ? murmura Samantha en clignant d'un œil et en roulant des hanches…

Jacquou réfléchit quelques instants. Cela l'ennuyait de trahir son maître. Mais, était-ce trahir ? C'était faire preuve d'initiatives plutôt… Il aimerait !

- Ok, ça marche ! Si j'ai bien compris, on a du contre-poison, et on le vendra à des riches demain pour Lacointres…et nous !

- C'est ça, et en plus, on sauvera des vies !

- De riches…

- Oui ! Oh ! Des vies quand même !!!

- Ok ! Tout à l'heure, quand Lacointres viendra, ce sera difficile de mentir…

- Pour plusieurs milliers d'euros, t'inquiète ! Tu vas savoir… ! Vois-tu Jacquou, j'ai eu l'information de l'endroit où se trouvait un des coffres…Apparemment, il y en a plusieurs…

C'est ce qu'elle avait compris en surprenant une conversation que Lacointres avait eu au téléphone avec quelqu'un, il y a quelques jours, un certain Éric… Elle n'avait aucune idée de qui c'était… Elle fit croire à Jacquou que Lacointres lui avait dit personnellement. Jacquou la crut, mais fut déçu de ne pas avoir été mis au courant en premier… Déçu et surpris… ! Mais, bon… ! C'était comme cela… Son patron avait dû être séduit par la beauté de la coquine !

Quelques minutes plus tard, ils avaient trouvé l'endroit du coffre. Petit, il était dissimulé sous le tapis de la salle à manger, il fallait retirer un carrelage, et une cache en béton rescellait un coffre-fort à combinaison. En fait, en retirant le carrelage, ils voyaient la porte de ce dernier face à eux, sur le dessus donc. Mais Samantha ne connaissait pas la combinaison. Elle connaissait juste un chiffre, le dernier : 6…

- A ton avis, dit Jacquou, quels autres chiffres ?
- Je ne sais pas, je n'ai entendu que le dernier, 6…
- Oui, en fait tu n'y connais rien ! Je sais la combinaison… !
- Allez ! Arrête donc, crâneur !
- Si, si, regarde !

A l'abri du regard de braise de Samantha, il tourna les molettes pour parvenir à 666… et le coffre s'ouvrit ! Il bougea vite fait les chiffres pour les remettre dans le désordre !

- Oh le chameau ! Il cache la combinaison… Mais alors ! Là, tu es trop fort !!! C'est quoi Jacquou ces sachets blancs ?

- C'est l'antidote, non ?

Sans les toucher, avec une cuillère qui trainait sur la table, il écarta dix petits sachets qu'ils estimèrent, sans les peser, à une vingtaine de grammes chacun…

Le téléphone de Jacquou sonna. Il referma vite le coffre. Samantha râla, et il montra ce qui était écrit sur son téléphone : Boss. Autrement dit Lacointres... !

Samantha se mit la main sur la bouche et fit signe à Jacquou de décrocher. Elle se rapprocha de lui pour écouter la conversation. Elle avait son visage contre le sien, et son corps collé à lui. Elle allait en profiter pour le chauffer et obtenir la combinaison... Personne ne résistait à ses charmes... Jamais elle n'emmènerait Jacquou demain ! Elle ne partagerait pas ! Ni avec lui ni avec Lacointres ! Jacquou serait mort, et l'argent, elle s'en servirait pour son combat avec son groupe révolutionnaire... Ça, c'était son plan... !

Elle vit Jacquou qui rougissait. Il ne pouvait mentir ni à elle ni à Lacointres : c'était un blasphème pour cet homme... Samantha n'avait pas de doute sur son charme et sur son pouvoir sur les hommes... Et pour tout dire, elle trouvait Jacquou très craquant, elle ne savait définir pourquoi... La maturité ? Peut-être également parce qu'il l'écoutait, lui parlait et ne la draguait pas. Il la considérait ! C'était cela ! Il la considérait...

- Jacquou ?
- Oui chef !
- Samantha est arrivée ?

Samantha lui fit signe de dire non...

- Non, pas encore ! C'est long !
- Oui ! Mais tu sais, elle avait pas mal de job à surveiller ces sbires, et il suffit qu'un ou une n'ait pas déposé toutes les enveloppes, elle a dû s'en charger !
- Ah oui, c'est vrai... ! Je n'y avais pas pensé !
- C'est pour cela que je suis là, mon Jacquou... ! Pour réfléchir à ta place... !
- Oui, bien sûr chef...

- Bon ! Ecoute ! Rien de grave, mais je ne passerai pas tout à l'heure à la maison, je viendrai dans la nuit, avant minuit. J'ai quelque chose à faire, m'occuper de quelqu'un, c'est urgent !
- Ah ! d'accord !
- Pas d'inquiétude ! Tu peux être peinard ! Tu verras, Samantha arrivera dans l'après-midi, tu ne seras pas tout seul. De toute façon, vous n'avez rien à faire ! Goûter mon whisky, peut-être… ?

Jacquou regarda, interloqué, Samantha. Son regard se tourna vers le verre déposé sur la table de la salle à manger…

- Euh… ! Quoi chef ?
- Tu crois peut-être que je ne t'ai pas vu ? Te servir un petit verre et te le siroter… un vingt ans d'âge !

Samantha lui prit le visage entre ses deux mains, et lui fit signe avec sa tête et ses yeux grands ouverts de répondre non…

- Non, non chef ! Je n'ai rien bu !!! Je vous jure !!!
- Et les caméras, à ton avis, à quoi elles servent ?
- Vous ne pouvez pas les voir chef ! C'est ici que sont les écrans de contrôle !

Et Lacointres éclata de rire !

- Mais oui !!! Je te fais marcher ! Je ne vois rien d'ici ! En plus je suis dans la voiture… Tu sais, fais comme chez toi ! Tu fais ce que tu veux ! Bois plusieurs verres à ma santé et à notre santé à tous les trois ! Tu vois, c'est compliqué mais l'opération avance ! Moi, je ne peux pas boire, je suis en route, je dois avoir les idées claires, mais toi tu peux ! Ah mon bon Jacquou ! Tu es sincère toi !!! Je t'aime bien… Allez à plus !

Et il raccrocha.

Samantha prit une nouvelle fois le visage de Jacquou dans ses mains… et l'embrassa fougueusement. Jacquou la repoussa. Cependant, délicatement, il reprit le visage de Samantha dans ses mains, quelques instants, et approcha doucement ses lèvres des siennes… Il commença à les embrasser, délicatement, par petites touches… Ses lèvres effleurèrent lentement son cou, tandis qu'il descendait peu à peu la fermeture éclair de sa combinaison jusqu'à faire apparaître la rondeur de ses seins. Samantha s'attendait à ce qu'il les malaxe comme le faisaient les autres hommes qu'elle avait connus jusqu'alors… Non ! Il remonta ses baisers jusqu'à l'oreille, lui caressant le lobe, lui mordillant délicatement…

En même temps, il dirigea une main vers sa poitrine, et l'autre vers l'entrejambe, en descendant la fermeture éclair. Sa main libre s'immisça plus intensément vers son intimité, tandis qu'il caressait de l'autre la pointe d'un de ses seins… Samantha avait les joues en feu, son cœur battait la chamade, elle sentait que le feu formait un brasier dans son bas-ventre… Bon sang ! Elle avait envie de lui, elle avait envie de faire l'amour, de prendre du plaisir ! Jamais, elle n'avait ressenti cela avec un autre homme… Jacquou se révélait à ses yeux, comme un homme attentionné et un amant passionné… Elle s'attacherait à lui procurer autant de plaisir, mais pour une fois, tranquillement, doucement, gentiment…

Jacquou s'était découvert l'âme d'un aventurier. On lui avait promis de l'argent, on l'avait flatté, on l'avait désiré… On avait ouvert les portes de sa vengeance…

Il avait franchi la ligne qui séparait le bien et le mal… Cela l'avait rendu mal à l'aise jusque-là… quoique ? De toute façon, il était sûr que désormais, ce n'était plus le cas !

Il ne serait plus jamais le même après cette mission, il le sentait. L'envie de profiter de ce moment le gagnait !

Dans les yeux de Samantha, c'était Yvette qu'il voyait… Il ne savait pas pourquoi, mais il pensait que ce serait la dernière fois, d'ailleurs…

Un pressentiment ?

Chapitre 26

J – 1.

Lacointres avait rebroussé chemin et s'était réfugié dans la maison où les « facteurs », comme il les dénommait, avaient effectué leur petit travail « de lutins du Mal »

Il s'était rapproché de Paris pour éventuellement pouvoir partir par avion ou train n'importe quand, n'importe où, aisément.

Il avait appelé ses deux chimistes pour qu'ils le rejoignent afin qu'ils lui ramènent l'antidote du nouveau poison, celui de Troupier. Il leur avait donné la formule, par téléphone. Ces deux spécialistes avaient toutes les compétences pour fabriquer rapidement quelque substance que ce soit…

Il aurait à monnayer sa découverte lorsque sa poudre aurait tué des milliers de personnes. Son arme serait enviée par différents groupes terroristes, peut-être même par des pays, songeait-il. Mais le remède se négocierait encore plus cher, il en était sûr.

Il avait fait croire à Samantha qu'il y en avait dans un coffre dans l'autre maison de campagne. Il voulait la tester. Il l'aimait bien, mais il avait un doute sur sa fidélité à leur cause. Il savait qu'elle était déjà arrivée quand il avait téléphoné à Jacquou. Le coffre était relié à un capteur d'ouverture qui lui envoyait aussitôt un message. Il savait que Jacquou était loin d'être un idiot et qu'il trouverait la combinaison. Il savait que s'ils s'emparaient des sachets de poudre blanche, ce ne serait pas grave… Enfin, ça dépendait de ce qu'ils en feraient et quelle quantité ils utiliseraient. L'ancien locataire et sa femme qui s'étaient occupés du logis avaient fait leur réserve de cocaïne, qu'ils désiraient écouler peu à peu dans quelques temps, afin de se faire du blé, comme ils disaient ! Le mari réussissait à s'en procurer aisément… Tu m'étonnes ! Il avait une excellente filière !

Jacquou et Samantha auraient une sacrée surprise !!!

Les deux chimistes arrivèrent alors que Lacointres finissait de penser à la suite de son plan. Le supermarché, c'était fait ! Les perroquets étaient dans le magasin, sans aucun doute morts, mais ils avaient essaimé son ancien poison, le libellé « Lacointres 1 ». Les enveloppes étaient dans les boîtes à lettres collectives, prêtes à être triées et distribuées demain à cinq mille morts en sursis ; là, c'était le poison « Lacointres Troupier » qu'on testait ! Il aurait dans quelques minutes l'antidote pour ce dernier.

Les deux chimistes déposèrent cinq kilos de produit sous forme d'une poudre blanche dans cinq sacs.

- Salut les gars ! Alors ?
- C'est top chef ! On a suivi vos instructions, c'était clair. Les dosages sont parfaits.
- Le matériel ?
- On l'a bien caché dans la cave de votre pharmacie, au fond derrière les saletés. Tout est camouflé parfaitement. Comme vous avez dit, s'il faut en refaire, il n'y aura pas de problème.
- Et les filles de la pharmacie ? Elles ne se doutent de rien, à votre avis ?

- Non, chef ! On l'a fait discrètement la nuit ! On a mis deux mouchards électroniques, comme vous nous l'avez demandé. Apparemment, personne ne va à la cave !
- Non, je crois qu'elles n'y sont jamais allées d'ailleurs. J'avais simulé la présence de rats, ça les a calmées !!!
- Trop fort le chef !!! Pour la dernière livraison au cimetière, ça a été correct ?
- Pas de problème. La prochaine fois, vous me trouverez un autre cimetière, vous me passerez l'info !

Ces deux-là, Lacointres s'en méfiait… Pas sur le plan du travail, ni sur leur fidélité à la cause. Eux aussi avaient des proches qui avaient souffert et qui étaient morts sans qu'on ne leur apporte ni aide ni soutien…

Non, il se méfiait d'eux car eux se méfiaient de lui… Le business, la cause, c'étaient leurs lignes directrices. Pas de servitude, pas d'admiration, même s'ils essayaient parfois de le lui faire croire, ni même de liens humains… Deux personnages qui avaient souffert socialement et qui s'étaient repliés sur eux-mêmes. Ils étaient frères, cela leur suffisait. Donc, le pharmacien se doutait que s'ils avaient le moindre soupçon de trahison de sa part, ils comprendraient vite que c'étaient eux ou lui. Ils n'essayeraient pas de se défendre, ils l'attaqueraient ! Attention à eux… !

- Tenez ! Votre pactole ! dit-il en leur tendant une enveloppe remplie de billets.
- A vous l'honneur chef ! dit le plus grand sans toucher l'enveloppe…
- Oui, c'est normal les gars, fit Lacointres en renversant l'enveloppe sur la table, en touchant les billets et les mélangeant. Cela vous va ?
- Quand vous aurez tout recompté, et remis l'argent ! Sans l'enveloppe, dans ce sac, dit le plus petit…, en tendant le sac qui avait contenu les cinq kilos de poudre … !
- Bien sûr…

174

Lacointres compta minutieusement les billets. Ce fut une coquette somme qu'il mit dans le sac.

- Vous avez remarqué les frangins que je n'ai pas pris de précautions en prenant votre sac et le sachet de poudre !
- Quel dommage ! C'est votre problème maintenant… ! fit le plus grand, d'un air grave…

Lacointres manqua de défaillir… Il n'avait pas réfléchi à cette possibilité qu'ils veuillent l'empoisonner ! Ils auraient eu l'argent et le produit, donc de quoi encore faire de l'argent… Oh mon Dieu, se dit-il… Je ne veux pas mourir ainsi ? … Je…

- Désolé ! éclata de rire le petit, il n'y a pas de malaise, ce n'est pas empoisonné ! Il est con mon frère par moment ! On s'excuse… Sans rancune !

Lacointres soupira ! De soulagement, il s'esclaffa :

- Oh oui, il est con !!! Vous m'avez fait peur les frangins ! Quelle sale blague !!! Vous m'avez eu ! Bien joué !!!

En avouant son moment de faiblesse, il se rendit compte qu'il avait ouvert une brèche dans ses relations avec eux… Pas forcément, une mauvaise… Mais, on ne savait jamais quoi penser avec ces deux-là, se dit-il !

Ils tournèrent les talons, et s'en allèrent en quelques secondes, comme ils étaient arrivés… Rapides et discrets ! Le pharmacien savait que s'il les appelait, ils seraient disponibles pour lui. C'était rassurant !

Un appel téléphonique. C'est quoi ce numéro ?

- Allo, qui est à l'appareil ?
- Sandy ! Sandy Troupier ! Comment vas-tu Marc ?
- Sandy !!! Oh oui… Ah et bien, ça va… Et toi ? Pas trop difficile ?

- Non, ça va, ça va… Dis Marc, il faut qu'on se voie vite…
- Euh, oui… ! dit Marc, surpris…
- J'aimerais bien te revoir. Toi non ?
- Oh si, bien sûr, bien sûr… Ces temps-ci c'est un peu compliqué, mais…
- Pourtant, il va falloir Marc, je crois… Il y a le plaisir… mais il y a aussi le travail !!!
- Vas-y ! dit Marc, se ressaisissant.
- Ecoute ! En rangeant le bureau de Philippe, j'ai trouvé une petite enveloppe sur laquelle avait été griffonné ton nom qui avait été barré par la suite…
- Oui…Tu as ouvert l'enveloppe ? dit-il plein d'espoir.
- Oui, puisque c'était devenu anonyme. Il y a deux feuilles, recto verso, un peu chiffonnées, avec plein de formules chimiques, même chose, griffonnées, mais cela semble autre chose qu'un brouillon… Tu vois ! On dirait que c'est une partie d'un tout, on dirait qu'il y avait des pages avant, et qu'il y en a forcément d'autres après !
- Oh !!! Oui ça m'intéresse !!! Dans l'enveloppe que j'ai récupérée, il manque effectivement une ou deux feuilles… Bien sûr, j'ai reconstitué ce qu'il manquait, mentit-il, mais ça peut être intéressant de comparer…
- Eh bien, si tu as trouvé ce qu'il manquait, alors ce n'est pas pressé…
- Non… ! Mais si… ! Mais… En fait, je veux finir cette recherche au plus vite parce que je souhaite en commencer une autre, toute différente. Juste une comparaison, vite fait, et je passe à autre chose ! Tu viens chez moi, Sandy ?
- C'est loin, ça fait beaucoup de route, tu sais, je n'aime pas trop conduire…
- Prends le train, et viens à Paris, je te récupère gare de l'Est ! Je n'habite qu'à une heure.
- Je croyais que tu vivais à Tours ?
- J'ai plusieurs maisons !
- Eh bien ! ça marche la pharmacie !
- Des héritages, hélas…

- Ah désolé !
- Pas grave ! mes parents… !
- Oh… !
- Je t'expliquerai Sandy, tu ne connais pas tout de ma vie !
- D'accord, je viens en train. Mais quand ?
- Prends le 16h aujourd'hui !!! Allez !
- Mais je n'ai pas fait ma valise !!!
- Tu prends deux bricoles, on achètera ce qu'il faut à Paris, demain ! Tu arriveras vers 18h, on aura un peu de temps, on discutera sur la route du retour. Ok ?
- Tu es fou !… Oui, ça me plait ! Philippe le disait : tu es plein d'imprévus ! Bon ! Je te quitte Marc, je dois filer à la gare alors, puis trouver à me garer, …
- Non ! Je t'envoie le numéro d'un chauffeur de taxi que je connais. Appelle-le de suite ! T'inquiète, il est sympa et sérieux !
- Merci Marc !
- A tout à l'heure Sandy !
- A tout à l'heure Marc ! dit-elle.

Lacointres était heureux. Non seulement, il allait avoir les feuillets manquants de la formule du « Lacointres - Troupier », mais, de plus, il allait avoir Sandy, chez lui, pour plusieurs jours, il ferait en sorte qu'elle reste plusieurs jours !

Il était temps qu'il se douche, et qu'il s'habille de frais…

Il fila dans la salle de bains, en sifflotant…

Sandy serait à lui, la gloire aussi !

Chapitre 27

J – 1.

Je suivais Déchien, et vit que nous retournions à « La Grange ». Je lui téléphonai.

- On va à « la Grange » ? Pourquoi ? On tourne en rond en fait… ?
- Du calme Ernst ! Du calme !
- Comment tu veux que je me calme ? On perd du temps… Ce salaud de 32 prend de l'avance !
- Ah oui… ! N'importe quoi ! On ne sait même pas où il peut se trouver, ou dans quelle direction il est allé ! Il est plus fin qu'on ne croit ! C'est peut-être un salaud, mais il a réponse à tout pour l'instant ! Alors, on se calme, on retourne au bercail, il nous reste un quart d'heure, et pendant ce temps, on réfléchit tous de son côté… Ok Ernst ??? Ok ?
- Ok, ! répondit Léa puisque la conversation était relayée dans la voiture par le Bluetooth…

Et Déchien raccrocha…

Il me laissa ainsi seul avec mes questions, mon désespoir de voir que toute la situation présente m'échappait. Stéphane mort, 32 perdu, Marie au plus mal, je le savais car je venais de recevoir un message de Képler qui la suivait de près… Une catastrophe monumentale !

- Léa ? Une idée ?

- Attends un peu, j'ai des informations qui vont tomber dans quelques minutes, mes collègues du renseignement me disent que ça avance…

- Que Dieu t'entende !

- Tiens, tu es croyant toi ?

- Oh parfois ça m'est utile, et puis, ça ne mange pas de pain… !

- Oui ! Mais ça m'étonne…

- Tu sais, j'ai grandi dans une institution catholique pendant de nombreuses années, il m'en reste forcément des rudiments… Je t'expliquerai Léa, tu ne connais pas tout de ma vie, tu sais…

- Attends, les nouvelles me parviennent, j'analyse le tout pour faire un point avec les autres.

- On arrive dans moins de dix minutes.

Léa se replongea dans ses messages. L'espoir renaissait en moi, car par ces quelques mots, ma coéquipière m'avait remonté le moral. Je n'étais plus seul. Il faudrait que je lui parle… Elle me faisait du bien…

Je la voyais tapoter de ses jolis doigts fins sur le clavier de l'ordinateur. Y a-t-il un espoir que cela fonctionne entre nous ? Jamais, me semblait-il, je n'avais été autant attiré par une femme. Bien sûr, j'avais eu des aventures d'un soir, ou de plusieurs soirs. Bien sûr, ça n'avait pas été que physique… J'avais besoin d'un minimum de concordance d'état d'esprit, d'un minimum de discussions, de ressentis, et donc de sentiments. Mais jamais, je n'avais ressenti une telle attirance. Tout me ramenait à Léa. J'aimais la voir, la toucher, l'écouter et l'entendre, discuter avec elle, la sentir s'exalter pour moi… C'était ça l'amour ? A cet instant, j'en étais convaincu !

- Freine !

- Oui, oui, j'avais vu !

- Pas sûr, tu étais dans tes pensées, mon Ernst !!! éclata de rire Léa.

Cela fit du bien. Ce « mon » … Il y a un temps pour la tristesse, et un temps pour la vie. Nous étions en vie, nous vivions dans le présent, le passé était déjà dans nos souvenirs...

Nous étions à « la Grange ». Nous nous installâmes tous autour de la table de débriefing, mais en ayant posté deux de nos camarades maintenant en surveillance.

Lacointres s'était montré plus subtil qu'il n'y paraissait, il n'aurait plus manqué qu'il nous ait repéré et qu'il nous attaque avait pensé Déchien… ! Pourquoi pas, effectivement !

- J'ai reçu plein de news durant le parcours, commença Léa.
- Des bonnes ou des mauvaises nouvelles ? demanda Gilles, un ancien commando parachutiste.
- Des bonnes Gilles ! Des bonnes, la roue tourne me semble-t-il !!!

Elle nous expliqua que la voiture de Lacointres avait été repérée trois fois par les caméras de surveillance, que ce soit dans des villes ou sur l'autoroute en remontée probablement vers Paris.

- Paris !? dis-je. Il va nous promener dans toute la France ou quoi ?
- On s'en fiche, dit Léa, à ma grande surprise. On a réussi à lui mettre un mouchard sur sa voiture… Le service filature est trop fort !!!
- Comment ont-ils fait ?
- Une voiture les suivait depuis quelques kilomètres pour donner suite au premier bornage de vidéo. Avant d'arriver à un péage, par chance avec une seule file de Télépéage, les agents avaient doublé 32. Ils ont fait exprès ensuite de

cafouiller comme des personnes qui n'ont pas l'habitude, en zigzaguant, et au dernier moment, ils se sont mis devant lui sur la file Télépéage, mais en s'arrêtant pour payer au ticket…

- Gonflés les gars !

- C'étaient deux filles, Gilles !!! La conductrice a mis son billet dans l'appareil, mais elle a lâché le ticket…qui est tombé… bien sûr !

- Je sais ! dit Déchien. La passagère est descendue, et en passant elle a réussi à mettre le mouchard ?

- Oui, elle a fait semblant de se cogner au capot de la voiture de 32, est tombée, a calé le mouchard sous l'avant de la Porsche, et voilà le travail !!! Elle a ramassé le ticket, et tout est rentré dans l'ordre. 32 est même sorti pour l'aider, mais elle a agi vite !

- Oh, le galant homme ! acclamai-je en applaudissant.

- Bref ! On le file tranquillement maintenant. Il se dirige vers Paris, il est à moins d'une heure pour l'instant.

- Bien ! s'exclama Gilles. Tu avais parlé de plusieurs bonnes nouvelles ?

- Exact ! On en sait encore plus sur ce galant homme ! Il a hérité il y a quelques temps de plusieurs propriétés, à la suite du décès de ses parents. On est en train de recenser ces habitations, et surtout d'y envoyer des agents.

- Pour planquer, demandais-je ?

- Oui, le Comité n'a pas voulu nous déranger, comme nous étions en pleine action. Des planques, c'est tout. Il a un appartement dans Paris, une maison près de Blois, une autre en direction de Chambord, sa pharmacie, et sa grande maison de Tours. C'est tout ! A notre connaissance… Mais… ?

- Ok ! On va voir où il se rend alors ! dit Déchien.

- Je mise pour Paris.

- Oui, le meilleur endroit pour se fondre dans la masse, dit Gilles.

- Pas son style ! dis-je. Il se fiche d'être vu, ou pas. Il se sent au-dessus de tout le monde. Ça ne lui effleure même pas l'esprit ! S'il va à Paris, c'est pour y bénéficier des moyens de transport. Il pourra bouger plus loin et plus vite !

- Sans doute… dit Léa. Attendez un peu ! Une autre info arrive. D'après les renseignements, il a un frère !
- Un frère ! Comment on a pu louper ça ? s'exclama Déchien.
- Il faudra qu'on voie ça après… dis-je. Continue Léa !
- Alors, un frère, plutôt un demi-frère adultérin, reconnu par son père ! continua Léa, d'après ce qu'on me dit.
- Donc, il s'appelle Lacointres aussi !?
- Oui ! Attends… Éric Lacointres, et il travaille en gendarmerie, Capitaine, même… souffla Léa en me regardant, et en regardant la poche avant de mon blouson, les yeux écarquillés !

Elle se rapprocha de moi, pas difficile puisque je m'étais positionné à côté d'elle, et plongea la main dans ma poche de poitrine, en ressortant la carte de visite donnée lors de l'intervention de la gendarmerie.

Elle la lut à haute voix :

- Éric Lacointres !!! Ce n'est pas vrai !!!
- Léa, criai-je ! Lâche la carte !!! Il y a un truc bizarre sur la carte !!! Elle brille fort ! On dirait qu'elle a été mouillée !
- Oh non !!! s'écroula Léa, tandis que Gilles eut le réflexe de se rapprocher d'elle au plus vite, et de tenir le bras de Léa loin de tout, en écartant les autres de la carte qui venait de tomber au sol…

Je revoyais le Capitaine, affable, me mettre dans la poche de blouson la carte qu'il tenait dans sa main… qui était gantée !!!

Le 32 était plus pourri que jamais, et que venait faire son demi-frère dans cette histoire ?

Je crus que mon cœur allait exploser dans la poitrine quand je me rendis comte que les deux femmes que j'aimais, ma sœur et la femme que je chérissais, étaient en danger de mort à cause d'un seul homme, d'un barbare, d'un fou... 32...

Chapitre 28

J – 1.

Une équipe spéciale était venue chercher Léa et avait effectué immédiatement des prélèvements sanguins. Entre le moment où elle avait été probablement infectée, et leur arrivée, il s'était passé un peu moins d'une heure.

Son état de santé s'était déjà fortement détérioré : douleurs sur tout le corps, baisse d'acuité visuelle, perte de réflexes, des difficultés à déglutir et à parler, des difficultés à respirer...

Képler avait effectué une consultation en visio, épaulé par les trois collègues médecins qui allaient arriver en soutien... Ils allaient emmener Léa vers un de leur hôpital partenaire le plus proche. Les soins lui seraient déjà prodigués dans le véhicule sanitaire.

Je restais un peu seul avec elle. Nous lui avions revêtu une combinaison de protection chimique, ne sachant pas comment se propageait cette saleté de poison...

Je lui avais demandé de me décrire au fur et à mesure les symptômes qu'elle ressentait. Il semblait qu'ils n'étaient pas identiques à ceux qu'avaient ressentis Marie au début de son infection. Ils étaient, de plus, extrêmement rapides à apparaître.

J'avais pu m'éloigner d'elle, en demandant à Gilles de la surveiller, Déchien étant occupé à gérer la traque avec les autres du groupe.

Képler m'avait indiqué, qu'à ce stade, avec les données recueillies sur Marie et les analyses faites de la situation avec Léa, c'était une poudre qui devait être mélangée à un liquide. Celui-ci permettait au poison de s'épandre plus aisément, et surtout de s'immiscer dans des objets, sans en perdre ses propriétés, par exemple du papier. C'était ce qui s'était passé avec le courrier du Ministre, avec une poudre seulement, et manifestement sur cette carte de visite, mais avec un liquide, pour Léa. Il prenait note des symptômes différents, et les mettaient sur trois raisons possibles : un dosage différent avec le liquide, une réactivité différente des patients, un poison retravaillé, avec une autre formule donc. Il avait tendance à pencher sur ce troisième point, en s'inquiétant du point de vue invasif à vitesse exponentielle de cette solution.

- Pronostic Képler ? lui demandai-je.
- Joker ! Ernst … murmura-t-il.

Sachant que je ne tirerai aucune autre parole de sa part, j'étais retourné vers Léa. Celle-ci commençait à avoir du mal à respirer, moins d'une heure après la contamination. Elle avait insisté pour que je retourne « au boulot » comme elle m'avait dit d'un air autoritaire, avec un regard larmoyant dû notamment à la fièvre, mais également empreint de sentiments… Je m'étais exécuté, elle n'était de toute façon pas très loin de notre table de travail, nous la regardions sans cesse, en observant, hélas, son état s'aggraver…

La peine était en nous… Je craignais le pire, mes collègues aussi…

Juste avant que l'équipe des médecins arrivée sur place l'emmène, je demandai à la revoir, seul. On m'accorda une minute, me faisant comprendre que, justement, chaque minute comptait... Le poison faisait son œuvre comme un véritable sprinteur...

- Léa, tu es entre de bonnes mains... tu sais...
- Oui, Ernst... articula-t-elle péniblement. Je vais me battre... tu sais... je ne vais pas lâcher l'affaire...
- Oui, oui... Léa, je voulais te dire...
  ... Moi aussi... me souffla-t-elle.

Elle avait les larmes aux yeux... en étant emmenée dans le véhicule de secours...

Dans certaines circonstances, les mots sont de trop...

Je sus, quelques minutes plus tard, que nous avions échangé ensemble pour la dernière fois !

Elle avait succombé dans le véhicule sanitaire...

Mon amour...

Chapitre 29

Lacointres filait en direction de la gare de l'Est. Un peu de bouchons dans la région parisienne, certains diraient des thromboses... Le temps était orageux, une chaleur accablante, plus de 30 degrés... La Porsche filait bon train, un de ses comparses lui avait ramené d'Orléans, il avait toujours un double de clé au cas où... ! Le lecteur musique distillait tour à tour des morceaux de hard-rock, du rock, du classique...

Il s'en fichait, c'était le tempo qui l'intéressait ; des basses bien charpentées qui le faisaient vibrer dans tous les sens du terme. Il ressentait à l'intérieur de son corps ces pulsations, et c'était dans ces moments-là que des idées diaboliques naissaient, se décantaient et s'organisaient...

Son cœur, sa poitrine, son corps résonnaient au rythme d'un gros morceau de hard-rock. Les idées machiavéliques s'enchaînaient donc parfaitement. Il sourit...

Sa dernière estocade serait l'apothéose ! Ce serait comme les dernières passes d'un toréro, jusqu'à la mise à mort !

Il avait vérifié tout à l'heure avant de partir que tout était opérationnel. Le matériel était prêt, le poison en quantité suffisante, ses chimistes avaient fait du bon travail. Il avait effectué les dosages, ajouté l'eau pour transformer la poudre en liquide, et laissé la substance dans une énorme bassine. Il y avait plongé une énorme boîte métal percée en plusieurs endroits sur le couvercle, afin que du liquide y pénètre. Au bout de quelques minutes, il avait, précautionneusement pour lui, retiré la boîte et l'avait mise dans une pièce, au-dessus d'un gros seau. Le liquide malin s'y déposerait alors… bien dosé…

Ce serait le bouquet final qui se préparait !

Il profiterait du tournoi de football et de la brocante de la commune voisine de sa maison ; elles se déroulaient en effet en même temps... Un millier de personnes au moins venaient y assister chaque année. Un millier de proies qui se laisseraient dévorer par leur curiosité… Son plan était parfait ! Rien ne pourrait le contrecarrer. Demain serait le dernier jour de cette comédie de société, où la santé de chacun passait après des considérations économiques. Une société dont il avait toujours rêvé ! Sa société… Un autre regard sur la santé ! Le sien ! Il serait devenu un influenceur sociétal que les grands de ce monde craindraient, mais vénéreraient également !

Arrivé dans le secteur de la gare, il appela son voiturier habituel, Killian, un petit jeune qui se chargerait d'aller garer sa voiture à quelque distance, de la surveiller, et de la lui ramener dès qu'il l'appellerait ; il l'employait de temps à autres. Il se gara devant une porte cochère, comme il l'avait signalé à Killian, qui le rejoignit en moins de cinq minutes en trottinette électrique.

- Bonjour Monsieur Marc ! Vous allez bien ?

- Oui, Killian, ça va, ça va… Dis, tu me fais peur avec ta trottinette là ! Ça va vite, dis donc !!!

- Ah, je vous vois bien avec une trot' ! Monsieur Marc. Ce serait la classe !

- Oui… ! Et la jeune dame que je vais ramener avec moi, je vais la mettre où, jeune homme ???

- Ah ! Je n'y avais pas pensé…

- Ecoute bien ! Dans une grosse demi-heure, tu viens devant la gare au dépose-minute, ok ? Si j'attends, tu as le tarif normal… Si je n'attends pas avec la dame, tu auras le double, et tu pourras aller draguer tranquille ce soir… Ok ?

- Ok, Monsieur Marc ! Mais l'argent ce sera pour m'acheter des livres pour mes études, les temps sont durs…

- Quels livres ?

- Sur la parasitologie, la mycologie, l'immunologie, … enfin ce genre-là… J'en ai déjà pas mal, j'ai les cours également, mais je veux être parfait dans ces domaines. Je voudrais vraiment être pharmacien, Monsieur Marc ! Je vous l'ai déjà dit !

- Mais oui, tu le seras, tu es un gars sérieux mon garçon ! Plus qu'un an et ce sera bon… C'est ça ? Je ne me trompe pas ? Je ne connais pas trop ce domaine !

- Oui, c'est ça Monsieur Marc ! Moi, je n'aimerais pas être banquier comme vous… Cela étant, vous gagnez beaucoup d'argent quand même !

- Ça va, je ne me plains pas… Cependant Killian, je n'ai jamais vu un pharmacien chômeur !!!

Killian éclata de rire. Lacointres lui remit les clés, lui rappela le délai d'une demi-heure pour qu'il soit prêt. Lorsqu'il lui enverrait un message, Killian devrait être au dépose-minute, au maximum dans les cinq minutes. Il savait qu'il pouvait empocher deux cents euros ! Bon sang, ça le ferait, se disait-il !!!

Le pharmacien s'éloigna et se dirigea donc vers la gare.

A peine arrivé, il alla vers les quais, le TGV de Sandy était à l'heure.

Il attendit, puis la vit sortir du wagon de queue. Il eut ainsi tout le loisir de la voir s'avancer, élégante avec une courte jupe grise, un chemisier blanc largement échancré sur sa voluptueuse poitrine, sa chevelure largement déployée sur les épaules, un sac à main rouge dans une main, une petite valise rouge à roulettes dans l'autre, avec un gilet négligemment posé sur la poignée. Elle le vit à une dizaine de mètres, et se hâta de venir à lui. Elle déposa la valise à terre, fit remonter son sac au creux du coude, et l'enlaça...

Qu'elle sentait bon, un parfum haut de gamme rehaussait sa voluptuosité... Qu'il était comblé ! Il la trouvait superbe, cela le flattait aux yeux des autres hommes, voire des autres femmes... La manière dont elle l'accueillait lui montrait qu'elle ne s'était pas déplacée que pour lui donner les feuillets...

Elle se détacha de lui, lui prit le bras, et ils avancèrent tous deux en direction des guichets comme un couple déjà formé. Il avait pris la valise à sa gauche. Sandy l'informa qu'elle allait aux toilettes, lui demandant si pendant ce temps, il pouvait lui acheter deux barres chocolatées, elle les adorait et avait un peu faim. Il lui fit remarquer qu'il était tard pour manger ce genre de choses, mais quand elle lui répondit, avec un œil coquin, qu'il n'y avait pas d'heure pour être gourmande, alors il sentit que la soirée allait être chaude... Au lieu de bredouiller une réponse, cette remarque l'ayant déstabilisé, il sourit, béatement... Elle alla donc en direction des toilettes.

Lacointres se dirigea du côté des distributeurs, déposa la valise à sa gauche, et se déplaça un peu sur sa droite, pour acheter les friandises. Le temps de choisir, d'inscrire les numéros sur le clavier du distributeur, de faire l'appoint en cherchant dans son porte-monnaie, il ne vit pas l'homme qui passait derrière lui. Pendant ce temps, un autre à sa droite lui demandait de la monnaie. L'homme à sa gauche poussa du pied la valise vers l'arrière de la machine, se baissa, se dépêcha de clipper un petit cadenas sur la fermeture éclair, puis repoussa la valise à sa place. Il s'en alla. Moins de cinq secondes s'étaient écoulées… L'autre homme finit de prendre la monnaie, remercia Lacointres et s'en alla à l'autre distributeur sur sa droite, pour y faire ses emplettes… Tout cela avait été mené prestement… Les agents de Kypsélie avaient réussi à mettre un mouchard, le cadenas, sur la valise. Ils avaient également visualisé l'emplacement de son porte-monnaie et de son portefeuille… au cas où…

Kypsélie, grâce au mouchard placé sur la voiture, avait pu organiser cette opération à la gare. Ils avaient anticipé quand ils furent presque sûrs que la destination serait la gare de l'Est. Ils avaient briefé également Sandy avant son départ pour Paris…

Ainsi, Sandy, en entrant aux toilettes, frappa deux fois à la dernière porte, qui était fermée au loquet car occupée. Elle profitait du fait d'être seule quelques secondes. La porte s'ouvrit et elle s'y engouffra. S'y trouvait une jeune femme, qui, sans un mot, lui tendit la main. Sandy sortit de son sac les deux fameuses feuilles de formules qu'attendait 32. La jeune femme prit des photos avec son téléphone. Elle lui montra une carte avec des lettres et des numéros, lui fit signe en pointant son front de les mémoriser. Sandy en quelques secondes lui fit comprendre en levant son pouce que c'était fait. La jeune femme, lui indiqua avec ses doigts, un trois, puis un deux, et encore un trois… Sandy baissa la tête en signe d'assentiment. L'agente lui fit le même signe et l'engagea, du regard, à rouvrir le loquet, et à sortir. Ce que fit Sandy… D'autres femmes étaient désormais dans les toilettes, mais personne ne fit attention à elle. Elle passa au lavabo, nettoya consciencieusement ses mains, puis les sécha… Elle remonta tranquillement l'escalier.

Lacointres s'était rapproché de ces escaliers, et sa première question fût :

- Sandy, y avait-il un cadenas à ta valise ?
- Quoi ? demanda-t-elle ?
- Pendant que je te prenais les chocolats, il m'a semblé que quelqu'un a touché à ta valise… Mais je ne suis pas sûr, un autre homme me parlait, il voulait de la monnaie…
- Ah d'accord ! Oui, oui, j'en ai un…. Dis, heureusement qu'on ne me l'a pas volée… !
- Tu parles ! Quelle catastrophe cela aurait été ! On va vérifier peut-être si on ne l'a pas ouverte et si on ne t'a pas pris quelque chose…
- Oh, tu crois ?
- Vas-y !!! dit Lacointres, qu'elle sentit un peu énervé et méfiant.

Il lui semblait bien qu'il n'y avait pas de cadenas quand il avait pris en charge la valise… ! Lacointres se savait plutôt un bon observateur !

Manifestement à contre cœur, Sandy s'agenouilla, prit le cadenas en main, et tourna les chiffres pour afficher un trois, puis un deux, et un trois… Une fois le cadenas ouvert, elle entrebâilla la valise, regarda rapidement dedans, et la referma en brouillant la combinaison… Elle se leva, et dit à Lacointres :

- Tu vois, je l'avais dit !!! Pourquoi tu ne me croyais pas ??? s'enflamma-t-elle.
- Oh, excuse-moi Sandy, je craignais tellement qu'on t'ait volé quelque chose !
- Ou bien tu n'as pas confiance en moi ? C'est cela ?

- Non, non, désolé ! Oublions cela, Sandy, s'il te plaît… dit-il d'un air tout penaud… On oublie tout ? Je suis rassuré, c'est bon…
- Ok ! Allez !   On avance ! dit-elle d'un ton positif et engageant…

Ils sortirent de la gare, et Lacointres sourit car sa voiture était juste devant, Killian debout, juste à côté de la porte passager.

- La voiture de Monsieur est avancée, dit-il le plus sérieusement du monde.

Il ouvrit alors la porte passagère en engageant Sandy à y entrer.

- Si Madame veut bien se donner la peine !

Sandy regarda Lacointres, époustouflée… En passant, côté conducteur, il prit dans sa poche les quatre billets de cinquante euros qu'il avait préparés au cas où, et murmura à Killian :

- Bien joué, la prochaine fois, je te donnerai seulement quatre minutes… !
- Si vous voulez, Monsieur Marc ! Une bonne soirée à vous ! dit-il en calant la valise sur le siège à l'arrière puis s'éloignant tranquillement…

Lacointres appuya sur l'accélérateur, fit vrombir le puissant moteur, et s'élança en direction de la sortie de Paris. Se détendre ! se promit-il… Il sentait que Sandy était agacée, voire contrariée par son comportement…Il restait cependant persuadé qu'l n'y avait pas de cadenas sur la valise à son arrivée en gare…

Donc, qui l'avait mis là et pourquoi ??? Ou alors, il n'y en n'avait vraiment pas ? Non !!! Il n'y en n'avait pas ! Il en était sûr !

Chapitre 30

Quelques minutes après avoir reçu la triste nouvelle concernant Léa, je reçus un appel prioritaire du Comité de Kypsélie.

Déchien, qui avait plus d'expériences que moi dans des situations comme celle-ci, reprit tout simplement la main. Volontiers, je lui laissai le premier rôle. Il prit mon téléphone et s'éloigna...

L'entretien dura au moins dix minutes, et cela me permit avec les équipiers de reprendre pied dans cette mission. Ce décès de Léa était une pièce de plus à déposer dans le placard mental que nous refermions à clé. Nous la ressortirions, à nos moments de tranquillité, pour la digérer, l'intégrer, mais certainement pas l'oublier... Des baroudeurs ne peuvent pas oublier les moments critiques, pénibles, douloureux. Ils faisaient corps avec eux, ils faisaient partie de leur ADN. Jusqu'à la mort, ils traîneraient ces souvenirs tels des boulets au pied...

Déchien revint vers nous.

- Léa nous fait un signe les gars ! Léa ! Pour toi ! fit-il en levant son index vers le ciel.

Nous l'imitâmes…

- Léa avait lancé des requêtes auprès de différents services. Tout a fonctionné au mieux ! Tout d'abord, on a une taupe de 32 chez nous. Ensuite, la femme de Troupier, l'ancien prof de 32, mort il y a peu de temps, a raconté toute l'histoire les concernant, son mari et 32, lorsque les collègues du Renseignement l'ont contactée. Je fais court…

Déchien raconta comment elle se retrouvait avec deux feuillets qui manquaient aux documents de feu son mari. Il lui avait demandé de les donner à Lacointres, après son enterrement… Elle avait expliqué comment il lui semblait avoir provoqué une certaine attirance auprès de ce pharmacien. Son mari lui avait fait jurer, avant de mourir, de tout mettre en œuvre, il avait bien dit « tout », insista Déchien, pour le surveiller… Elle devait savoir ce qu'il ferait de la première enveloppe et de ces deux feuillets. Elle les avait reçus dans sa boîte à lettres, envoyés par son mari pour une arrivée post mortem… Des instructions y figuraient, ce qu'il y avait à dire et faire avec Lacointres.

Déchien ajouta qu'en ce moment, elle était avec 32, dans sa voiture, et qu'elle transportait un cadenas mouchard sur sa valise. Ce cadenas comportait un micro, et il avait été activé. Pour l'instant, avec le bruit du moteur, il leur parvenait des bribes de discussions, le plus souvent incompréhensibles…

- C'est un atout incroyable, ce micro ! dit Gilles.
- Tu m'étonnes ! dis-je, en reprenant ainsi la main sur cet entretien. C'est un coup du service de Shun !
- C'est clair, ajouta juste Déchien.
- Quoi d'autre ? dis-je
- Dans notre secteur, un supermarché a été investi par un chien genre berger allemand, et deux perroquets !
- Oui ! Lacointres !

- Exact, Ernst ! Il a bien été identifié par des caméras internes, il était un peu camouflé avec casquette et lunettes, mais c'était lui ! Aucun dégât, le chien est mort, il s'est blessé, mais tout le monde s'est focalisé sur lui, et 32 a fait rentrer les perroquets. Ils ont foutu une sacrée pagaille dans le magasin… Le magasin a été immédiatement évacué. Les surveillants qui ont fait ça ont probablement sauvé la vie de dizaines de clients. En effet, après les avoir attrapés, les services vétérinaires n'ont pu que constater la lente agonie des oiseaux. Ils étaient contaminés par leurs pattes, et leur corps. Ils avaient sur eux, une poudre blanche. Aux premières analyses, c'est un poison de la famille de celui qui avait touché Marie…

- Le salopard ! tonnai-je. Il a voulu tuer encore des pauvres innocents…

- C'est une bonne nouvelle, si j'ose dire, car s'il y a des clients infectés, c'est peu… Tout le monde a été identifié, et mis sous surveillance médicale à distance. Le supermarché est en train d'être nettoyé et décontaminé, du sol au plafond. Il faut qu'on trouve un antidote, Képler est sur le coup.

- Mme Troupier, Sandy je crois ?

- Exact !

- On l'a avec nous complétement ? demandai-je.

- Oui, elle veut respecter les volontés de son mari. Elle va essayer d'en savoir plus en passant la soirée et la nuit avec lui… Elle sait qu'il est dangereux, elle le sent...

- Vous êtes sûr d'elle ? Vraiment ? insistai-je.

- Elle est également surveillée, mais elle ne le sait pas… On lui a mis lorsqu'elle était aux toilettes un micro et un mouchard dans son sac… C'est une longue histoire !

- Stop ! se permit Gilles, c'est trop long avec vous !!! Là, ça fait une plombe !

Les autres rirent… c'était bon de se détendre dans ce climat morbide et pesant ! Le niveau de stress était au maximum !

- Bon ! repris-je. Allez ! On a de bonnes cartes dans les mains ! Du côté du frère de 32 ?
- On sait donc qu'il a des maisons d'un héritage, et qu'il en possède justement une en direction de laquelle peut se rendre 32. Elle se situe à une heure de Paris, au sud-est. Les deux mouchards dans la Porsche bornent dans cette direction. Ce pourrait être le point de chute !
- Comment cette histoire de frère a pu nous échapper ?
- Chef, dit un des agents, Stanislas, que tout le monde appelait Stan, faudrait peut-être dégager tout de suite d'ici, et se rendre à cette maison, ou du moins dans le secteur, non ? On discute du reste en route ?
- Oui, tu as raison Stan ! On ne part qu'à quatre. Stan, Gilles, Youssef, vous m'accompagnez. Les autres, vous restez ici, on ne sait jamais ! Je vous aurai en repli si 32 s'échappe ou nous fait encore un coup tordu !

J'oubliais Yves volontairement… Je voulais entièrement reprendre la situation en main. On était proche du dénouement final de cette traque, mais encore loin de la conclusion. Je me doutais que 32 pouvait réserver encore des surprises… Je finissais par angoisser en y pensant. Il avait fait tant de mal aux personnes que je chérissais…

Yves et moi nous serrâmes la main, confraternellement, sincèrement, fortement. Je compris qu'il me laissait les pleins pouvoirs. Nous nous regardâmes droit dans les yeux.

Les gars prirent le maximum de matériel. Gilles programma le GPS sur l'adresse de cette fameuse maison du frère de Lacointres. Je me mis à la place du passager, tout en téléphonant à Shun pour qu'il nous rejoigne dans le secteur où nous nous rendions. Je lui demandais d'amener un peu de matériel lourd.

La voiture démarra en faisant crisser les graviers. Je jetais un regard sur « cette Grange », avec une boule au ventre, une boule de mauvais pressentiment… Mais lequel ?

Je me dis que c'était plutôt tout le bien que j'y laissais, et ça me faisait mal…

Le bien, le mal, on y revient décidément ! finis-je de penser amèrement.

Chapitre 31

J – 1.

Gilles était un excellent chauffeur. C'était aussi un excellent tireur et agent spécial, rompu à beaucoup de techniques de combats. Grand, athlétique, des avant-bras puissants, tout cela lui donnait une allure d'indestructible. Il était rassurant de l'avoir à ses côtés. Il était en outre doué pour tous les systèmes informatiques. Cela pouvait s'avérer extrêmement utile, après tout ce qu'il venait d'apprendre.

Je saisis mon téléphone, fis quatre codes qui s'enchaînèrent après validation de Kypsélie, et j'eus en ligne un des membres du Comité. Je reconnus tout de suite la voix extra-terrestre d'Ousmane, un des cinq décideurs de l'Agence, un des Apôtres, comme nous les appelions... Les voix étaient déformées par divers systèmes audios, afin de ne pas les reconnaître. De plus, jamais qui que ce soit ne les avait vus. Nous étions cinq agents de niveau 1 à pouvoir les contacter avec des codes, ces codes étant affectés à un jour du mois. Les codes du premier jour du mois, du deuxième, etc. Nous avions dû les mémoriser. Ils étaient changés tous les deux mois. Aucune erreur n'était tolérée. Ce mois-ci, c'était 324/301/627/228. Si les nombres étaient donnés avec systématiquement, sur chacun des quatre codes, le dernier chiffre augmenté de 1, cela voulait dire que nous demandions un RESET. En clair, il s'agissait de détruire au plus vite l'endroit où nous nous trouvions, avec nous dedans bien sûr... puisque nous étions...la bombe ! Le service exécutait, sans faillir, le protocole. Au maximum, il nous restait cinq minutes après l'envoi des codes. Nous avions quelqu'un au bout du fil. Il faisait en sorte de faire croire que les codes donnés étaient les bons. Il jouait la montre et essayait de nous soutirer le maximum de renseignements. Notre but, dans ce cas, était d'attirer les ennemis à nos côtés, dans un rayon de cinq mètres. La balise qui nous avait été greffée dans l'aisselle gauche était une mini bombe ; elle pouvait faire des dégâts dans un tel rayon. Kypsélie avait la clé informatique pour la déclencher !

- Ousmane ? Ernst ici.
- J'écoute.

Les décideurs du Comité n'étaient pas des sentimentaux. Droit au but. Il est vrai que si nous les contactions, c'est que la situation était compliquée... plus que compliquée !

- C'est quoi cette histoire de demi-frère de 32 ? Pas grave qu'on ne l'ait pas su avant ? Dites ! Vous vous êtes loupés là !!! dis-je, énervé.
- Ah ! On joue à ce jeu-là... ! Ernst, vous ne vous êtes pas loupé lors de votre dernière mission avec les deux femmes exécutées sous vos yeux ? Vous souhaitez qu'on en reparle ???

Non, je ne souhaitais pas qu'on en reparle... Elle me hantait cette fin de mission... Je ne savais pas si une autre solution existait à ce moment-là, mais en tout cas, l'option que j'avais choisie n'avait pas sauvé ces deux femmes-là...

- Vous savez très bien, Ernst, que nous avons des décisions à prendre, et donc des choix à faire, en prenant ainsi des risques. La science exacte n'existe pas. Nos missions sont dirigées contre des êtres abjects qui n'ont pas les mêmes valeurs que nous. Les effets collatéraux négatifs à nos choix sont donc inévitables. Ainsi, nous avons découvert que dans nos rangs des services de renseignements, ... nous avions une taupe...

- Quoi ? fis-je. Depuis quand ?
- Une petite année... On a démasqué l'infiltré il y a très peu de jours. On le laisse fonctionner, mais sous contrôle bien sûr. C'est donc lui qui a bloqué l'information sur le demi-frère de 32. On pense que de nombreuses informations sur notre suivi, sur les doutes de Troupier, les courriers, etc., certains de vos échanges avec le service sur cette situation, ont fuité... En le suivant maintenant, on espère ramener le maximum d'infos sur 32. On ne sait pas comment il passe les informations pour le moment. On va trouver.
- Pensez-vous, m'inquiétai-je, qu'il soit au courant pour le recrutement, si j'ose dire, de Sandy Troupier ?
- Non, on ne pense pas ! On avait déjà bloqué certaines infos qui fuitaient.
- Et pour ma sœur ?
- On croit qu'il sait... Désolé !

C'était la première fois, à ma connaissance, qu'un Apôtre s'excusait... Ousmane paniquait...

- Ousmane ? Vous ne me dites pas tout...
- On croit également que la taupe a eu accès au parc à véhicules, avant que vous ne partiez au départ de la mission... les trois voitures...
- Et ? quelle conséquence ?
- On vient de se rendre compte qu'elles sont ou avec un mouchard, ou ... avec une bombe...
- Quoi ? Et vous ne disiez rien !!!
- ...Et on vient de perdre la taupe ! Il n'est plus dans le bunker. On l'a perdu, il y a quinze minutes apparemment...

Gilles fit une embardée, faillit se mettre au fossé, et cria à tout le monde de sortir. Le deuxième véhicule fit de même, les hommes sortirent en courant et allèrent se planquer à une vingtaine de mètres derrière un bosquet. Gilles les rejoignit. Ils me criaient tous de venir près d'eux, mais je sortis de la voiture et ne bougeait pas… J'en avais marre… J'étais désespéré, tout partait dans tous les sens… On s'était fait avoir dès le début de cette histoire avec ce pharmacien sadique, fou à lier, mauvais, toxique…

Je ne méritais plus de vivre : j'avais perdu pratiquement ma sœur, Léa, Stéphane, bientôt les autres alors ? J'en avais marre. Qu'on en finisse ! Fais-moi exploser Lacointres !!!!!!!! criai-je alors que Gilles vint se jeter sur moi, m'enleva dans les airs sur plusieurs mètres, et se coucha sur moi…

Deux explosions énormes retentirent quasi instantanément ! Les voitures firent un bond de deux mètres, avant de retomber en flammes sur le bord d'un champ. Des objets volèrent dans tous les sens, mais surtout les munitions explosèrent à tour de rôle… Heureusement que nous n'avions pris que du matériel léger ! En quelques minutes, le calme revint dans la campagne…

Quelque part, se trouvait la taupe qui travaillait pour 32, et d'un index sur un bouton, il venait d'anéantir tout notre matériel !

Nous étions largement dépassés par les événements… !!!

Heureusement, nous nous en étions sortis !

Que Dieu soit loué, pensai-je !

Chapitre 32

J – 1.

« La Grange ».

Une explosion à l'extérieur de « la Grange » venait de se produire.

Les énormes portes en bois avaient tremblé, un souffle chaud était même parvenu jusqu'à eux, à l'intérieur !

Déchien courut regarder par un vasistas ce qui se passait dehors. Il arriva juste à temps pour voir la deuxième voiture, celle de Rima s'embraser à côté de ma BMW en feu, dont l'épave avait été amenée à « la Grange » après le décès de Léa.

C'était quoi ça ?

Déchien m'appela.

- Ernst, on est attaqué !
- Non ! Oui ! Enfin … ce n'est pas une vraie attaque ! répondis-je, alors que je venais de m'extirper de la centaine de kilos de muscles de Gilles, groggy, qui m'avaient protégé.
- A ton avis, c'est quoi, alors ???

Je lui expliquai calmement tout ce que je venais d'apprendre, et surtout, les deux voitures qui venaient d'exploser... Enfin, trois avec la mienne ! Elle avait été amenée après l'accident au bord du sentier de « la Grange ». Nous avions fini en la tractant.

Les trois bombes étaient programmées pour exploser en simultanée !

Je compris ce que voulait dire le mot « désespoir » …

Je parlais également de la taupe qui m'inquiétait parce qu'il avait peut-être évoqué « la Grange » …

- T'inquiète Ernst ! Avec Fréd, on va faire attention ! On se dépêche de mettre d'autres défenses en place. Ça y est Frédo a déjà commencé ! Comment, allez-vous faire alors ?
- Shun, bien sûr. Il va se pointer dans quelques minutes. Yves ?
- Oui ?
- On est minable !
- Non, Ernst ! On vient de se prendre un gros high kick ! Maintenant, c'est à nous de donner les coups !!!

Déchien raccrocha.

Shun arriva quelques temps après avec le peu de matériel qui lui restait de sa récente livraison, mais surtout deux autres véhicules chargés d'armes. Tout nous fut déposé très vite car je m'inquiétais pour « la Grange ». Je lui demandai d'y aller tout de suite, déjà pour livrer la nouvelle voiture garnie à Yves, mais aussi pour y rester un peu afin de sécuriser le lieu. Yves et Fréd, c'était trop peu... Shun était venu avec deux agents, un homme et une femme. Ceux-ci partirent à « la Grange » avec le véhicule. Shun resta avec nous. Nous étions le fer de lance, pensions-nous.

L'avenir nous le dirait…

Nous repartîmes donc en direction de la planque de 32. Le but était de s'en approcher au plus près. Si nous arrivions avant lui et Sandy, nous pourrions peut-être nous introduire à l'intérieur. Cependant, cela paraissait peu probable au vu du retard pris avec les voitures détruites. On improviserait ! De toute façon, il me semblait que c'est ce que je faisais depuis pas mal de temps… !

Nous suivions en direct le parcours de la Porsche. Effectivement, elle semblait avoir un peu d'avance sur notre timing. De temps en temps, des bribes de discussions entre Sandy et Lacointres nous parvenaient. Ils parlaient de tout et de rien, il semblait que Sandy faisait traîner l'affaire. Je ne voulais pas m'inquiéter avec cela, je me disais qu'elle savait ce qu'elle faisait, mais le temps passait vite, et j'étais sûr que l'on approchait du dénouement, que j'imaginais tragique…

Nous étions à trois kilomètres de la maison de campagne où se rendait 32. Enfin nous les entendions correctement. Le ton était badin, plutôt en mode drague de la part de Lacointres et embarrassé de la part de Sandy… Nous planquâmes la voiture dans un sentier, l'engageant dans un petit passage entre plusieurs arbres. Elle était plutôt peu visible de ce fait. Nous prîmes le matériel avec nous, et nous engageâmes à travers champs, le plus discrètement possible. Il faisait encore clair, en ce début de soirée d'août. Toutes les précautions devaient être prises.

Nous nous terrâmes dans un petit fossé avec Gilles, Stan, et Shun tandis que Youssef partait en éclaireur. Il devait trouver un moyen pour entrer dans le logis, coûte que coûte.

Chapitre 33

J – 1.

Sur une route en région de Tour.

Romain avait une mission claire, informer Lacointres de tout ce qui le concernait. Par contre, dès qu'il estimait qu'on allait le découvrir en tant que taupe chez Kypsélie, il devait rejoindre son patron, sans se faire suivre bien sûr, sans se faire borner…

Il n'avait guère le choix. Il ne pouvait se rendre dans la planque de Lacointres qu'en voiture, à une heure de Paris à peu près. Il avait eu les dernières informations importantes avant de quitter précipitamment les services et les autres agents spéciaux.

C'était exceptionnel qu'il ait tenu aussi longtemps, il avait pu en faire passer des informations à Lacointres ! Un sacré gars, ce pharmacien ! Brillantissime ! Il était devenu la bête noire des renseignements et du groupe d'intervention dirigé par Yves Déchien.

Il loua facilement une voiture, à peine vingt minutes après s'être enfui. Il acheta ensuite un portable chez un revendeur et lui demanda, un billet de cinquante euros à la clé, de faire en sorte qu'il ne puisse être que difficilement repérable. Le marchand prit le billet, s'en alla dans l'arrière-salle et revint avec un lot de cinq portables.

- Tenez, voici pour cinquante euros de plus, cinq portables nus, c'est-à-dire sans applications mobiles, sans GPS, sans stockage possible, des téléphones nus quoi ! Intraçables. Chaque fois que vous passez un appel, vous le détruisez et le laissez sur place. Personne ne vous retrouvera ! C'est bien cela que vous voulez ? lui dit-il avec un clin d'œil en lui tendant la main.
- Oui ! Parfait ! dis Romain en lui donnant un autre billet…

Quand on a l'argent, lui avait dit Lacointres, on a tout !

Romain redémarra et prit la direction de chez Lacointres à la campagne. Néanmoins, il devait lui téléphoner pour lui faire passer l'extraordinaire dernière information, à savoir que la femme de Troupier travaillait pour Kypsélie maintenant et qu'apparemment elle avait un micro. Il ne connaissait pas les détails ; cependant, il avait cru comprendre que cette femme était, ou allait être bientôt en compagnie du pharmacien.

Une grosse gratification financière serait à la clé, il en était sûr !

Ça avait été une bénédiction de trouver Lacointres sur son chemin, quand il avait perdu sa femme à l'hôpital, à la suite d'une maladie inconnue, enfin d'après les médecins… En deux jours, elle était décédée. Personne n'avait rien pu faire…lui avait-on dit…

Lacointres l'avait rencontré à la sortie de l'étude du notaire qui avait géré la succession. Lui aussi avait perdu de la famille, ses parents. Il l'avait pris sous son aile, puis lui avait expliqué un projet qu'il avait en tête. Cela consistait à changer la politique de santé, de manière radicale, pour que plus jamais on ait ce genre de réponse : « on n'a rien pu faire ! ». Il avait intrigué pour le faire rentrer à Kypsélie, dont il connaissait l'existence, et ainsi y devenir une taupe. Un rôle important, lui avait-il dit ! Et c'est vrai ! Grâce aux informations données, le plan fonctionnait au mieux.

Tenant le volant d'une main, il composa sur son premier téléphone le numéro du pharmacien, il le connaissait par cœur !

Il vit alors, en train de le doubler, un gendarme de la route à moto… Pas de chance, se dit-il ! Ce dernier lui intima l'ordre se mettre sur le côté, en lui montrant le portable à l'oreille…

Romain dirigea la voiture, et la gara, mais continua son appel… On décrocha.

- Monsieur Lacointres ? Monsieur Lacointres ? dit-il.

Le motard frappa à la vitre, Romain n'en n'avait cure…

- Descendez la vitre !!! Immédiatement ! cria le motard.
- Oui, c'est moi ! dit Lacointres. Qui êtes-vous et c'est quoi ce bruit ?
- Un motard, Monsieur Lacointres ! dit-il en descendant sa vitre.
- Posez votre portable, tout de suite, Monsieur, j'ai dit tout de suite !!! insista le motard.
- C'est qui celui qui vous parle ? Et vous ? Qui êtes-vous ? commença à s'impatienter Lacointres. Je vais raccrocher !
- Oui, je le pose, dit Romain.

Il s'exécutait, mais en continuant la conversation avec Lacointres. Il criait presque puisqu'il avait posé le téléphone sur le siège passager…

- C'est moi, Romain, Madame Troupier est une espionne !!!
- Veuillez sortir du véhicule immédiatement ! vociféra le motard.
- Je ne vous comprends pas ! Romain, c'est ça ? Madame qui ? Je vous entends au loin !
- Troupier ! Elle vous espionne !!! cria Romain.

Mais il n'entendit pas ce que lui répondit Lacointres car le motard l'avait tiré par le bras vers le capot, et fait mettre les mains sur celui-ci, pendant qu'il le fouillait. Lorsque le gendarme lui prit ses papiers, Romain vit que Lacointres avait raccroché… L'avait-il compris ? Romain ne le savait pas…

Ce qui était sûr, c'est qu'avec son attitude, et autant de portables dans la voiture, en ayant accusé quelqu'un d'espionne devant un gendarme, il ne pourrait pas se rendre immédiatement dans le logis de campagne… !

Effectivement, c'est ce qui se passa… Romain avait raison ! Il dut monter dans la camionnette de gendarmerie qui venait d'arriver en quelques minutes. Du fait qu'il s'était passablement énervé, son véhicule fut immobilisé… Pour lui, ce serait la nuit au poste…

Quant à Lacointres, après avoir raccroché, excédé par cet appel qui l'avait dérangé, il dit à Sandy :

- C'est bizarre ! C'était un gars que je connais qui m'a parlé d'une dame… Qui ? Je ne sais pas… Et je n'ai plus rien compris… En plus, il s'est fait arrêter, ce con ! Un vrai délire… ! Où en étions-nous déjà Sandy ? continua-t-il en lui resservant un verre de whisky. Alors ? Ces feuillets ? Si nous y regardions ?

Chapitre 34

J – 1.

« La Grange ».

Gus, avec sa bande, fit irruption dans « la Grange » par la porte d'entrée, fonçant avec la première voiture directement sur cette large porte, à la Gus, tout en « finesse » ! La double porte se désintégra sous l'impact, aidée en cela par le fait qu'elle avait été piégée par Déchien... La voiture sauta littéralement sur place, retomba dans un fracas phénoménal, et se retourna à l'extérieur de « la Grange ».

Déchien fut surpris, autant que ses agents ! Ils n'eurent même pas le temps de prendre leurs armes que la deuxième et troisième voiture passaient entre la voiture qui brûlait, avec les deux hommes de Gus à l'intérieur, et le mur. Ils firent irruption en plein milieu de la salle. Les quatre agents se retrouvèrent encerclés par les hommes qui sautèrent des véhicules. Huit hommes puissamment armés contre quatre désarmés, la lutte était inégale... !

Gus fit deux pas en avant, et d'un tir rapide de sa kalashnikov, blessa grièvement le collègue de Shun.

- A qui le tour les gars ? dit-il alors que Déchien et les deux agents restants regardaient leur compagnon saigner abondamment.
- Ok, ok ! dit Déchien. Peut-on aider cet homme ??? Vite !
Gus tira une deuxième rafale sur l'homme à terre.
- Pour quoi faire, Monsieur Yves Déchien ? Regardez ! Il est mort !
- Salaud ! éclata Déchien.
- Un peu de respect, Monsieur Déchien, je ne vous insulte pas ! dit Gus d'un ton condescendant et moqueur à la fois…
- Non, vous tuez mes hommes !
- Vos hommes, vos hommes ! Pas tous ! Celui à terre, il n'est pas de chez vous ! Celle-là non plus ! dit-il en pointant sa mitraillette vers la deuxième agente de Shun. Au fait, puisque ce n'est pas quelqu'un de votre groupe, je peux la tuer ?

En même temps, un des acolytes de Gus donna un violent coup de poing à la femme qui s'effondra au sol.

- Arrêtez, ! Bon sang, arrêtez ! dit Déchien. C'est bon ! On vous obéit ! Dites-moi ce que vous voulez ?
- Nous, on ne veut rien… On exige !!! dit-il.

Il éclata de rire, emmenant avec lui toute la bande dans cette exclamation de joie…

- Où est Ernst ? Vous voyez Déchien, on connaît tout votre petit monde !

Déchien fut estomaqué… ! La taupe avait bien travaillé, 32 avait tous les renseignements sur l'opération et le groupe d'intervention. Il était en train de les écraser… Il n'y avait qu'une partie du groupe qui lui échappait, le fer de lance qui se dirigeait vers la tête pour la décapiter ! Il fallait gagner du temps, ne rien dire… Ils allaient souffrir…Il connaissait ce genre de chefaillon, qui ne reculait devant aucune atrocité. A croire que chacune d'entre elles donnait de la valeur à sa personne … ! Il connaissait Fréd, qui ne dirait rien. Il ne connaissait pas la femme agente de Shun… En service logistique, les agents étaient moins préparés à des situations de crises comme celle-ci. Quant à lui, il avait déjà subi des interrogatoires très poussés. Il avait vraiment souffert, mais pour son groupe et la mission, il était prêt !

- Déchien ? Je n'ai pas entendu votre réponse ? dit-il en faisant signe à celui qui était derrière l'agente.

Celui-ci lui donna un coup de pied. Elle gémit. L'homme la prit par les cheveux et la força à se relever. Dès qu'elle l'eut en face de lui, elle lui cracha au visage ; il s'essuya et lui donna un coup de poing… Elle s'écroula, inconsciente… Déchien se dit que, au moins, pendant quelques minutes, elle se ferait oublier et les foudres du groupe se fixeraient sur Fréd ou lui…

- Courageuse la petite ! dit Gus, en montrant Fréd à la cantonade. Et toi, mon gars ! Comment t'appelles-tu ?
- Je croyais que tu savais tout, Ducon !

Deux hommes l'empoignèrent par les bras, l'entravèrent, et un autre le martela de coups de poing dans l'estomac et les flancs.

- Stop ! Il faut qu'on s'amuse un peu… Max va me chercher mon sac !
- Oui chef !

Il s'en alla cahin-caha à la voiture, il avait un pied bot qui le gênait. Il ramena le sac, et le déposa aux pieds de Gus.

- Ah ! dit Gus. Je vais prendre mon outil préféré !

Il sortit la hache qui portait encore des traces de sang de Franck ! Il s'approcha de la femme, et s'exclama, grandiloquent :

- Non ! Pas cool ! Elle est évanouie ! Ce n'est pas marrant ! Hein Déchien ! Mon cher Yves ! dit-il en s'approchant. A toi ? Ou à celui qui n'a pas de nom, ou qui veut me contrarier en ne me le disant pas ?
- Non, non… ! J'ai une solution… ! Mais avant de te la proposer…
- Ah ! on se tutoie maintenant ?
- Ce n'est pas ce que tu viens de faire toi aussi, Ducon ?

Un homme s'approcha pour le frapper mais Déchien continua de manière péremptoire :

- Si tu ne veux pas que je t'appelle Ducon jusqu'à ce que tu me tranches la tête, dis-moi comment je dois t'appeler ! dis - moi ton nom !
- Ok, avant de te trancher la tête, alors, je lui trancherai à lui une main, la gauche, et on mettra un garrot, et à toi la gauche, et on mettra un garrot ! Et après sa tête, et la tienne !!!

Il rit à gorge déployée, et les siens également en chœur, comme une meute en furie…La femme se réveilla…

- Et pour elle, on la laissera en vie, mais on s'amusera bien tous avec elle, quand on vous aura zigouillé !!! Tu verras ma belle !!!

Elle ne dit rien mais nous regarda, une supplique dans les yeux…

Déchien prit sa décision, il était temps d'interrompre tout cela…

- Je peux tout arrêter si tu relâches la femme et mon compagnon, Fréd ! Tu vois, je te dis son nom… ! En signe de bonne foi… C'est ok ?
- Quoi en échange ?
- Je téléphone à un des responsables de notre service et tu pourras lui demander tout ce que tu veux… C'est d'accord ?

- Fais d'abord le numéro, et on verra…
- Qu'ils soient mis près de la porte, personne à côté d'eux, et ils partiront lorsque tu auras eu mon chef au téléphone, et que l'accord sera conclu… Je te jure qu'ils ne partiront pas avant… De toute façon, pour toi, ils seront toujours à portée de tirs ! Pas vrai ? Toi et tes hommes, je vous veux ici, je ne veux pas que vous soyez à côté d'eux… C'est ma condition !
- C'est possible, ok ! Mais toi, on te garde en otage !
- Ok ! On fait comme cela…

Gus fit signe à un de ses gars vers le portable sur la table. Déchien acquiesça de la tête pour dire que c'était bien celui-là.

Gus s'adressa à l'agente :

- Alors ma belle ! Comment tu t'appelles ?
- Isabelle… dit-elle doucement.
- Et bien Isabelle ! Je te promets, ainsi qu'à Fréd que vous pourrez partir dès que j'aurai le chef ! Pour l'instant, allez vous asseoir près de la porte, enfin ce qu'il en reste, et c'est tout… ! Allez, dégagez !

Fréd et Isabelle s'exécutèrent, tout en regardant Déchien. Gus avait le téléphone en main et lui dit :

- Je t'écoute… Dis-moi les numéros !
- Je vais te donner un numéro spécial, et puis des codes que tu taperas avec un tiret entre chaque série de quatre. C'est bon ? Tu as compris ?
- Déchien, je ne suis pas si con que ça !

Déchien ne répondit pas, il donna le numéro de téléphone, puis les séries de chiffres que Gus tapa méticuleusement :

- 325-302-628-229
- J'écoute ! fit une voix métallique en réponse immédiate.

Gus tendit le téléphone, avec l'amplificateur mis, à Déchien qui expliqua en long en large et en travers la situation de tout le monde. Il avait reconnu Ousmane... Ensuite, il lui passa Gus, qui tenta de négocier une somme d'argent. Ousmane accepta de la lui verser ! Il demanda huit véhicules de marque. Ousmane accepta de les lui donner ! Il exigea une amnistie sur tout le territoire. Ousmane accepta sans rechigner ! Bref, tout pour faire gagner du temps, pour parvenir aux cinq minutes fatidiques... Avant ces cinq minutes, Ousmane demanda à de nouveau avoir Déchien au téléphone, Gus tout heureux d'obtenir tout, en ayant la garantie de Déchien en otage, lui passa le téléphone :

- Déchien, je suis fier de ce que vous avez fait, dit Ousmane. On ira jusqu'au bout... Priez Yves ! Priez ! 5...4...3...2...1...

Et Déchien explosa... Gus également... Tous ses hommes aussi ! Ils étaient tous si proches de la bombe ambulante qu'était Déchien ! Un amas horrible de membres déchiquetés s'était ainsi formé...

Yves Déchien s'était sacrifié, non seulement pour la mission, mais également pour Fréd et Isabelle... Deux personnes sauvées, qui pourraient essayer d'aller rejoindre l'autre groupe, le fer de lance...

Déchien... !!! Son épitaphe dirait sans doute que c'était un homme bien qui faisait le bien ! Il avait eu le temps de faire une prière avant l'explosion... mais nul n'entendit à qui elle était adressée...

Chapitre 35

J – 1.

« La Grange ».

Isabelle et Fréd n'en revenaient pas de ce qui s'était déroulé devant leurs yeux… Ils ne comprenaient pas d'où venait cette explosion. Ils avaient même regardé au plafond de la « Grange » pensant que c'était un genre de petit missile qui avait été lancé… Ce n'était pas possible ! Donc l'idée leur avait effleuré l'esprit que c'était Déchien qui avait provoqué l'explosion. Comment ? Ils ne savaient pas. Pourquoi ? Ils ne le savaient que trop bien… Jamais, ils ne pourraient autant le remercier… Ils ne pourraient qu'honorer sa mémoire en étant à la hauteur de leur fonction et en allant jusqu'au bout, jusqu'à l'anéantissement de ce 32, le mal en personne !

Première chose : trouver un téléphone portable… !

Ils allaient sortir mais Isabelle dit :

- Tout n'a pas explosé à l'intérieur ! Regarde-si un portable a été épargné !

- Oui, j'en vois ! Deux sont sur la table avec les ordinateurs de réserve…

- Tant mieux ! On téléphone à Ernst ?
- Ok ! vas-y ! dit Fréd, j'ai trop mal aux côtes !
- Et moi ? Je suis comment ?
- Oh purée ! Tu as eu un sacré coup !!! Tu es toute bleue et gonflée sous ton œil gauche…
- Ernst ? dit Isabelle. Ernst ! C'est grave ! C'est Isabelle de l'équipe de Shun !
- Oui Isabelle, tu veux Shun ? Qu'est-ce qu'il y a ???

Elle expliqua ce qui venait de se passer…

- Déchien mort ? Redemanda Ernst, d'un air incrédule et anéanti… Il a souffert ?
- Ecoute Ernst, vu comment cela s'est passé, on pense que la bombe…c'est lui qui l'a activée ! Mais on ne sait pas où elle se trouvait ! C'est possible ou on hallucine ?
- Non, c'est ça… !

Et j'expliquais le protocole… Déchien s'était sacrifié ! Un héros, notre héros ! J'étais triste, très triste…

- Oh bon sang !!! s'exclamèrent Fréd et Isabelle en écho…
- C'est tellement dramatique… mais il a pu détruire la bande de ce fou ! C'était un sacré gars, un sacré chef ! C'est malheureux pour votre collègue aussi…
- Oui, un chic type… Bon ! On est un peu amoché mais on arrive pour vous soutenir… Pour Déchien et Grégory, mon collègue agent, on fera le maximum …
- Comment pouvez-vous venir nous rejoindre ?
- Il y a un véhicule ennemi qui n'est pas trop abîmé, on ramasse le matos qu'on peut prendre. Vous allez établir comme un siège de cette maison, c'est ça ?
- Avec un assaut final ! cria Shun dans mon téléphone, car tout le monde écoutait à mes côtés. Je vous donne nos coordonnées !

Et j'égrenai celles-ci.

Moins d'une heure m'avaient-ils dit pour nous rejoindre.

En fait, je ne savais pas quel plan proposer, mais Isabelle m'avait donné une piste : on encerclera, on placera des banderilles, et on percutera !

Youssef revint à cet instant. Il rendit compte immédiatement, sans attendre et sans prendre un moment pour souffler… Oui, des endroits pour entrer, il y en avait... Il avait vu une femme et un homme, très occupés, et très dévêtus... ! Il avait vu également sur une table des armes. Il ne savait pas s'il y avait quelqu'un d'autre. Il n'avait pas été vu, mais il était persuadé qu'il y avait des caméras. Quand il était parti de quelques centaines de mètres, il avait cru entendre un coup de pistolet. En fait, il en était sûr !

Youssef avait débité toutes ces informations d'un trait, comme s'il craignait d'oublier.

Nous lui racontâmes la fin de Déchien et du groupe d'un certain Gus… Ce dernier était forcément en liaison avec la taupe pour connaître tellement d'informations, et donc en lien avec 32…

Il n'y eut aucune réaction de Youssef. Il réagirait plus tard, quand il serait hors mission et seul. Je le connaissais… Il était comme ça depuis qu'il s'était battu en Irak, avec les Américains. Un combattant émérite, que les Américains choisissaient pour être de toutes les missions d'incursions dangereuses. Il avait vécu des choses horribles, et était revenu plus d'une fois seul des missions en territoire hostile. Grace à lui, les objectifs avaient toujours été atteints… On le surnommait « le survivant » ! Démobilisé, il avait traîné son âme en peine, à la recherche d'action, mais surtout d'un idéal pour le conduire sur la voie de la rédemption… Tel avait été son unique but, d'après le rapport concernant son incorporation à Kypsélie. Pourquoi avait-il été remarqué ?

Parce qu'il avait tenu tête, et mit une raclée à une dizaine d'individus qui commençaient à violenter une femme dans un quartier de la banlieue parisienne. Quand les forces de police étaient arrivées, ils avaient dû s'employer à six pour l'emmener au poste. Sa première requête quand il se calma, c'était de savoir si la jeune femme allait bien… L'inspecteur Patrick Mucroli avait eu vent de cette affaire. Il en avait averti Kypsélie. Youssef s'était depuis révélé une excellente recrue, digne des valeurs du service. Il se mettait au service du collectif et du bien. « Aider les autres » était sa devise… Combien de fois l'avait-il dit ?!

Nous prîmes la décision d'avancer vers le refuge de Lacointres. Nous pourrions prendre place tranquillement…

Nous avions affaire à un adversaire coriace, qui n'avait aucune crainte de nous… La preuve, il nous avait même attaqués ! Il avait réussi, non seulement à introduire depuis de longue date un de ses hommes dans notre service, mais également ramener peut-être à lui un demi-frère gendarme ! Il avait déjà tué ou fait tuer plutôt plusieurs de mes agents. De plus, il avait démantelé la stratégie que nous avions élaborée contre lui… Il avait des caches dans de nombreux endroits. Un de ses objectifs avait été mis presque en échec : cette intrusion d'animaux contaminés dans le supermarché ! Une dizaine de clients avaient été infectés par le poison, d'après mes sources… Deux étaient morts, probablement du fait qu'ils étaient fragiles, les autres étaient encore en soins intensifs… On m'avait dit que seul un miracle et un parfait antidote pourraient les sauver… Heureusement, grâce à la présence d'esprit du service de sécurité du magasin, l'évacuation immédiate avait permis de ne pas exposer trop de clients !

Une de ses complices, Rima, avait été neutralisée. C'était une bonne chose car elle était dangereuse ! Elle avait tué Stéphane…

Pour le Capitaine Éric Lacointres, nous ne pouvions régler cette histoire à Kypsélie, c'était un gendarme ! Nous avions donné l'information à qui de droit, et il avait été immédiatement interpelé. L'affaire serait rondement menée, nous avait-on dit, la peine serait exemplaire ! Si des informations complémentaires pouvaient nous être données, ce serait fait, nous avait-on promis...

Désormais, il fallait donc neutraliser 32, mais également faire en sorte de trouver l'antidote. D'après ce que Sandy Troupier avait raconté aux agents, il lui semblait que Lacointres avait élaboré l'antidote puisque son mari s'était également intéressé à cette recherche... Les deux pages qu'elle avait retrouvées concernaient plus, selon ses connaissances, la substance d'origine, donc le poison. Elle avait été étudiante en ce domaine... Elle savait qu'elle devait donc obtenir le maximum de renseignements sur le poison, mais également le remède, s'il y en avait un...

Je donnai à mes compagnons, dans les grandes lignes, le résumé de la situation et les objectifs désormais revus !

Nous laissâmes quelques armes en cas de besoin si un repli était nécessaire. Les battements de mon cœur s'accélérèrent. L'adrénaline montait en moi. Je perçus qu'il en était de même pour mes camarades...

Soyons braves ! Telle fut ma pensée en suivant Youssef qui nous conduisait sur le champ de notre dernière bataille !

Du moins, je l'espérais !

Chapitre 36

J – 1.

La maison de campagne

1/2 heure auparavant.

Jacquou regarda Samantha qui était étendue, assoupi, à ses côtés… Ils étaient tous les deux allongés à même le sol, sur une couverture improvisée par leurs vêtements et manteaux. Ils avaient passé tous les deux un moment merveilleux. Il lui avait donné énormément de plaisir, et en s'offrant à lui comme sans doute jamais elle ne l'avait fait pour un autre homme, elle lui avait fait le plus beau des cadeaux…

Cependant, Jacquou s'en voulait d'avoir trompé sa femme, sa tendre, sa douce Yvette… Mais, il avait une raison pour avoir fauté… Il expliquerait pourquoi à Yvette, et il espérait que leur amour serait plus fort que tout ! Il espérait qu'elle lui pardonnerait…

C'était le seul moyen pour lui de survivre, il se doutait que Samantha voulait l'éliminer. Gagner plus que sa confiance, et détourner son objectif malsain… voilà ce qu'il voulait faire !

Lorsque Samantha lui avait expliqué son souhait de retracer la position des destinataires des enveloppes les plus riches, puis de leur vendre l'antidote qui était dans le coffre, cela ne lui avait vraiment pas plu… Il s'était dit qu'ils étaient allés trop loin déjà…Qu'il était allé trop loin… ! Lui qui était serviable, gentil, empathique, il était devenu un voyou, pire un meurtrier avec sans doute cinq mille morts en quelques jours à son actif… Ce ne pouvait pas être, s'était-il mis à penser. Il voulait réparer tout cela, arrêter tout cela, car il regrettait tout cela ! Ce à quoi il avait participé était abject, inhumain, horrible… De plus, il en avait été l'instigateur sur certains points, voire sur beaucoup de points, maintenant qu'il y réfléchissait ! Lacointres l'avait tellement manipulé avec la mort de Joël, qu'il en avait perdu la raison, qu'il en avait perdu le sens moral !

Il avait déjà prié dans sa jeunesse. Il estimait qu'il était croyant, même s'il ne pratiquait pas beaucoup… Ensuite au fur et à mesure du temps, il priait quand ça l'arrangeait, comme de nombreuses personnes, lui avait susurré Lacointres. Lui-même le faisait, avait-il confié à Jacquou… ça ne mange pas de pain ! avait-il ajouté. Lacointres lui avait expliqué qu'il ne fallait croire qu'en soi-même, puis peu à peu, le soi-même s'était changé en Lacointres. Alors, il avait cru à toutes ses paroles qui lui faisaient du bien. Une connivence s'était créée avec son mentor ainsi qu'un respect mutuel. Jacquou était émerveillé de pouvoir parler avec un homme instruit, savant, et capable de beaucoup comme Lacointres ! Puis, ce dernier en avait fait un de ses chefs. Il avait une troupe à sa disposition pour … répandre le mal… et c'est-là où le bât blessait !

La solution qu'il avait pour interrompre ce processus était simple, mais cruelle. Dans un premier temps, éliminer Samantha ! Il savait comment faire.

Il s'extirpa imperceptiblement du lit improvisé. Il fit attention à ne pas la réveiller… Ce qu'ils avaient fait ensemble semblait avoir apaisé cette femme torturée, cette femme désespérée, prête à tout pour se venger… Mais, finalement, c'était exister qu'elle voulait ! Précautionneusement, nu comme un ver, il se leva et se rapprocha de la table. Les deux armes de Samantha y étaient déposées. Il s'empara d'un des deux pistolets, et se retourna. Samantha était réveillée, assise, nue et le regardait, nullement impressionnée…

Elle descendit son regard vers sa masculinité, et commença à se caresser la poitrine, en se passant voluptueusement la langue sur les lèvres…

- Tu veux jouer, mon lapin ? lui demanda-t-elle, provocante en se cambrant. Lequel des deux pistolets vas-tu utiliser ? Le petit que tu as dans la main, ou le gros… entre tes jambes ?
- Arrête Samantha ! Je vais te tuer !
- Me tuer de plaisir quand je te vois si excité ! dit-elle en se mettant à genoux et en rampant, peu à peu, vers Jacquou...
- Arrête ! je t'ai dit stop ! dit-il en visant la poitrine de Samantha.

Il avait compris qu'elle voulait qu'il la quitte du regard, elle en profiterait alors pour se jeter sur lui, lui prendre l'arme, et le tuer…

Elle continua d'avancer, elle n'était même plus à un mètre. Alors, il appuya sur la détente ! En pleine poitrine, une auréole de plus en plus rouge s'étala. Samantha le regarda, elle murmura :

- Merci…

Et elle s'écroula...

Jacquou resta immobile quelques secondes à la regarder... Il se ressaisit, en s'étonnant de pouvoir le faire si rapidement... Il n'avait pas le choix !

Il s'activa alors pour faire disparaître toute trace avant l'arrivée de Lacointres. Il tira le corps de Samantha. Il fut également surpris que cela ne le touche pas... Il n'avait pris aucun plaisir à tuer... Il l'avait fait pour sauver sa vie et celle des autres. Il ne pensait plus qu'à en finir et rejoindre Yvette ! Il s'habilla rapidement, mais s'aperçut que son pantalon était couvert de sang, il en prit un de rechange dans son sac. Il fit glisser Samantha sur les vêtements qu'il avait noués entre eux, et qui faisaient office de protection pour le sol.

Il ouvrit la porte arrière pour entrer dans la grande buanderie. En arrivant dans la maison, il avait fait un tour, et avait reconnu l'endroit dont Lacointres lui avait parlé : une énorme citerne d'eau, avec un regard. Samantha était assez fluette. Il réussit à la faire tomber dans l'eau avec ses vêtements. Il fit le tour de l'endroit où il avait partagé ce moment de plaisir, et de bonheur pour elle, il en était sûr, et conclut que plus rien ne pouvait laisser penser que Samantha avait terminé sa vie de manière violente à cet endroit...

Il lui fallait continuer !

Lors de leurs ébats, il avait cru apercevoir quelqu'un au carreau de la salle à manger. Il avait malgré tout un doute : était-ce une hallucination ?

En nettoyant ensuite la scène de crime, il avait visionné en accéléré les écrans de surveillance. Il avait vu effectivement un homme qui rôdait autour de la maison. Il s'était d'ailleurs fait filmer par plusieurs caméras. Il était manifestement armé, solidement armé même... Il était parti ensuite en direction du bosquet à l'ouest. Jacquou ne pensait pas qu'il était seul. Il se doutait que des hommes devaient les poursuivre maintenant, soit des crapules, soit des services de la police, ou de l'armée, il ne savait pas vraiment...

Jacquou prit sa décision. Il remit sa veste et s'empara d'un sac de poudre blanche qui se trouvait dans le coffre-fort. Il regarda derrière lui, en éteignant toutes les lumières intérieures, mais en laissant celle du porche éclairer l'entrée.

Il avança de quelques mètres, en étant ainsi bien visible, et cria :

- Je me rends ! Je ne suis pas armé ! Je me rends ! Je ne suis pas dangereux !

Il fit ce qu'il avait vu quelque fois faire dans des films à la télévision : il se mit à genoux et leva les bras bien au-dessus de sa tête...

Il recommença à crier son message de paix et de soumission !

Chapitre 37

J – 1.

La maison de campagne.

Lacointres dit à Sandy :

- Nous sommes presque arrivés, il nous reste cinq minutes. Tu as déjà vu voler un drone, Sandy ?
- Quelle drôle de question ? En fait, non !
- Si tu le veux, demain nous nous amuserons sur mes terres avec un drone. Il permet de pulvériser mes terres …
-    Oui, c'est sympa ! Mais j'avais pensé que tu me raccompagnerais à la gare pour que je rentre…
- Oh Sandy ! Ne peux-tu pas rester un ou deux jours encore, s'il te plaît… ?

Sandy sentait qu'il ne fallait pas le contrarier…

- C'est d'accord ! Mais tu me promets de m'en dire plus sur tes recherches alors… ! Philippe ne m'en disait pas grand-chose… Je suis tellement intéressée par toutes les découvertes. Je crois comprendre que la tienne sera diablement incroyable !
- Tu ne crois pas si bien dire !!! lança Lacointres.

Elle lui posa la main sur sa jambe. Il la regarda. Clairement, elle l'alluma du regard ! Elle ajouta :

-   Je suis tellement intéressée par toutes les nouvelles expériences…dans quelque domaine que ce soit… je suis sûr que toi aussi, Marc… ?

Marc, cette fois-ci confiant, n'hésita pas une seconde :

- Dans quelques minutes, tu verras, nous vivrons tous les deux une belle expérience…
- Je suis sûre que j'en serai toute retournée, provoqua-t-elle...
- A un point tel, tu verras ! J'aime bien aller au fond des choses ! s'enhardit-il.
- Une expérience que nous mènerons à deux, ou alors avec ton collègue et ta collègue… ? ajouta-t-elle.

Elle souhaitait le mettre mal à l'aise et reprendre la main sur cette discussion, et donc sur la situation…et justement, elle remonta la main sur la cuisse de Lacointres…

- Euh ! Eh bien… fit-il.
- Tu ne veux pas me répondre, tu hésites, tu es gêné Marc… ? Je t'excite dis-moi, ou je ne t'intéresse pas ?

Et elle remonta une dernière fois la main, tout en haut de la cuisse…

Elle sentait du bout des doigts que l'effet escompté était bien présent, mais que Marc était très mal à l'aise… Plus fort en paroles qu'en actes, se dit-elle ! Une bonne nouvelle pour elle !

L'arrivée à la maison se fit au même instant, mais Marc freina bien avant le dernier virage. Il ne savait pas pourquoi, mais il avait le pressentiment que quelque chose clochait.

- Qu'y a-t-il ? dit Sandy.

-   Rien ! répondit-il… Mais il retira la main de Sandy promptement, et sortit de la voiture, sans reclaquer la porte et en éteignant les phares… Chut Sandy ! Ne fais pas de bruit, murmura-t-il.

Sandy s'exécuta. Lacointres avança doucement. Il vit la lampe de l'entrée de la maison allumée, et le reste dans l'obscurité… Il était 22h, il ne pensait pas que Jacquou et Samantha étaient déjà couchés… Il avait dit qu'il rentrerait dans la soirée, c'était curieux qu'au moins un des deux ne l'attende pas… Il attendit deux à trois minutes, rien ne se produisit. Il remonta dans la voiture, mit la main sur la jambe de Sandy et lui dit :

- Ne t'inquiète pas… Comme la maison est isolée dans la campagne, je me méfie toujours un peu…

Il fit redémarrer la voiture et s'arrêta à quelques mètres du porche. Ils descendirent, Sandy prit sa valise et Lacointres ouvrit la porte de la maison :

- Jacquou… ? Samantha… ? Jacquou… ? Samantha… ?

Aucun bruit… !

- Bah, il n'y a personne ! rit Sandy… Je croyais que tes collègues seraient là ?
- D'abord, ce ne sont pas mes collègues ! Compris ? Ce sont des employés !!! s'emporta Lacointres. Et puis, oui ! Tu vois bien qu'il n'y a personne ! continua-t-il. Tu es bête ou quoi ? pesta-t-il !

Sandy fut estomaquée, Lacointres montrait un nouveau visage bien moins polissé… Cela n'augurait rien de bon… Elle se mit donc à pleurnicher, elle savait très bien le faire, et se pelotonna dans un fauteuil…

Lacointres s'approcha d'elle, la prit dans ses bras. Elle se força à s'y lover mais avait peur… Il fallait qu'elle garde le contrôle de la situation. Se donner à lui ? Pas de suite, après elle ne savait pas comment il réagirait… Parler du projet, le laisser dominer, apparemment dominer… ? C'est ça, voilà ce qu'elle devait faire !

Elle avait bien positionné, en arrivant dans la pièce, la valise avec le cadenas espion. Elle se dit que si elle pouvait éviter une partie de jambes en l'air avec tout un service à l'écoute, ce serait préférable ! Quoique, ce serait peut-être excitant ! finit-elle par penser…

Elle revint vers Lacointres qui lui parlait, mais qu'elle n'écoutait pas, toute à ses pensées. Elle le poussa doucement, affectueusement …

- Ce n'est rien Marc… Tu es tendu, c'est tout… ! Philippe faisait pareil parfois… Je pensais simplement que tu étais différent, c'est tout… Tu me montres ce fameux drone ?
- Oui, oui attends un peu ! Je vais regarder s'ils m'ont laissé un mot ou des affaires…
- Comment s'appellent-ils déjà, tes… employés ?
- Je ne t'ai pas dit les noms ? dit Lacointres… Je les ai appelés tout à l'heure en entrant !
- Justement, si je les vois j'aurais l'air moins bête en leur parlant ! persiffla-t-elle… Non, je n'avais pas écouté… Suis-je bête !
- Oh Sandy ! Excuse-moi encore ! Désolé… Jacquou et Samantha !
- Jacquou ? un vieux prénom ça… Jacquou le croquant ! Et puis, Samantha, Ma sorcière bien-aimée ! Tu ne connais pas ces films ?
- Cela me dit vaguement quelque chose, mais tu sais je ne regarde que très peu la télévision… En fait c'est Jacques, un facteur de Paris en retraite que j'ai pris avec moi. Un gars sérieux ! Et l'autre, Samantha, elle fleurtait, enfin traîner avec un groupe révolutionnaire de Paris ! Tu vois le genre… Une gosse de riche, la trentaine à peu près, je crois…
- Monsieur Marc attire chez lui les jeunes femmes… Hé bé !
- Oh arrête Sandy ! c'est juste pour le travail… !

- Je sais… Je plaisante ! dit Sandy en riant.

Elle avait repris la maîtrise de la situation. Elle donna alors le dernier coup pour définitivement la reprendre. Sandy alla vers sa valise, l'ouvrit toute grande, en la faisant, de ce fait, se rapprocher de l'endroit où ils se trouvaient. Elle positionna astucieusement le cadenas pour une écoute maximale…

- Oh zut ! C'est dans mon sac à mains… !

Et elle sortit du fond de son sac deux feuilles.

- Tiens ! Voici les feuilles ! Mais tu m'expliqueras… avec des mots simples, minauda-t-elle.

S'il les prend rapidement, et de manière énervée, cela sera difficile… S'il prend les feuilles délicatement, et qu'il ne se précipite pas dessus pour les lire immédiatement, c'est bien pour la suite… réfléchit Sandy.

Marc approcha son visage du sien et lui donna un baiser appuyé sur la joue, puis un baiser sur les lèvres, rapide, tel un baiser volé… Il lui prit ensuite délicatement les feuilles de la main. Sandy ne dit rien, fit mine d'être touchée et gênée à la fois, en baissant les yeux… Il fallait que le mâle pense être encore le dominant dans cette phase…

Il lui dit :

- Viens sur le canapé, on va y regarder et je vais t'expliquer !

Cela n'arrangeait pas Sandy, au vu de la situation du cadenas… Le canapé était à l'opposé dans la pièce !

- Oh non ! Ici on est bien ! Regarde sur la table, tu pourras poser les feuilles et mieux m'expliquer, comme à une étudiante, comme pendant un cours particulier… !
- D'accord ! dit de bonne grâce Lacointres.

Il commença par lire les deux feuillets rapidement, en diagonale, fronça les sourcils plusieurs fois, commença à tapoter les doigts sur la table… Quelque chose semblait le perturber…

- Alors ? dit Sandy, mon cours, Monsieur le professeur ?
- Pas tout de suite, pas tout de suite ! dit-il en se levant.

Il alla fouiller dans son sac de voyage, en sortit la fameuse grande enveloppe de Troupier, mais aussi les documents récupérés dans le supermarché.

- Je vais chercher un autre sac dans la voiture ! dit-il et il sortit.

Arrivé au bas de l'escalier extérieur, il crut voir une lumière qui s'éteignait dans les fourrés à une vingtaine de mètres de la maison. Il se bloqua sur ses appuis, tel un chien d'arrêt, mais il n'entendit que le vent léger dans les arbres. Beaucoup de silence, trop ! se dit-il.

Pourtant, rien ne bougeait… Si quelqu'un était là pour l'attraper, c'était à cet instant qu'il devait intervenir… Et où se trouvaient Jacquou et Samantha ? La voiture de Jacquou était sur le parking de côté, ainsi que la moto, il les distinguait, mais il n'osait pas s'en approcher… Alors ? Pourquoi étaient-ils aller se promener dehors ??? En amoureux ? Non… ! Et Lacointres s'imagina le couple enlacé, en train de faire l'amour… ! Il ricana… Mais pourquoi pas ? Il leur demanderait à leur arrivée tout à l'heure. Il alla à la voiture et prit son gros sac, cette fois-ci avec les différentes poudres, et il rentra dans la maison. Il ferma à double tour, s'en alla regarder sur les écrans de contrôle des caméras de surveillance extérieure. Il ne vit rien…

Sandy l'attendait, calmement sur la chaise, regardait les deux feuilles qui étaient sur la table et dit :

- J'ai du mal à comprendre… !
- Moi aussi ! dit Lacointres. Tu es sûre que ce sont bien les deux feuillets écrits par ton mari… ? Enfin, ton défunt mari ?
- Ecoute, c'est bien son écriture ! Pourquoi ?

Il continua son chemin jusqu'à la buanderie, y jeta son sac à terre, fit quelque chose que Sandy ne vit pas, mais elle crut entendre un bruit d'eau… Il revint sans le sac, et s'assit, passablement énervé…

Lacointres s'agita sur sa chaise, prit des feuilles, un crayon, commença à établir des formules, à entourer certaines sur les feuillets de Troupier, les anciens, les nouveaux… Il allait de l'une à l'autre, et à une autre, et il revenait en arrière, en recommençant ce manège durant au moins cinq minutes…

- Ce n'est pas vrai, c'est impossible, pas Troupier !!! Pas lui !!!
- Qu'y a-t-il ? dit Sandy, qu'y a-t-il ?
- C'est faux, faux et archi faux !
- Quoi ?
- La nouvelle formule ! Tout est faux, ça ne marche pas !
- Ce n'est pas possible ! dit Sandy. Explique-moi, rajouta-telle car elle n'oubliait pas qu'ils étaient écoutés…

Elle maîtrisait encore la situation, puisqu'il répondit :

- Regarde, dit-il en prenant les feuilles trouvées dans la superette. Toute la première partie est correcte, surprenante mais correcte ! La dernière partie, la même chose ! La conclusion est magnifique ! Il manquait l'entre deux, les deux feuillets… Le début de la première feuille, c'est parfait, la fin de la deuxième feuille, c'est aussi parfait, et en concordance avec la suite ! Mais au milieu, il y a dix lignes !!! C'est n'importe quoi… ! C'est n'importe quoi… !!! se plaignit-il
- Je crois comprendre… Mais ce n'est pas Philippe qui a écrit ça alors ! Il était brillant… ! Il ne peut pas s'être trompé, défendit son épouse…

- Tu as raison ! Pas Philippe ! C'est comme si au-dessus d'un fleuve, il avait commencé un pont, avec vingt mètres de pilasses, de l'autre côté à l'identique, vingt mètres de pilasses partant de l'endroit exact où il fallait arriver, et entre les deux, il reste dix mètres ! Et l'architecte bidouille un morceau de pont de dix mètres qui n'est pas à la même hauteur d'un côté que l'autre, et pas dans la même direction ! Il pose le tout vite fait, comme il peut ! Les bords se touchent à peine, par des angles, et il dit à tout le monde qu'on pourra circuler dessus… Tu parles ! La première mouche qui passe fera s'écrouler le pont ! Car il n'y a pas de concordance ! La concordance est essentielle !!
- Alors ?
- Alors ? Alors, Sandy ! Commença-t-il à crier, tu vas me dire ce qui s'est passé !!!
- Ce qui s'est passé ?
- Oui, ce qui s'est passé ! Pourquoi il l'a fait exprès ton macchabée de mari ? Pourquoi il a voulu me tromper ? Cria-t-il en la tirant fortement par le bras, et en la giflant de l'autre…

La chaise de Sandy bascula, et elle tomba lourdement sur le sol. Elle avait crié lorsqu'elle avait été giflée, et lorsqu'elle était tombée…

- Tu es fou, Marc ! Tu es fou ! Stop ? Que veux-tu que je fasse ? Je ne sais pas ! pleurnicha-t-elle.
- Ah, tu ne sais pas ! Eh bien, tant pis pour toi ! Tu vas voir, je vais te délier la langue et tu vas m'expliquer ce qu'est ce bazar, ce fatras, cette imposture ! Ce que vous avez fait tous les deux, enflures ! Tu vas souffrir Sandy, mais tu vas parler !
- Oh mon dieu ! pleura Sandy.
- Tu peux appeler Dieu… ! Il ne vient plus depuis longtemps dans cette maison !!! ricana Lacointres. Ici, Dieu c'est moi ! Dommage pour toi !

Chapitre 38

J – 1.

20 minutes avant l'arrivée de Lacointres.

La maison de campagne.

Avec mes agents, nous avions vu quelqu'un sortir de sa maison, un peu à l'affût, extrêmement sur ses gardes plutôt.

Youssef, qui était parti en éclaireur, pour nous guider vers cette maison, avait entendu un homme crier du pas de la porte. Il avait répondu, tranquillement, qu'il devait se rapprocher, et continuer vers lui, les mains au-dessus de la tête. En vieux briscard, Youssef, dès qu'il avait parlé, s'était décalé de plusieurs mètres sur la gauche, si bien qu'il arriva sur l'homme carrément sur son côté ! L'homme n'avait rien perçu, un débutant sans aucun doute... Ce fut au dernier moment qu'il vit quelqu'un pointer un fusil d'assaut dans sa direction. Youssef ordonna à Jacques Rouquir, il nous apprit son nom après, de s'agenouiller, ce qu'il fit immédiatement. Il n'était ni tremblant, ni inquiet, semblait-il. Youssef s'en approcha, et le fusil en sa direction, il commença à le fouiller. Tout paraissait normal. Il nous appela donc...

J'arrivai le premier et finis la fouille. Il s'appelait Jacques, il me dit qu'il avait l'habitude qu'on l'appelle Jacquou...

Craignant que ce fut un piège, nous revînmes en arrière avec lui, quelques mètres plus loin. Gilles et Youssef, eux, restèrent à proximité de la maison. Je restai avec Fréd et Isabelle dans un énorme bosquet non loin de là pour finir de l'interroger...

- Qu'est-ce que vous venez faire dans cette histoire ? lançai-je comme un pêcheur lance un hameçon...

Une question très vague, mais qui supposait une réponse précise et rapide.

- Eh bien, voilà...
- Non, Jacques ! Tu vas aller direct à l'essentiel ! J'ai déjà perdu plusieurs hommes et femmes depuis qu'on suit cet individu, alors basta ! Comment s'appelle-t-il pour toi, ton patron ? lançai-je comme une deuxième amorce pour bien être sûr que nous étions au bon endroit avec les bonnes personnes...
- Lacointres, il est pharmacien, et il m'a fait faire des choses dont j'ai honte...

Il nous raconta l'autre maison, Samantha en exécutrice des basses besognes, lui en organisateur de ce massacre programmé, les cinq mille enveloppes, l'organisation dans les grandes lignes, le but macabre, et même les dix enveloppes supplémentaires pour nettoyer le travail ! Il fut efficace dans sa description des faits, et c'en fut glaçant... Cela ne dura que quelques minutes, mais nous en fûmes estomaqués, et pantois... Que faire ? Jacques dut voir notre effroi sur nos visages, car il nous dit avoir la solution...

- J'ai travaillé toute ma vie à la poste, et j'ai côtoyé beaucoup de beau monde... J'ai des contacts sûrs. Je peux leur demander de mettre en place une procédure d'urgence, c'est toujours possible ! Donnez-moi votre téléphone et j'appellerai le chef de district qui contactera le grand chef de ma part…

- Oh… Tout doux ! Cela ne se fait pas comme cela… Et que peuvent faire ces chefs ?
- Bloquer la distribution dès maintenant ! Je vous assure, c'est faisable !
- Quoi ?
- Bien sûr, à situation exceptionnelle, réaction exceptionnelle… Je vous assure ! Donnez-moi le téléphone ! Allez ! Faites-moi confiance ! J'ai fait une énorme erreur, pire, une vraie saleté ! Je veux me rattraper, je ne veux pas être un assassin… Je suis connu, on me croira !
- A ce niveau-là, dit Isabelle, ce n'est plus être assassin, c'est être un exterminateur !
- Ok, dis-je, mais gaffe à toi Jacques !

Il prit mon téléphone, composa un numéro et eut la chance que l'on décroche. Il demanda que le fameux grand chef lui téléphone sur le sien. Il anticipait le fait que je n'aurais peut-être pas donné le numéro du mien… Cela semblait aller vite… Il avait précisé « situation de vie ou de morts pour de nombreux clients » …

Son téléphone sonna, nous le lui avions rendu. Je décrochai :

- Oui… ? dis-je.
- Jacquou ? C'est toi ? Je ne reconnais pas ta voix ! C'est Jules Rondu, le responsable de Paris du syndicat. Tu veux me parler ?

Je passai le téléphone à Jacquou.

- Oui, c'est moi, écoute bien, ce n'est pas une blague, je te passerai quelqu'un juste après…

Il expliqua en grandes lignes la situation, expliquant un envoi de cinq mille lettres empoisonnées, ces lettres déposées avant ce midi dans les boîtes collectives de Paris, et l'urgence de tout bloquer... Il n'expliqua pas son implication...

Il me rendit son téléphone.

- Oui, bonjour, dis-je, je fais partie des services secrets, nous sommes en train de démanteler un groupe terroriste. Nous avons une urgence pour la vie de milliers de personnes... Faisable de tout bloquer ? Vous aurez dans quelques minutes un appel de mon supérieur. Il fera le nécessaire, avec vous, au niveau du ministère...
- Pas de souci, je téléphone à quelques collègues, on bloque tout sur le terrain dans l'heure... Forcément, ça remontera et on va m'appeler avant que je les recontacte ! Vous savez, on dit qu'à la Poste ça ne va pas vite, mais je peux vous dire que là, ça va le faire ! Je vous laisse, je lance l'action ! Heureusement que Jacquou est là ! C'est un chic type ! Il me faudrait quand même un appel rapide de mon supérieur...
- Oui, oui... c'est un chic type ! dis-je en m'obligeant... Vous aurez cet appel !

Et je raccrochai...

- Jacquou ? Autre chose ? Vous aviez dit tout à l'heure : « pour commencer » ...

Et nous sûmes pour Samantha, son « inhumation », la poudre dans le coffre, le poison, l'antidote, et sur Lacointres un peu plus que nous ne savions... Un sacré manipulateur !

Tout se précipitait ! Fréd était sur l'écoute de Sandy, par l'intermédiaire du service qui avait transféré la communication. Il me fit signe que ça semblait aller. Ousmane, qui avait fait suite à mon message pour la Poste, était en train de s'enquérir des détails… Lacointres arriva à ce moment-là dans le chemin…

Gilles et Youssef s'étaient reculés de plusieurs mètres à l'arrivée de la voiture. Je mis mon poing serré sur le cœur, respirai profondément, pris du recul mentalement, et dit, à mi-voix :

- Léa, Stéphane, Yves pour vous ! J'en fais le serment, jusqu'au bout ! Marie, ma petite sœur, je suis avec toi !

Je pris mon pistolet dans les mains, regardai mes collègues, et leur dit :

- Youssef ! Tu prends ma suite. Les gars, Isabelle, je vais à l'intérieur ! Youssef, je passerai par le côté gauche arrière, comme tu m'as dit. Les volets sont fermés… ?
- Pas celui de la buanderie ? dit-il en s'adressant à Jacquou qui était menotté à nos côtés.
- Non, le volet est baissé, mais il est manuel… Une serrure à code sur la porte, 666, facile dans la maison, tous les codes sont celui-là… !
- Vraiment malade le 32 ! dis-je. Je m'en vais le calmer quand il arrivera ! Observez-moi ! J'essaierai de communiquer avec vous en me servant du cadenas de Sandy ! Je pense qu'elle tentera de le mettre dans une bonne position.

Je filai vers la maison, mais surtout, vers mon avenir…

Du moins, j'espérais que j'en aurai un… !

Chapitre 39

J – 1.

La maison de campagne.

De l'endroit où je me trouvais dans la buanderie, j'avais pu entendre l'arrivée de Sandy et 32. La buanderie jouxtait la pièce principale. J'avais entendu ensuite quasi la totalité de la conversation.

J'avais malgré tout anticipé le petit tour de 32 dans la maison, pour trouver Samantha et Jacquou, donc j'avais cherché une meilleure cachette dans la pièce... J'étais arrivé à la conclusion que la meilleure cachette était la citerne. J'avais pris une petite lame de métal, qui traînait près d'un sac de sport vide, pour l'introduire dans l'interstice du regard, elle me servirait ensuite pour m'en extirper. Être mouillé ne me dérangeait pas, en revanche j'espérais ne pas y rester trop longtemps. J'avais ouvert la citerne, m'y étais glissé doucement, tandis que j'entendais toujours les deux arrivants discuter, puis des pas qui s'approchaient. En même temps que je refermai le regard de la citerne, j'entraperçus ce que je compris être un corps mort flotter, un corps de femme,

Samantha sans doute aucun... Jacquou avait parlé de son meurtre, de l'inhumation, mais il avait dit qu'il avait jeté le corps dans un trou... Dans un trou ! Monsieur Jacquou ! Ce n'est pas un trou ! C'est une citerne !!! Quel idiot ! pensai-je à l'idée de passer un moment à côté d'un cadavre... J'avais reposé le couvercle, en le laissant entrouvert. Quelques secondes plus tard, Lacointres avait ouvert la porte, allumé, regardé à l'intérieur, je suppose, puis était ressorti... Heureusement, qu'il n'avait fait que jeter un coup d'œil ! Il aurait découvert que le couvercle n'était pas refermé entièrement, et il m'aurait trouvé...

Puis, j'entendis la situation se détériorer, et Lacointres devenir violent et plus que menaçant avec Sandy... Je réfléchis prestement. Il fallait que j'intervienne bien sûr ! En revanche, j'allais me trouver dans une situation délicate : si les formules du nouveau poison semblaient mauvaises pour Lacointres, l'antidote, s'il l'avait fabriqué, était aussi inefficace. Et le premier poison ? Celui de Lacointres seul, celui qui avait été administré à Marie, mourante à l'heure actuelle, y avait-il un antidote ? Comment l'obtenir ? Je devais gérer tout cela... J'avais une idée, suicidaire : puisque je ne pouvais pas éliminer 32, j'allais m'en rapprocher en me faisant prendre... Il laisserait peut-être Sandy tranquille !

Je sortis de la citerne en faisant un peu de bruit... Mon MR était toujours au même endroit dans la buanderie, derrière une boîte à chaussures. Il faudrait plus tard que je le récupère...

Je m'approchai gauchement de la porte, volontairement, me protégeant la tête, car je m'attendais à la suite... A peine ouverte, je reçus, effectivement, un violent coup sur la tête... Je m'écroulai, faisant mine d'être évanoui... J'entendis Sandy s'exclamer :

- Oh mon Dieu !

- La ferme ! Je t'ai déjà expliqué, pauvre gourde ! Tu as vu ce que je fais aux gueules de petits anges !

Je me dis qu'il avait dû bien m'arranger le crâne… J'étais habitué à endurer la douleur, mais je l'avoue, j'avais eu un peu mal au poignet droit, et sur la tête… !

Il me tira sur le sol, je ne fis rien pour l'aider, simulant toujours l'inconscience. Il m'assit sur une chaise, je fus surpris de sa force et de sa puissance… On avait trouvé, je l'avais lu dans son dossier, des haltères chez lui… Je le soupçonnais maintenant de les utiliser plus que régulièrement, et depuis des années ! Discret en muscles mais puissant ! Il faudra m'en souvenir ! Je me dis qu'il était temps d'entrer en jeu…

Je fis donc, en gémissant un peu, ce qu'il fallait pour feindre une sortie de perte de connaissance.

- Alors mon petit gars ! On n'a pas l'habitude de se prendre un coup par un vrai mec ? Tu as pris un bain avant de venir ?

Quand je finis de relever la tête, je vis le visage de Sandy qui était ensanglanté. La claque avait été à la limite du coup de poing ! S'il s'en prenait à elle, ce serait un massacre… Je pris donc le premier rôle dans le passage à tabac !

- J'ai à peine senti tes coups mon lapin ! J'étais fatigué, j'avais envie de faire une sieste ! Avant, je m'étais douché !!!
- Mais bien sûr ! dit-il en pointant un pistolet vers moi… C'est ce qu'on vous apprend à Kypsélie, monsieur le chef, dont j'avoue ne pas connaître le nom !
- Ernst, mon petit pharmacien, tu peux m'appeler Ernst !
- Ah c'est toi Ernest ! Alors, parce qu'on est bien d'accord que Ernst est un surnom que tu t'es donné pour avoir une meilleure contenance, n'est-ce pas, Ernest ?

Il commençait à m'énerver avec toutes ces informations qu'il détenait. J'étais sûr qu'il avait eu mon dossier en main, grâce à la taupe...

- Lacointres ! Marc Lacointres ! dis-je... Ta taupe était forte, vraiment très forte ! Tu as eu, comme d'autres, mon dossier ! Tu as joué avec des cartes faussées dès le début !
- Tiens ! Mets ça ! me dit-il en prenant dans un tiroir du meuble de la salle à manger, une paire de menottes.
- Les tiennes ? demandai-je, ou celles d'Éric, ton frère ? Des outils de travail qu'il a laissés à la maison ?

Je vis que 32 encaissait le choc... Il fallait que je l'assomme, ... psychologiquement !

- Eh oui...
- Mets-les, m'ordonna-t-il en me les lançant.

Je m'exécutai.

- Tu vois 32 ! Éric, c'est ton demi-frère ? Maman est allée voir ailleurs ? Elle a fauté ? Dis donc ! Eh bien, je t'annonce qu'il vient d'être arrêté ! Je suis sûr qu'il est en train de déballer tout ce qu'il sait... Il doit aussi pleurnicher pour que sa femme, la chimiste ratée comme toi, ne soit pas inquiétée... Pour Romain, la taupe, même chose ! Il déballe tout ce qu'il sait !
- 32 ? C'est quoi ça ? questionna Lacointres.
- Ah oui !!! Pour nous, tu n'es plus qu'un numéro de dossier, ordure ! 32 va être arrêté ou tué ! Voilà comment on parle de toi, le raté... ! Un numéro ! Tu te rends compte, c'est tout ce que tu vaux !
- Ta sœur, Ernst ? Comment va-t-elle ? Elle souffre, j'espère ? Pas encore morte ?

Je me retins de tout débordement de violence. De toute façon, je n'aurais pas encore eu le dessus... Je restai donc silencieux...

- Les psys du service me disaient bien que tu étais quelqu'un de mauvais parce que tu avais eu une enfance malheureuse… Je n'ai jamais lu ce qu'ils avaient trouvé sur ton enfance… C'était quoi, au fait ? Maltraitance ? Problèmes éducatifs ? Sexualité ? Non… quand même pas ? C'est pour cela que tu es méchant avec les femmes, que tu es sadique ! Regarde ce que tu lui as fait ! Pauvre nul de 32 !

- Au fait, Ernst ! Je suis le maître de la vie de certains. Ceux qui mourront, je les choisis… Toi et Sandy, vous en faites partie ! Alors ta sœur ? Tu ne m'as pas répondu… ?

- Tu as le bonjour de la femme qui baigne dans la citerne ! Mais c'est un bonjour glacial ! Tu ne savais pas que Jacquou avait tué Samantha ?

Bien que sonné par cette information, 32 me colla un coup de poing avec une telle rage que j'eus vraiment mal… Je me demandai même s'il ne m'avait pas fracturé un bout de mâchoire…

Je changeai de tactique pour rentrer dans le vif de mon interrogatoire déguisé…Je savais qu'Ousmane et mes compagnons écoutaient attentivement… Il fallait que j'avance ! Ils réagiraient en conséquence.

- Ma sœur est infectée par ton deuxième poison, la version avec les données de son mari, dis-je en montrant Sandy de la tête… En fait, il n'est pas mortel ce poison, puisqu'il est incomplet, c'est ça ? fis-je, espérant une réponse positive…

- Ah, on revient à de meilleurs sentiments, Ernst ! Elle a eu le premier ! Le mien, bien puissant… !

- Allez ! 32 ! Tu peux bien me le dire, elle a eu le deuxième ? Cela ne changera rien, de toute façon tu vas me tuer…

- Je ne vais pas te tuer…

- C'est ça !

- Je vais vous massacrer, tous les deux ! Vous massacrer, vous m'entendez !!! ricana-t-il.

Sandy pleurnicha. Je la vis bouger de sa chaise, car il ne l'avait pas attachée… Il bondit sur elle, et lui donna un violent coup de pistolet sur sa tempe. Elle s'écroula, évanouie… Je me dis, qu'au moins, il ne s'en prendrait plus à elle pendant un bon moment…

- Oui ! continua-t-il. Marie ! Tu peux te rassurer… ! Elle ne mourra pas du poison…
Je tentai un :
- C'est vrai ?
- Bien sûr que non ! éclata-t-il de rire. Elle a eu mon poison, le seul ! Elle va souffrir encore un peu ! C'est même étonnant qu'elle soit encore en vie… Le service santé de Kypsélie est vraiment efficace ! Mais rien n'y changera… Sœurette va crever, Ernst ! Sœurette va crever !!!
- Et l'antidote ? Tu n'as pas réussi à le trouver ?
- Bon ! Ecoute ! Avant que je t'explose la tête, ou que je t'injecte mon poison, je me demande si tu sais que ta troupe, dans cette grange là-bas, est décimée ! Ils sont tous morts ! Tu le sais au moins ? J'avais envoyé Gus, un idiot, une vraie brute que j'avais recrutée ! C'est un malade ! Donc, il les a sans doute tous tués à cette heure, ou lui et sa bande en font souffrir quelques-uns… Tu t'es sauvé ou tu étais déjà en chemin pour ici ? Une vengeance personnelle, pour sœurette, c'est ça ? Pour le gars qui s'est fait tuer quand vous étiez à ma poursuite… Tu sais quand vous vous êtes fait canarder par Rima, ma baroudeuse !!! C'était ton pote ? Oui ! C'était ton pote…
- Tu n'en n'as pas marre de parler tout seul… ! Oui j'étais tout seul pour te tuer, mais ce n'est pas fini, 32 !

Lacointres fit semblant de ne pas avoir entendu…

- Alors, l'antidote de mon poison, oui je l'ai composé, et j'en ai quelques quantités faites… En fait, je pourrai donc sauver ta sœur… Ne t'excite pas à penser à l'histoire des perroquets et du chien dans le supermarché… Tu es au courant ? Non ???

- Tu es vraiment nul ! Un gamin ! Avec cette attaque de débutant ! Envoyer un chien et deux perroquets !!! Tu les aimais bien pourtant ?

- Oui, un peu ! Mais là, ils commençaient à m'énerver… Ils ont travaillé pour l'expérimentation. C'est ce que font les pauvres petits scientifiques… On expérimente sur les animaux, et au bout de nombreuses années, seulement sur les humains ! Pendant ce temps-là, des milliers de personnes sont impotentes à vie, ou mortes ! Comment tu penses que j'ai recruté mes hommes ? Soit des drogués, soit des pères, des mères, des sœurs, des frères de personnes décédées entre les mains des médecins, ou dans les hôpitaux… On leur a dit à tous et toutes : « désolé, on ne peut plus rien faire ! » … C'est honteux, « on peut toujours faire quelque chose ! » C'est cela le sens de mon action ! Mes animaux ont amené le poison modifié avec la formule de Troupier, je voulais essayer avant le spectacle final de demain ! Mais cela n'a rien donné…

- Il y a eu des morts quand même… Tu en seras aussi responsable devant la justice !

- Tu parles ! La justice !!! Ils étaient vieux ou déjà bien malades !!! J'en suis certain, je leur ai fait du bien, je les ai finis !!!! Je choisis qui vit encore et qui meurt !

- Tu te prends pour Dieu ! Ce n'est pas vrai !!! Tu es pathétique !

Sandy reprit connaissance à cet instant… Je ne dis rien pour ne pas la rappeler au bon souvenir de 32…

- Oui, mon gars ! Je suis celui en qui vous allez croire ! Je vais distribuer la mort ! Dans les deux jours qui viennent, cinq mille parisiens vont souffrir et mourir ! Je te rassure… J'ai utilisé mon poison ! Je n'avais pas confiance en Troupier ! Le pauvre, je l'aimais bien… Mais, j'ai bien vite compris sa frilosité quant à mes convictions sur l'expérimentation humaine… Il vieillissait sans doute… Alors, j'étais sûr que malin comme un singe, il avait, avant sa mort, concocté toute cette histoire de formules en différents morceaux… Il voulait m'emmener sur un jeu de piste de formules de pacotille qui donnaient juste quelques effets secondaires… Seuls les vieux et les malades auraient pu en crever, mais il était rusé, le Troupier ! Il se doutait que logiquement, pour mes expérimentations, je choisirais des personnes saines, de bonne constitution… D'où le fait que j'ai utilisé mon poison à chaque fois, et le sien dans le supermarché, pour un amusement…

- Au fait ! le coupai-je. Tu ne sais pas que la Poste a bloqué il y a quelques instants toute la distribution du courrier à Paris jusqu'à nouvel ordre ?

    32 se figea…

- Quoi ? Qu'est-ce que tu dis ?
- Tu ne le savais pas ? C'est avec Jacquou que j'ai organisé ça ! Il est venu me voir spontanément quand je suis arrivé, il s'est rendu, il a voulu arrêter ce massacre… Il a vu clair dans ton jeu, 32 ! Tu n'es qu'un pantin ! Au service du mal ! Tu es un fou que l'on ne devrait pas enfermer dans un hôpital psychiatrique, mais plutôt dans une prison infâme… Tu y croupirais longtemps…très longtemps !
- Oh que oui ! renchérit Sandy.

    Je lui fis signe non avec la tête, mais elle continua :

- Philippe avait vu clair en toi, 32, puisque c'est comme cela que tu t'appelles maintenant…Il avait voulu t'influencer lorsque tu étais étudiant, que tu arrêtes de penser, et de prôner l'expérimentation humaine à tout va et à tout prix. Il avait compris également que ton ego t'aveuglait, te guidait sur le mauvais chemin ! Il t'avait signalé depuis des années à des services de vigilance… Heureusement, disait mon mari, que les pharmaciens ne te ressemblent pas ! Tu es la honte de la profession !

- Oui, ajoutai-je pour reprendre la main… Ton dossier chez nous date de ta dernière année en pharma. On te suivait depuis ce temps-là !
- Mais vous étiez trop nuls pour comprendre ce que je préparais ! Des petits agents de merde, des chefaillons ! Des déchets humains que je n'aurais même pas voulu prendre comme cobayes !
- Philippe t'a donc tendu un piège. Il m'avait confié ses formules… Ses dernières paroles avant de mourir, ont été : « Fais le redescendre de son Olympe ce petit chimiste !!! Qu'il comprenne qu'il n'est qu'un petit homme ! » Je te prie de croire que l'on s'est bien moqué de toi !

C'en fut trop pour Lacointres. Il se précipita sur Sandy, lui tordit les bras, la prit par les cheveux et la monta à l'étage.

- Ne bouge pas Ernst ! Sinon, je tue cette salope ! dit-il dans les escaliers…

Je n'aurai jamais le temps d'aller chercher mon MR de toute façon. Mes menottes n'étaient pas accrochées à la chaise, c'était un avantage… Mais loin d'être suffisant…

Alors, à cet instant, comme un sauveur, je vis la tête de Youssef apparaître tranquillement à la fenêtre à ma gauche… Il me fit un signe interrogateur. En clignant des yeux, en morse, j'eus le temps de lui transmettre un message, mon dernier message sans doute. 32 descendait les escaliers… Youssef hocha la tête et disparut.

32 me saisit par le cou d'une main, de l'autre par les menottes.

- Tu sais Ernst que dans cet escalier, il y a quatorze marches ? Combien de stations à ton avis dans le calvaire du Christ ?
- Quinze ! répondis-je illico… Me dis-pas que tu te prends pour Jésus maintenant !!

247

- Quatorze ! Mon cher !!!
- Non ! Quinze ! Tu oublies celle de la résurrection à la fin… avec Marie !
- Oh ! Monsieur a des connaissances !!!!

Il me donna un énorme coup de pied dans les genoux, je m'écroulai sur les premières marches de l'escalier…

Cela promettait une fin de partie douloureuse…

Chapitre 40

J − 1.

La maison de campagne.

Arrivé en haut de l'escalier, pour être honnête... je ne me sentais pas bien ! Lacointres me cognait à chaque marche, et il égrenait le nombre qui correspondait... Le sadique !

Je savais que tout le monde avait écouté jusque-là, mais qu'à l'étage ce serait plus difficile de m'entendre... Je devrai obligatoirement élever la voix... Je savais également que le service possédait des amplificateurs de sons... Bon, ce n'était pas mon problème ! Le tout était pour moi de découvrir en priorité où se trouvait l'antidote et de savoir s'il y avait encore une autre folie prévue par l'esprit torturé de Lacointres. Pour Sandy, son avenir m'inquiétait...

- Alors Ernst ? Tout va bien ? me lança 32 lorsqu'il me colla littéralement dans un fauteuil à l'étage.

Il me retira les menottes de l'arrière pour me les repositionner à l'avant. Il avait fait de même à Sandy.

- Vous serez mieux comme cela et ce sera plus facile pour moi de vous tremper les mains dans le poison, ricana-t-il.

Nous étions dans un salon à l'étage, avec deux fenêtres de chaque côté sur les pignons, et une porte fenêtre en façade, qui donnait sur un balcon. D'après la description de Youssef, il y avait également un escalier de secours qui descendait de ce balcon. Divers plans venaient à mon esprit, avant que notre bourreau me dérange par ses propos suffisants…

- Dis-moi, as-tu vu le drone à ta droite ? C'est un drone que l'on envoie sur les champs pour épandre divers engrais ou traitements. Devine ce que j'ai mis dedans ?

J'en avais une idée bien sûr… Il fallait que j'en sache plus… Le piquer au vif, le provoquer sur son savoir et son savoir-faire pourrait être une meilleure idée que de le provoquer sur ses attitudes, et ses émotions…

- Je ne te crois pas… Je sais effectivement ce que tu voudrais épandre, mais jamais tu n'y arriveras, ce serait une toute petite dose, c'est tout…du pipi de chat !!!
- Hé non ! Je peux aller jusque quinze litres avec cet appareil !!! Tu imagines ! Au petit matin, je le lance sur les terrains de football de la ville d'à côté et j'épands le poison sur l'herbe… Il y a un grand tournoi de football amateur… ! Ils n'ont rien d'autre à faire ces fainéants ? Rien à réfléchir ? Savent-ils seulement lire ??? Tout va être aspergé ! Les rambardes, les murs des vestiaires, les buts, l'herbe…
- Les gens ne viennent pas au petit matin… Le produit ne tiendra pas, surtout avec le soleil… le coupai-je.
- Hé si Ernst ! J'ai effectué des tests depuis la conception du produit… Perte de pouvoir au bout de six heures à peu près sur des surfaces dures ou végétales. La perte est dès ces six

heures de 10% chaque heure… Le tournoi commence à 10h… !!! Affluence maximale vers midi… Il y a l'apéro !!! Tous des poivrots ces sportifs ! On est dans les temps pour faire un massacre… Et puis, il y a également une brocante, juste à côté ! Ce sera grandiose !

- Pourquoi un terrain de foot ? Pourquoi lors d'un tournoi ? dis-je en augmentant le ton de ma voix.

- Oh !!!! On ne crie pas Ernst ! On ne crie pas avec moi !

Sandy avait dû comprendre mon stratagème car elle renchérit, en criant également.

- Pendant un tournoi de foot ! Un drone qui empoisonne tout ! Tu es un monstre Marc ! Ah non, c'est vrai : 32 !!! Tout le monde va toucher l'herbe et tout le reste, et se faire contaminer ! Monstre !!!

Je voyais que 32 bloquait un peu sur notre attitude, il était loin d'être idiot, il fallait changer de stratégie. Mon équipe et Ousmane avaient entendu, c'était sûr ! Il fallait accélérer l'allure, me dis-je.

- Lacointres ! dis-je doucement. Tu ne vas pas faire ça quand même… S'il te plaît, rajoutai-je en douce supplique, ne fais pas ça… ! Il y aura des enfants, des femmes, des jeunes, des vieux, mais pas de combattants comme moi… Venge-toi sur moi, ajoutai-je d'une voix faible… Vas-y ! Mais pas eux…

Lacointres semblait être aux anges ! Son esprit dérangé s'était mis à gamberger sur nos attitudes à tous les deux. Il paraissait apaisé.

Chapitre 41

J – 1.

La maison de campagne.

Je me demandais où Youssef avait mis mon arme… Mon message en quelques mots, avec notre code de clignements d'yeux, était : « MR buand pr fen etag ». Par son acquiescement, je savais que la tâche serait faite. Maintenant où ? Sur quel appui de fenêtre ? La porte-fenêtre, non, car j'avais dit « fenêtre » … Donc deux fenêtres à droite et deux à gauche. Une chance sur quatre…

Je dis à 32 :

- Dis ! Est-ce que je peux me mettre debout ?
- Non ! Tu crois quoi ? Que tu te trouves dans un quatre étoiles ?
- Et Sandy ? Elle pourrait ? continuai-je.
- Mais tu vas la fermer ! me dit-il, alors qu'il tripotait le drone, je vais te clouer le bec, moi !!!
- Sandy ! Tu ne voudrais pas te lever, dis-je à nouveau ?

Il se tourna vers elle, et j'en profitai pour me lever en me précipitant vers la première fenêtre de droite que je longeai pour y regarder derrière la vitre : rien. Lacointres était déjà sur moi… Je l'emmenai tel un taureau vers la suivante, et en un clin d'œil, vis qu'il n'y avait rien non plus sur l'appui de fenêtre. Lacointres me donna un tel coup dans le ventre que j'en eux le souffle coupé… Mon entraînement, revenant à la surface, me permit de tenir assez facilement debout et droit… Alors, comme il fallait que j'aille voir de l'autre côté, je me mis à sautiller sur mes deux pointes de pied, comme les boxeurs, les mains toujours menottées je lui faisais signe de venir à moi, et je lui criai :

- C'est bien 32 ! Vas-y, frappe-moi encore plus fort !! Allez petit !!! Allez !

Je tournicotai autour de lui, en sautillant et en m'en allant peu à peu à gauche, vers une des deux fenêtres, celle proche de la porte -fenêtre…

Lacointres était comme un fou ! Et bim ! J'en repris un bon coup de poing sur mon foie… Oh bon sang ! Mais cela me permit de reculer, puis de tourner sur moi-même, et de me retrouver contre la fenêtre : rien non plus… Bizarre, plus de remarque de 32 !

Je me retournai et le vit près de Sandy, son pistolet à la main droite en direction de sa tête, et l'autre avec un petit pulvérisateur, rempli d'un liquide incolore, comme de l'eau…

- Ah Ernst ! Puisque tu es invincible, je vais m'occuper de cette petite allumeuse … Un peu de poison peut-être ma chère ?
- Non !!! le suppliai-je. Je me tiens tranquille…
- Pas grave, Ernst tu pourras quand je serai parti par cette porte-fenêtre lui administrer l'antidote…Quand tu l'auras trouvé ! Excuse-moi, rectification, si tu le trouves !!!

Sandy pleurait, et criait :

- S'il te plaît Marc, s'il te plaît ! Pas ça !
- Lacointres ! Marc ! criai-je
- Ah, tiens ! On change de ton… ! C'est bien ! Une petite devinette ! Mon remède est caché dans un lieu qui n'est ni chaud, ni froid, ni sec non plus. De toute façon, en moins de cinq minutes, le mal sera déjà fait… !!!
- Lacointres ! Lacointres !
- Tu me saoules ! Adieu Sandy Troupier !!!

Il pulvérisa vers son visage, puis ses mains ! Il se dirigea ensuite en trois pas vers moi et fit la même chose ! Ça dégoulinait sur mon visage, mon nez, mes lèvres… Je reculais rapidement vers la seule fenêtre que je n'avais pas explorée. Je cognai avec mon dos, me retournai et je vis mon arme… !

Merci Youssef ! La vitre se brisa, je pris l'arme de mes deux mains attachées, me retournai et appuyai une fois !

Touché en pleine tête, Lacointres s'effondra…

Une fin rapide et anonyme ! Une seule balle ! Tout ce qu'il méritait ! Je ne regardai même pas. Je savais qu'il était mort !

- Sandy, j'arrive ! Je sais où est l'antidote !

Je dévalai quatre à quatre les escaliers, glissai et tombai dans ceux-ci…

J'essayai de crier à pleins poumons :

- Les gars ! vite ! on v…a mou…r… !!!!

Je me précipitai dans la buanderie, avec le peu de force qui me restait…Je crachais déjà du sang, je ne voyais plus, je n'entendais presque plus… J'avais extrêmement mal dans le dos… Quelqu'un me criait à l'oreille :

- Où ? Où Ernst ?

Je crus murmurer :

- Au, au … ffff…o

J'étais sur la citerne fermée…

J'eus alors l'absolu sentiment de m'enfoncer dans un trou noir… d'un noir obscur… insipide… inodore… silencieux…

Tout mon corps glissait … lentement… vers cette profonde obscurité…

J'étais seul, j'étais en train de mourir, et je ne pouvais rien faire…

Mes dernières pensées…

Je n'eus même pas le temps d'en avoir une…

J'étais parti loin, très loin...

… Au-delà…

Chapitre 42

Jour J.

Une belle journée d'été ! Une journée tout à fait banale… Aucun événement particulier…

Epilogue

Et puis…

Un bruit… imperceptible, comme une plume dans le vent… Une impression de voix …comme un parfum au petit matin… Un halo brumeux d'une lumière diffuse… comme les papilles titillées par le goût subtil d'un chocolat fin…

Des sens qui s'éveillent, dans un capharnaüm de sensations mélangées, entortillées, et engourdies en même temps…

Puis une organisation qui s'installe, lentement, doucement, précieusement.

Une voix, oui c'est sûr…

Une odeur, oui un parfum…

Une forme, oui une personne…

Et enfin, la révélation ! La voix de ma sœur, son parfum, son image…

Mais où suis-je donc ?

- Ernst…Ernst… Je suis là ! C'est Marie ! entendis-je faiblement.
- Ernst, c'est Youssef ! Tu es où mon frère ? Allez reviens ! Tu n'es pas encore mort…

Et puis, le déclic…

Je reconnectais… D'autres senteurs arrivaient… L'hôpital…Moins agréables que le parfum de …Marie… ? Elle n'est pas morte ???

- Ma…rie … ??? dis-je péniblement en ouvrant difficilement les yeux. Marie… ??? répétai-je d'une voix rocailleuse et sourde à la fois ...
- Oui frangin, c'est Marie ! me répondit une voix plus affirmée, enjouée et rassurante.

J'entendais mieux, et je voyais mieux… Marie, et à ses côtés Youssef… ! Je ne parvenais pas à analyser la situation, tel un bébé découvrant le monde…

- Comment… ???
- Repose-toi ! me dit Youssef, en me posant la main sur le front, laisse faire le temps… Tout va bien ! Tu nous es revenu…
- Oui…Mais … Comment ! … articulai-je. Youssef ?
- Ah, je te retrouve, chef ! Tu as dégommé Lacointres, un coup, un seul, ta signature ! Le drone n'a pas pu décoller, pas d'autres problèmes donc. La Poste a bien tout bloqué le courrier… On a retrouvé tous les destinataires, le facteur a donné un double de la liste. La dizaine de complices vient d'être arrêtée par la police…
- Bien… Et toi Marie ?
- Je laisse Youssef te donner les détails. Je me retape vite. Je retrouve toutes mes facultés peu à peu… me murmura-t-elle en me prenant la main.

- Sœurette… dis-je tendrement.

- Oui Ernst, continua mon frère d'arme, Marie va de mieux en mieux, elle semble sortie d'affaire. Sa chambre est voisine de la tienne, et c'est le doc Képler qui vous suit tous les deux. Toi, tu as eu une pleine dose, en plein visage. Tu étais à deux doigts de mourir, mais j'ai compris pour l'antidote du premier poison. Dans la citerne ! Kypsélie s'est chargée de tout très vite. Képler a compris comment faire. Il t'a sauvé in extremis. Cependant, c'est parce que tu étais un gars costaud et entraîné aux conditions extrêmes que tu as pu endurer tout cela… Pour Sandy, ce n'était pas le cas… Elle était déjà morte quand on est monté à l'étage. Apparemment, elle n'a pas vraiment eu le temps de souffrir…

- Sandy… Elle s'est sacrifiée… La pauvre… dis-je, de plus en plus faible, j'avais sommeil et je me sentais exténué…

- Je finis vite, et après, je te laisse te reposer ! Comme tu l'avais compris, le deuxième poison était imparfait, grâce au mari de Sandy et à la crédulité de Lacointres…Il n'agissait que sur les personnes déjà faibles. En revanche, le poison de Lacointres, celui-là, était puissant… La preuve avec vous trois… Si tu n'avais pas eu l'antidote de suite, c'en était cuit. Marie s'en est sortie miraculeusement, la dose était peut-être moins importante. L'antidote a accéléré sa remise en forme. Pour Jacquou, il a été arrêté bien sûr, même s'il a donné des infos capitales. Il aura de nombreuses années en prison pour réfléchir à ses actes malfaisants… Ce n'est pas parce qu'il a sauvé des vies qu'il ne les avait pas mises en danger au préalable… ! C'est un meurtrier ! Pour la taupe, il paiera de la même manière ! La mort de Lacointres a été attribuée à un accident de voiture dans la forêt toute proche, pas étonnant avec un tel bolide… ! Un virage raté, sans doute dû à la vitesse et l'alcool, c'est tout à fait plausible ! La nouvelle a fait le tour des journaux locaux, et c'est passé sans encombre ! Pour Sandy Troupier, son corps a été trouvé à moitié calciné dans un terrain vague près de Nancy, sans doute une bande qui a abusé d'elle, c'est la version officielle… Pas d'enquête particulière de la police, si ce n'est une vague recherche, au vu des ordres donnés par les supérieurs... Ousmane s'est débrouillé pour...

- Bon sang... Incroyable... Tout a bien été camouflé...Oui, tous les coupables doivent payer !

- J'ai Ousmane au téléphone ! Je te le passe Ernst ! Et après, on te laisse ! Je viens te voir demain, avec l'équipe.

J'entendis rire ma sœur lorsqu'elle quitta ma chambre et se retrouva dans le couloir avec une infirmière, je pense... Elle parlait de moi... Que cela faisait du bien de la voir et de l'écouter !

- Ernst ! Ici Ousmane !
- Oui Ousmane ! dis-je de plus en plus fatigué...
- Au nom de tout le service, Ernst, je tiens à vous remercier pour ce que vous et votre équipe avaient accompli ! Nous avons perdu des éléments de valeur dans cette affaire, et je sais que vous avez perdu des amis... La bataille du bien contre le mal l'exige parfois... 32 incarnait le mal ! Il pensait que tous les malades graves qui ne pouvaient guérir, et donc mourraient, étaient la conséquence d'une volonté humaine, voire sociétale... Il a ainsi recruté une petite armée, composée de personnes qui avaient souffert de la perte d'un être cher, qui n'avaient trouvé sans doute que peu de réconfort ou d'écoute. Ils étaient en détresse, et on peut bien le comprendre... Il en a profité, il les a abusés par ses discours, ses belles paroles, ses prêches à la vengeance ! On ne peut pas se venger selon un principe tel que le « œil pour œil, dent pour dent ». Toutes les personnes dédiées à la santé font du mieux qu'elles peuvent, elles sont dévouées... Elles aussi peuvent être affectées par ces pertes. Elles sont parfois touchées par le décès d'un être proche... La médecine, les chercheurs, les personnes soignantes peuvent contribuer par leur abnégation et leur bienveillance à la guérison de certaines maladies... J'ai bien dit : peuvent... Le reste fait partie du mystère de la vie...

- Oui, Ousmane ! Tout à fait...
- Ernst, encore une fois, merci ! Mais d'autres missions arrivent et je vous attends de pied ferme au service dans deux à...
- Ousmane... ! interrompit Youssef ! Ne vous embêtez pas ! Il dort... ! Je le lui dirai demain !

J'étais endormi...

Un sommeil de juste...

Je songeais, dans un rêve doux, que demain serait un autre jour et que, ironie du sort, je pensais comme Lacointres :

IL Y A TOUJOURS QUELQUE CHOSE A FAIRE !

La question à se poser est :

COMMENT ?

Tout dépend de quel côté penche votre morale... !

Remerciement

Je remercie Dylan Degrelle pour sa participation à la couverture en tant qu'illustrateur.